D0919579

Mémoires
d'un quartier

• TOME 2 •

Antoine

LOUISE TREMBLAY-D'ESSIAMBRE

Mémoires d'un quartier

• TOME 2 •

Antoine

1957 – 1958

www.quebecloisirs.com

UNE ÉDITION DU CLUB QUÉBEC LOISIRS INC.
© Avec l'autorisation de Guy Saint-Jean Éditeur
© 2008, Guy Saint-Jean Éditeur Inc.
Dépôt légal — Bibliothèque et Archives nationales du Québec, 2009
ISBN Q.L. : 978-2-89430-914-8
Publié précédemment sous ISBN 978- 2-89455-300-8

Imprimé au Canada

À Catherine, Frédérik, Anne-Marie, François,
Geneviève, Julie, Raphaël, Madeleine et Alexie,
mes enfants, mes amours

NOTE DE L'AUTEUR

J'aime que vous aimiez les longues sagas, cela me permet de rester en contact avec des personnages auxquels je me suis attachée. Et laissez-moi vous dire que j'étais particulièrement heureuse de retrouver Cécile dans une période de sa vie où nous ne l'avions pas tellement connue. C'est ce que j'appelle la magie de l'écriture, celle qui nous donne ce pouvoir de remonter dans le temps, de retrouver des gens jadis rencontrés, de voir les destinées s'enchevêtrer... Curieux comme la vie peut parfois nous réserver de belles surprises!

Dans le fond, nous vivons sur une bien petite planète.

Quand j'ai fait la connaissance de Laura, j'avoue que je ne savais trop où elle allait m'emmener. Des familles comme la sienne, il y en a tant et tant! Les Marcel, les Évangéline, les Bernadette, les Adrien, sont légion, le monde en est rempli... Chez Laura, donc, pas question d'alcoolisme comme chez Raymond[1] et Blanche, ou de grossesse illégitime comme chez Cécile[2] ou encore d'inceste comme chez Rolande. Non, il n'y a rien de tout cela chez les Lacaille. On y mène une vie ordinaire comme dans la plupart des familles. Un peu de

---

1 Louise Tremblay-D'Essiambre, *Les sœurs Deblois*, Laval, Guy Saint-Jean Éditeur, 2003-2005, 4 tomes.

2 Louise Tremblay-D'Essiambre, *Les années du silence*, Laval, Guy Saint-Jean Éditeur, 1995-2002, 6 tomes.

rudesse, beaucoup d'indifférence et une bonne dose de rési-
gnation. Malgré tout, quand elle m'a prise par la main, j'ai
suivi sans hésiter cette petite fille de dix ans qui semblait si
déterminée. C'est peut-être cette détermination, justement,
qui m'attirait chez elle.

C'est alors que j'ai rencontré tous ceux qui faisaient partie
de sa vie. À peine quelques jours à les côtoyer et j'ai compris.
L'histoire que Laura voulait me raconter était importante.
J'ai aussi compris à quel point cette gamine était généreuse,
car pour l'instant, elle n'est qu'un témoin des événements qui
touchent sa famille. Pour elle, tout va quand même assez
bien, avouons-le! Sans vivre dans l'abondance, elle ne manque
de rien et elle a la chance d'avoir une mère affectueuse. Mais
à travers son regard, par le biais de ses réflexions et de ses
remarques, je me suis enfoncée dans une forêt touffue. Une
forêt d'émotions, de non-dits, d'espoirs, de déceptions, et
c'est ainsi que, sans trop m'en rendre compte, je me suis retrouvée au centre de cette exubérance qu'on appelle la vie.
Celle de Laura, de Bernadette, de Francine, de Cécile, bien
sûr, mais aussi au cœur de la mienne comme de la vôtre. Quand
on se donne la peine de s'y attarder, on constate rapidement
qu'au bout du compte, le destin des uns recoupe celui des
autres, et qu'ils finissent tous par se ressembler un peu.
Seriez-vous d'accord pour dire que la quête ultime, celle que
tous entreprennent dès que la conscience s'éveille, c'est d'être
heureux? Qu'importe les métiers, les richesses ou l'environ-
nement, au-delà des frontières et des classes sociales, le but
d'une existence, c'est d'être heureux. Les Lacaille n'y échap-
pent pas. Pas plus que vous ou moi, d'ailleurs!

Je me suis donc laissée prendre au jeu et j'ai décidé de faire
un bout de chemin en compagnie de Laura. Sous le vernis
des apparences, sous le masque du quotidien, j'ai découvert

l'univers fascinant des sentiments à l'état brut. Ceux qu'on a vécus, ce que l'on ressent à l'instant même et ce qu'on espère dans le secret de son cœur. Comme l'a si bien écrit Claude Léveillée dans sa très belle chanson *Frédéric*, «la vie les a avalés comme elle avale tout le monde» et le quotidien s'est occupé du reste. Oui, en apparence c'est à cela que ressemble la vie des Lacaille, mais c'est uniquement quand on se contente de rester à la surface des choses qu'on a cette impression de banalité désolante. Si on ose plonger au-delà des apparences, c'est un tout autre monde qui se dévoile à nous. Il suffit de gratter un peu pour mettre à nu l'univers vertigineux de l'âme, ce monde secret sillonné de nombreux chemins inextricables, entrecoupé d'ombres et enrichi d'éblouissements. Il suffit d'un soupçon de bonne volonté pour découvrir que derrière les façades se cachent la grandeur et la noblesse des cœurs, la complexité et la débauche des intelligences, les vices et les vertus de l'âme.

C'est ce que j'ai appris en suivant Laura: il ne faut jamais se contenter de la surface des choses. Tout comme Laura le fait de façon naturelle et spontanée, il faut creuser, s'interroger, essayer de comprendre. Il faut tenter de voir la situation avec le regard de l'autre avant de poser un jugement. C'est ce que je me suis répété quand je me suis retrouvée en compagnie de Marcel ou d'Évangéline. Ça ne permet peut-être pas de tout accepter, mais ça peut apporter certaines lumières sur les comportements.

Voilà pourquoi j'ai encore et toujours envie de suivre Laura dans sa quête d'identité et de bonheur, d'autant plus qu'elle arrive à un âge où bientôt l'univers lui semblera à refaire, où les ambitions n'auront aucune limite. J'ai hâte de voir ce qu'elle fera de cette liberté qui deviendra sienne dans quelques années.

Et il y a le petit Antoine...

Ne serait-ce que pour lui, jamais je n'aurais pu abandonner la famille Lacaille à l'endroit et au moment où le premier livre se terminait.

Cet enfant interpelle tout ce que la maternité a fait naître de beau, de bon et de généreux en moi.

Ce qu'il vit est horrible. Quelqu'un est en train de lui voler son enfance et son innocence. Quelle sorte d'homme pourra-t-il devenir plus tard? D'autant plus qu'il semble bien que son père l'ait déjà abandonné depuis longtemps.

Y aura-t-il quelqu'un pour venir à son secours? Car c'est bien de secours dont il a besoin: l'essence de sa vie est en danger.

Je vais donc vous quitter ici; j'ai plus important à faire. Un petit garçon a besoin de quelqu'un pour venir à sa rescousse. Peut-être qu'ensemble, vous et moi, allons parvenir à influencer le destin. À force de bonne volonté, peut-être... et de mots!

PREMIÈRE PARTIE

L'enfance cachée au fond du cœur

CHAPITRE 1

Vous qui passez sans me voir
Sans me donner d'espoir...
Vous qui passez sans me voir
Me donnerez-vous ce soir
Un peu d'espoir?

Vous qui passez sans me voir
CHARLES TRENET, JOHN HESS ET PAUL MISRAKI
CHANTÉ PAR JEAN SABLON, 1939

Samedi 6 juillet 1957

Porte close, enfermé dans sa chambre, Antoine épiait les bruits de la maison. Il attendait Laura de pied ferme pour lui dire sa façon de penser. Elle avait promis de venir le chercher et elle n'était pas venue. Ça ne se faisait pas. Une promesse, c'était une promesse et on devait toujours la tenir. C'est Laura elle-même qui le disait et le répétait, alors Antoine voulait comprendre pourquoi sa sœur n'était pas venue le chercher chez monsieur Romain comme elle s'était engagée à le faire.

Quand il était arrivé chez lui, Antoine avait trouvé un petit mot laissé par sa mère sur la table de la cuisine. Bernadette laissait toujours un petit mot quand elle avait à s'absenter. Elle avait écrit qu'elle était partie chez Perrette, l'épicier du quartier, avec son petit frère Charles pour acheter du maïs en crème afin de compléter le pâté chinois qu'elle avait promis de faire.

Antoine avait levé les yeux du papier en faisant un petit calcul mental.

Sa grand-mère avait dit ce matin qu'elle irait «aux vues» avec son amie Noëlla, son père faisait probablement des livraisons comme il le faisait tous les samedis après-midi et Laura, bien, elle...

Antoine avait soupiré.

Laura devait être chez Francine, comme d'habitude, et elle l'avait oublié.

Cela voulait dire qu'il était seul à la maison!

Un second soupir souleva la poitrine d'Antoine même s'il était soulagé de voir qu'il n'y avait personne à la maison. Il sentait que son visage était toujours en feu et le trouble devait se lire dans son regard.

Il avait relu le message de sa mère pour ensuite esquisser son premier sourire de la journée. Il était heureux de savoir que finalement, il allait manger son repas préféré. Le souper serait une petite douceur après un trop long après-midi passé en compagnie de monsieur Romain. Puis, il avait repensé à Laura, et la déception d'un regard résigné avait remplacé l'ébauche du sourire.

Pourquoi n'était-elle pas venue le chercher? N'avait-il pas été assez éloquent dans sa demande?

Antoine s'était alors enfermé dans sa chambre et c'est à partir de ce moment-là qu'il avait commencé à surveiller les bruits de la maison, installé à sa table de travail, un coude sur le plateau de bois égratigné par tant et tant de coups de crayon. La tête dans le creux d'une main, il faisait semblant de dessiner.

Depuis quelques mois, c'était devenu un réflexe, Antoine épiait les bruits autour de lui. Tous les bruits, n'importe où.

Un chaudron déposé sur le poêle, une porte claquée, un

pas vif, une savate qui traîne, un rire, un cri, une menace, un grondement, une course...

Il pouvait deviner sans se tromper qui était à la cuisine, qui venait de partir, qui allait entrer, où se trouvait Évangéline, Charles.

À l'école, il connaissait la démarche de tous les professeurs et celui, plus lent, du directeur.

Chaque fois qu'il entendait le rythme à trois temps que faisaient les chaussures à semelles de crêpe de monsieur Romain, son cœur partait en cavale même s'il se doutait que jamais le titulaire de deuxième année n'oserait le relancer dans sa classe maintenant qu'il était en troisième année.

Bien que, pour une affiche, monsieur Romain oserait peut-être faire le détour...

En contrepartie, il aimait entendre les pas du concierge quand il arpentait le couloir avec sa vadrouille et sa chaudière. À la récréation, au moment où la porte de la classe s'ouvrait, ça sentait bon la cire ou le désinfectant.

Depuis quelque temps, autre manie, Antoine aimait beaucoup l'odeur du savon. De tous les savons. Même la senteur forte de l'eau de javel le faisait inspirer profondément, les yeux mi-clos.

Les bruits et les odeurs... le nouvel univers d'Antoine.

Chez lui, il remarquait ainsi le crépitement des clous dans les murs quand il faisait très froid, le glougloutement de l'eau dans les tuyaux, le samedi soir quand son père prenait son bain, la plainte lancinante des planches dans le corridor quand sa grand-mère se relevait parfois la nuit...

Si le vent se lamentait dans l'érable du voisin, c'est qu'il venait de l'ouest. Il ferait beau mais froid. S'il gémissait au coin de la corniche, entre les lattes de bois disjointes, c'est que la tempête approchait et le vent serait du nord-est.

Il y avait les bruits rassurants que sa mère et sa grand-mère fricotaient à la cuisine et ceux plus inquiétants que déclenchait son père quand il revenait du travail. Au claquement de la porte d'entrée, à l'arrière de la maison, Antoine savait d'instinct si Marcel Lacaille était de bonne ou de mauvaise humeur. Assez régulièrement, la mauvaise humeur l'emportait.

Antoine se faisait alors encore plus discret.

Mais par-dessus tout, réussissant parfois à tuer les monstres de la nuit quand les cauchemars éveillaient Antoine, il y avait le souffle régulier du sommeil de son petit frère Charles qui partageait sa chambre.

Charles...

C'était le seul nom qui arrivait encore, parfois, à faire briller des étoiles dans le regard d'Antoine.

Charles était tout ce qu'Antoine aurait voulu être. Vif, enjoué, vigoureux, au physique fort, bien campé sur ses petites jambes, la tête remplie de ballons et de gants de hockey. Il n'avait pas encore deux ans qu'il voulait déjà rejoindre les garçons, les grands, qui jouaient dans la rue. Il le réclamait régulièrement, souvent à grand renfort de cris et de pleurs, quand il les apercevait depuis la fenêtre du salon, alors qu'il était grimpé sur une chaise pour regarder dehors.

— Charles aussi!

D'un index catégorique, le petit garçon pointait la rue.

Si Marcel était à la maison, il prenait son fils dans ses bras et tous les deux, ils descendaient sur le terrain pour regarder les grands qui jouaient au hockey. Antoine aurait pu détester Charles pour toute cette attention qu'il n'avait jamais eue. Au contraire, il ne l'en aimait que davantage et réservait sa rancœur pour un père qu'il avait appris à craindre ou à ignorer.

C'est pourquoi, la nuit, entortillé dans ses couvertures, le

cœur battant la chamade et la tête remplie d'images cauche-
mardesques où des centaines de monsieur Romain aux longs
doigts crochus le poursuivaient, Antoine se concentrait sur
le bruit réconfortant que faisait la respiration de son petit
frère. Ainsi, sachant qu'il n'était pas seul, il lui arrivait parfois de se rendormir sans trop tarder. Si, par malheur, le
bruissement des feuilles en été ou le vent à la fenêtre en hiver
l'empêchait d'entendre Charles, c'était la voix du curé
Ferland qui l'accueillait à son réveil en sursaut, et Antoine
savait qu'il ne se rendormirait qu'à l'aube, épuisé.

Le curé Ferland...

Si la chose était possible, il avait encore plus peur du curé
Ferland que de monsieur Romain.

Ce qu'il disait en chaire, pour l'examen de conscience au
moment des confessions, avait de quoi terrifier les plus
vertueux!

Antoine poussa un long soupir qui chassa cette dernière
pensée. Il commençait à trouver le temps long. Passer de
longues minutes à dessiner était une chose, mais passer ces
mêmes minutes à faire semblant de dessiner était une tout
autre chose.

Quand il était vraiment concentré sur un dessin, Antoine
ne pensait à rien d'autre, alors que présentement...

Le petit garçon tourna la tête. Sur le cadran posé sur la
commode à côté de son lit, les aiguilles indiquaient près de
cinq heures et demie. Curieux qu'il n'y ait toujours personne
à la maison. Où donc étaient-ils tous passés?

Antoine s'étira longuement, se releva et se dirigea vers le
salon. Par la fenêtre, il devrait les voir arriver. S'amusant à
esquiver les trois planches du couloir qui couinaient, Antoine
se rendit alors au salon en sautillant pour s'arrêter un instant
sur le seuil de la pièce.

Tel que prédit par sa grand-mère, le lourd meuble de la télévision était revenu à sa place, dans le salon, quelques jours à peine après son achat. Marcel avait vite compris que c'était ridicule de s'obstiner à vouloir garder l'appareil dans sa chambre. Quelques mots de Bernadette, sur le ton de la moquerie, au souper devant toute la famille, avaient résolu le problème.

— Pis je me tasserai dans le lit pour faire de la place à Bertrand pis Lionel quand tu voudras les inviter à regarder la lutte! Pasque je me doute ben que tu vas vouloir la montrer, ta belle télévision!

Marcel avait rougi comme l'érable des voisins en octobre puis il avait quitté la table sans vider son assiette, un «maudit calvaire» bien senti en guise de réponse.

Le lendemain, à son réveil, Antoine avait trouvé la merveille des merveilles trônant dans un coin du salon, entre la fenêtre et le piano automatique. Les doigts lui démangeaient de tourner le bouton.

Y avait-il des émissions le samedi matin?

Il avait jugé préférable de ne pas s'aventurer. Il entendait la voix grave de son père, à la cuisine, et avec lui, on ne savait jamais vraiment ce qui pouvait arriver. Antoine avait tourné les talons sans rien toucher.

Heureusement, car l'interdit lui était tombé dessus dès qu'il avait mis le pied à la cuisine où son père l'attendait justement. Pas plus Antoine que Laura n'avait le droit d'allumer l'appareil sans permission.

— C'est pas pasqu'est pus dans ma chambre que la tivi est à toutes vous autres.

Le ton était menaçant.

— C'est moé qui la paye, c'est moé qui décide. Sauf pour grand-mère, comme de raison, rapport que la maison icitte est à elle. Astheure que c'est dit, que j'en voye pas un calvaire l'allumer sans me le demander. C'est-tu clair?

Laura et Antoine avaient approuvé d'un vigoureux hochement de la tête.

Plusieurs mois plus tard, le règlement était toujours en vigueur. Interdiction absolue de regarder la télévision sans demander la permission.

— Vous me l'userez pas avant le temps, répétait régulièrement Marcel. Faut pas faire surchauffer les lampes.

Seul adoucissement à la règle, Évangéline aussi avait le droit d'autoriser les enfants à regarder une émission. Permission qu'elle accordait généralement avec libéralité, au grand plaisir d'Antoine qui adorait s'installer devant *Bobino* et *La boîte à surprises* quand il rentrait de l'école. Charles et lui s'assoyaient à même le plancher, l'un contre l'autre, et dévoraient des yeux tout ce que la télévision avait de beau à leur offrir. Charles se contentait des images pour éclater de rire alors qu'Antoine était sensible aux blagues, aux drôleries. Les jeux de mots de Bobinette le faisaient sourire. Le Pirate Maboule et son fidèle Loup-Garou lui tiraient de vrais rires qui, à leur tour, faisaient sourire Bernadette, restée à la cuisine pour préparer le souper. Antoine riait si peu souvent. Quant à Évangéline, sous prétexte de surveiller le petit Charles, elle restait habituellement au salon avec les enfants et souvent, on entendait son rire un peu éraillé qui se mêlait à celui d'Antoine.

Aujourd'hui, on était samedi et Antoine n'avait pas la moindre idée des émissions en cours parce que son père interdisait d'allumer l'appareil ce jour-là. Il ne fallait surtout pas que les lampes surchauffent en prévision de la soirée.

En effet, tous les samedis soirs, Marcel Lacaille envahissait le salon avec ses amis et sa bière pour regarder une émission.

N'importe laquelle. Pour l'instant, même s'il n'y avait personne à la maison, Antoine n'aurait même pas eu l'idée de vérifier ce qu'il pouvait y avoir à l'horaire.

Tout en jetant un regard d'envie sur l'écran désespérément vide et grisâtre, Antoine traversa la pièce pour venir s'accouder à la fenêtre qui donnait sur la rue.

Le temps gris du matin avait cédé la place à un ciel bleu électrique ourlé de quelques nuages floconneux. Le vent n'était plus que brise et l'air était doux. Après trois jours de température automnale en plein été, ce retour à la normale était agréable. Antoine souleva le lourd châssis de bois gris et le coinça avec le bâton qui restait en permanence sur le rebord de la fenêtre. Puis, en soupirant, il appuya les deux coudes devant lui et posa le menton au creux de ses mains.

— Veux-tu ben me dire ce que tout le monde fait, après-midi? murmura-t-il pour lui-même. Où c'est qu'y' sont toutes passés? Je commence à être tanné d'être tuseul dans maison. Pis j'ai faim en saudit.

Le soleil de fin d'après-midi devait encore chauffer la cour arrière et probablement une partie de la rue voisine, mais devant Antoine, il ne restait plus que de longues échardes lumineuses qui se coulaient entre les maisons et jaillissaient des ruelles. Le petit garçon était à se demander comment il pourrait bien faire avec ses crayons pour essayer de rendre toute cette lumière entre les ombres, quand il aperçut l'auto de son père qui venait de tourner le coin. Il fit la grimace et recula précipitamment dans l'ombre pour se soustraire aux regards venant de la rue. Il n'avait pas du tout envie que son père l'aperçoive pour ensuite se retrouver seul avec lui, d'autant plus que le souper n'était pas encore prêt. Marcel Lacaille serait sûrement de très mauvaise humeur.

Par habitude, Antoine ferma les yeux pour se concentrer

sur les bruits. Il entendit l'auto freiner, la porte du conducteur claquer et les pas de son père marteler le trottoir. Ce soir, sa démarche était à la fois plus traînante et plus lourde qu'à l'habitude. Nul doute, Marcel Lacaille était fatigué.

Quand la résonance des chaussures de son père devint écho, Antoine ouvrit précipitamment les yeux et bondit hors du salon. Son père était dans la ruelle: c'était le moment ou jamais pour essayer de sortir incognito de la maison.

Antoine referma la porte tout doucement derrière lui et descendit jusqu'au trottoir sans faire de bruit, oreilles aux aguets.

Personne ne l'interpella.

Tant mieux. Marcel devait être en train d'ouvrir sa bière du samedi après-midi en pestant tout seul à la cuisine parce qu'il n'y avait personne pour l'accueillir. Pas même un chaudron sur le poêle.

Quand il frôla l'auto de son père, du bout du doigt, Antoine suivit le contour de l'aile jusqu'au feu arrière.

Après trois ans d'usage presque quotidien, l'auto était toujours aussi propre. Marcel en prenait un soin jaloux. On aurait pu la croire encore neuve. Mais Antoine, lui, savait qu'elle ne datait pas d'hier. Chaque samedi matin, il dévorait les pages du journal à la recherche de la publicité sur les autos et les modèles de l'année. Celles qui arriveraient dans les garages à l'automne ne ressemblaient pas du tout à la vieille Dodge de son père. Fini les rondeurs et les lourdes carcasses. Les autos d'aujourd'hui étaient plus basses, plus allongées. Elles devaient filer à toute allure avec leurs grandes ailes pointues qui s'élevaient au-dessus du coffre. Et les couleurs étaient nettement plus vives.

Antoine soupira d'envie.

Il se doutait bien qu'il n'était pas à la veille d'essayer une auto de l'année. Radin comme l'était son père, le jour où il mourrait, il serait probablement encore et toujours propriétaire de sa vieille Dodge 1954.

Cette ambivalence chez Marcel Lacaille ne cessait de l'étonner. Être si économe sur tout et en même temps si dépensier… Car il n'y avait pas à dire, dans leur rue, rares étaient ceux qui avaient une auto ou une télévision. En fait, ils étaient probablement les seuls à posséder les deux.

À cette pensée, Antoine redressa les épaules comme s'il était responsable de cet état de choses et avant que Marcel n'aboutisse dans le salon et n'ait la mauvaise idée de regarder par la fenêtre, il se mit à courir vers le bout de la rue, bifurqua sur sa gauche à la deuxième maison et fila sur la pelouse des Gladu pour rejoindre la ruelle qui passait près de chez Francine.

Le chaud soleil de juillet l'accueillit d'un direct dans les yeux dès qu'il tourna le coin de la maison. Le crachin froid du matin n'était plus qu'un mauvais souvenir et Antoine en était fort aise. Depuis la visite de son oncle Adrien, il n'avait plus aucun scrupule à affirmer haut et fort qu'il détestait le froid. Si c'était bon pour l'oncle Adrien, ça pouvait l'être pour lui, non?

Sans hésiter, il avait donc aussi commencé à dire à haute voix qu'il détestait le sport en général et le hockey en particulier, au grand dam de son père qui, lui, ne jurait que par les Canadiens!

C'est en se demandant si son père, justement, avait vu le message laissé par sa mère qu'Antoine arriva enfin à la cour des Gariépy.

Il s'arrêta d'un coup sec à côté de la balançoire. Il était beaucoup trop gêné pour oser frapper à la porte sans autre raison que celle de vouloir parler à sa sœur, même si cette dernière lui avait assuré que la mère de Francine était gentille comme tout.

— Comme le dit Francine, sa mère, a' l'a un cœur de guimauve!

Antoine ne s'y fiait pas.

Il savait par expérience que derrière une voix mielleuse pouvait se cacher un ogre. Allez donc savoir maintenant ce qui pouvait se cacher derrière un cœur de guimauve! En fait, s'il était venu jusqu'ici, c'était dans l'espoir de trouver Laura en train de se balancer avec son amie. Elle n'arrêtait pas de dire que Francine était chanceuse d'avoir une balançoire à quatre places. Malheureusement, sur la balançoire, il n'y avait qu'un vieux chandail oublié.

Antoine esquissa une moue et rebroussa chemin, déçu, mais toujours aussi décidé.

Antoine Lacaille avait deux mots à dire à sa sœur et s'il ne le faisait pas tout de suite, dans les minutes suivantes, alors qu'il avait le cœur encore à vif, rempli de toutes ces émotions ambivalentes que faisait naître monsieur Romain, cette gêne particulière emmêlée de dégoût et de plaisir, il savait qu'il ne le ferait jamais. Et s'il ne le faisait pas maintenant, jamais il n'oserait relancer Laura pour qu'elle vienne le chercher samedi prochain. Et si Laura ne venait jamais, le cauchemar ne finirait jamais.

Cela faisait beaucoup de *jamais*, une enfilade interminable, une myriade infernale de *jamais* qu'Antoine voyait s'allonger indéfiniment devant lui, longue comme une éternité en enfer.

C'est le curé Ferland qui l'avait dit: certains péchés ne méritaient qu'une chose et c'était l'enfer pour l'éternité.

Certains jours, un peu comme en ce moment, Antoine était convaincu de le mériter pleinement, cet enfer, à défaut d'y être déjà.

Appuyant son dos contre la brique toute chaude du mur de la maison, le petit garçon se laissa glisser jusqu'au sol où il resta accroupi sur les talons. Si quelqu'un venait, surtout quelqu'un d'indésirable, d'un coup de rein il serait debout et il pourrait détaler comme un lièvre. Calant son menton sur ses genoux qu'il tenait enlacés entre ses bras, Antoine tourna la tête vers l'avenue. C'était un vrai beau samedi après-midi et les passants commençaient à être nombreux.

— Eh ben! Regarde donc qui c'est qui est là! Le p'tit Lacaille. Veux-tu ben me dire ce que tu fais accoté sur notre maison, toé? On te voit jamais d'habitude.

Occupé à surveiller la rue au cas où il verrait passer sa mère, Antoine n'avait pas entendu Robert, le frère de Francine, qui arrivait en trombe dans la ruelle. Il sursauta comme un voleur pris en flagrant délit et bondit sur ses pieds, le visage en feu. Parmi la bande des grands, s'il y en avait un qui l'intimidait, c'était bien Bébert. Pas vraiment grand, pas plus gros qu'il ne le faut, Robert Gariépy, néanmoins, ne s'en laissait jamais imposer. Les poings rapides, les gestes nerveux, la démarche énergique et la langue bien pendue, il était respecté de tous. En fait, Antoine l'admirait beaucoup. À ses yeux, le jeune de dix-sept ans était déjà un homme. Un homme à qui il aimerait ressembler plus tard.

— Que c'est tu fais-là? répéta Robert, un sourire malicieux sur les lèvres. On dirait que je te fais peur.

Antoine haussa imperceptiblement les épaules.

— C'est pas ça, murmura-t-il, baissant subitement les yeux.

— C'est quoi d'abord?

Antoine se contenta de reculer d'un pas sans répondre, toujours concentré sur la pointe de ses souliers.

— Sacrifice que t'es bizarre, toé! Tu peux me parler, tu sais! Je te mangerai pas. Si c'est pour chercher ta sœur que t'es là, ben tu perds ton temps. Est pas icitte, Laura. Même que ma sœur Francine est en beau joual vert de se retrouver tuseule un samedi.

— Est où d'abord, ma sœur?

Surpris de voir que Laura n'était pas avec Francine, Antoine avait oublié une partie de sa gêne et il avait osé lever les yeux vers Bébert qui haussait les épaules.

— Je le sais-tu, moé, où c'est qu'a' l'est, ta sœur. Si toé, son frère, tu le sais pas, comment veux-tu que moé je le sache, batince! Bon, c'est ben beau toute ça mais faut que je me grouille. M'en vas être en retard à job si je continue à jaser pis le boss aime pas ben ben ça attendre après le monde.

— Tu travailles où?

— Au garage à Jos Morin.

Bébert redressa les épaules, visiblement très fier d'être l'employé de Joseph Morin, un garagiste de leur quartier.

— Chus pompiste. Pis à soir, c'est moi qui garde le garage tuseul. Mais ça, c'est juste en attendant. À l'âge que chus rendu, j'ai décidé d'arrêter l'école. M'sieur Morin va m'apprendre le métier à partir du mois de septembre. J'veux devenir mécanicien.

— Mécanicien? Pour les chars?

Cette fois-ci, Antoine n'était plus du tout gêné. Le regard qu'il posait sur Bébert brillait d'envie.

— Ben oui, pour les chars! Pour quoi d'autre tu voudrais que je devienne mécanicien? Pour les laveuses, petête?

— Ben non, voyons! Chus pas niaiseux. Mais ça aurait pu être pour les trains, par exemple.

À cette répartie, Robert esquissa une moue d'appréciation.

— Sais-tu que t'es moins bête que je le pensais? Pour les

trains... C'est une idée, ça. Mais je pense que j'aime mieux les chars quand même. Pis comme y en a plus que des trains, j'vas avoir plus de job, pis comme ça, j'vas faire plus d'argent. Que c'est t'en penses, hein, ti-cul?

Venant d'un autre, ce surnom aurait été une insulte aux oreilles d'Antoine. Comme le *tapette* de son père. Mais venant de la part de Bébert, le *ti-cul* sonnait comme un compliment, une marque d'affection. À son tour, Antoine redressa les épaules.

— Je pense que t'as raison. Pis je te trouve ben chanceux de pus aller à l'école pour travailler dans un garage. J'aime ben ça, les chars. J'ai hâte d'être plus grand, moé avec. Chus comme toé, l'école, j'aime pas ben ben ça.

Puis, après une légère hésitation:

— C'est les professeurs surtout que j'aime pas à l'école.

À ces mots, Bébert éclata de rire.

— Ben t'es pas tuseul, mon Antoine, à penser de même. Moé non plus j'aimais pas tellement les professeurs. Toujours à nous donner des devoirs pas comprenables pis à nous garder en retenue quand on fait pas toute comme y' veulent... Veux-tu que je te dise de quoi? Les retenues, j'haïssais ça en sacrifice.

Un reflet de colère traversa le regard de Bébert.

— Me retrouver tuseul dans une classe avec un professeur, j'ai toujours haï ça ben gros... Bon ben astheure, faut vraiment que je m'en aille.

En passant à côté d'Antoine, Robert tendit la main pour lui ébouriffer les cheveux. Le geste, pourtant anodin, fit sursauter démesurément le petit garçon.

— Wo! Pogne pas les nerfs, ti-cul! J'vas pas te battre...

Antoine s'était écrasé contre le mur pour éviter la main de Robert, qui se contenta de hausser les épaules sans s'arrêter. Pourtant, arrivé au trottoir, il fit une pause et détournant la tête, il lança:

— Viens me voir au garage, un de ces jours. On parlera de chars. Tu vas voir! M'sieur Morin, mon boss, y' vient de s'acheter une Chevrolet flambant neuve. Est belle en sacrifice!

Antoine tressaillit de plaisir. Une auto neuve?

Mais, à peine eut-il le temps de relever les yeux que Bébert avait disparu. Brusquement, Antoine eut l'impression que la ruelle venait de s'assombrir. Pourtant, le soleil était encore assez haut, là-bas tout au bout de l'allée, et il continuait de chauffer. Malgré cela, un long frisson secoua Antoine. Maintenant qu'il savait que Laura n'était pas chez son amie, il n'avait plus rien à faire ici. À son tour, il se dirigea vers la rue, traînant les pieds, plus déçu que sa sœur ne soit pas là que curieux de savoir où elle se cachait.

Rendu au trottoir, il tourna spontanément à sa droite. Où pouvait-il aller ailleurs qu'à la maison? Il souhaita seulement que sa mère soit de retour.

Poussant du bout du soulier un petit caillou qui roulait devant lui, il se dirigea à pas lents vers la maison de sa grand-mère en se disant que ce ne serait pas aujourd'hui qu'il parlerait à Laura.

La flamme qui l'animait s'était éteinte.

Comme chaque fois qu'il allait chez monsieur Romain, les émotions avaient fini par se délaver, ne laissant, au fond de lui, qu'une sensation diffuse ressemblant à un rêve embrouillé.

Embrouillé et désagréable.

Puis, Antoine se souvint du pâté chinois que sa mère avait promis de préparer pour lui et il se mit à courir.

* * *

Quand Laura était arrivée chez les Veilleux pour garder le petit Daniel, l'idée qu'elle n'irait pas chercher son frère tel que promis la chiffonnait encore un peu. Après tout, une promesse était une promesse, et Laura était une fille de parole bien qu'elle n'ait toujours pas compris ce qui avait poussé son frère à lui faire une telle demande. L'effervescence de Marie Veilleux, anxieuse de confier son fils à une quasi-inconnue pour une première fois, lui avait vite fait oublier Antoine et ses lubies.

Dès que les Veilleux étaient partis, la sensation particulière de se savoir seule dans une maison étrangère avait occulté toute autre pensée. Les odeurs n'étaient pas les mêmes que chez elle, les bruits ambiants non plus. Laura ne se sentait pas très à l'aise. Heureusement, Daniel était un bébé facile et il n'avait pas pleuré au départ de ses parents. Comme demandé par Marie, Laura s'était installée par terre dans la chambre du bébé pour surveiller ses jeux. À cinq heures et demie, elle lui donnerait son souper. L'habitude de s'occuper de son frère Charles avait fait en sorte qu'en quelques minutes à peine, Laura avait tout oublié, hormis Daniel et ses jeux.

C'est à l'instant précis où elle entrait dans la cuisine pour réchauffer ce que Marie Veilleux avait laissé pour le repas de son fils que sa mère était venue la voir.

— Juste comme ça en passant...

Bernadette avançait dans la cuisine à pas lents, presque prudents, le nez devant et les yeux se posant un peu partout.

— Fallait que j'aille chez Perrette, avait-elle dit en guise de justification. Pour acheter du blé d'Inde pour le pâté chinois. C'est de là que j'arrive...

Puis, elle avait planté son regard dans celui de sa fille.

— Je me demandais si t'avais pas besoin de quèque chose.

Jamais Bernadette n'aurait osé avouer que c'était la curiosité qui l'avait poussée à venir voir Laura. Si Marie Veilleux était angoissée de laisser son bébé pour quelques heures, Bernadette, elle, était inquiète de savoir sa fille chez des inconnus.

Quelques pas sur l'avenue en compagnie de Marie Veilleux ne suffisaient pas pour faire d'elle une proche.

La propreté des lieux la rassura. L'appartement sentait bon le savon à lessive et les pommes qui avaient cuit. Rassurée, Bernadette avait déposé Charles par terre.

— Pis Laura, ça va-tu comme tu veux?

— Pas de trouble, moman, toute va comme sur des roulettes! Au début, ça m'a faite bizarre de me retrouver tuseule dans une maison que je connaissais pas mais astheure, ça va. Pis le p'tit Daniel est tellement gentil. Oh! Regarde! On dirait que Charles pis lui se reconnaissent. Y'arrêtent pas de se faire des sourires.

Bernadette tourna la tête, esquissa une moue attendrie. Charles s'était approché de Daniel, assis par terre, et d'une main malhabile, il lui caressait les cheveux.

— C'est vrai qu'y' se voyent de temps en temps quand on les promène dans leurs carrosses, Marie pis moé. Petête qu'un jour, y' vont devenir des amis comme toé pis Francine. On sait jamais ce qui peut arriver.

Laura resta songeuse un moment, le regard tourné vers les deux petits garçons qui s'examinaient en souriant, puis, elle leva les yeux vers Bernadette.

— Ça me fait toute drôle de penser que Charles va grandir, pis devenir comme moé pis Antoine, un jour. Chus pas capable d'imaginer à quoi y' va ressembler quand y' va être un grand garçon. Me semble que Charles, y' va toujours rester p'tit. C'est petête drôle de dire ça, mais je trouve que ça serait correct de même. C'est un peu fou mais on dirait que j'ai pas envie de le voir grandir.

Bernadette hocha la tête, un sourire ému sur les lèvres.

— C'est comme pour moé, ma belle. Je vous vois grandir, c'est ben certain, mais dans le fond, vous restez toutes un peu mes bebés...

Bernadette observa un moment de silence avant de secouer vigoureusement la tête quand son regard tomba sur la grosse horloge accrochée au mur.

— Bon, c'est ben beau notre placotage, mais j'ai un souper à finir de préparer, moé là! T'as-tu vu l'heure? Six heures passées! Ton père doit être arrivé, c'est comme rien, pis Antoine avec. Si t'as besoin de rien, je me sauve tusuite, pis je m'en vas t'attendre à maison pour que tu me racontes ta soirée quand tu vas revenir. Pour l'instant, faut que je me dépêche, Antoine doit ben se demander ce que je fais. Six heures passées...

Antoine...

Laura repensa à sa promesse manquée. Elle fut sur le point de confier à sa mère la demande faite par son frère puis se retint à la dernière minute. Si Antoine lui avait parlé à elle et non à leur mère, c'était probablement qu'il avait ses raisons. Pour se donner une certaine contenance afin de camoufler son embarras, elle se pencha pour prendre Daniel dans ses bras.

— Non, j'ai besoin de rien, dit-elle enfin en se relevant. Madame Veilleux a laissé un restant de macaroni pour moé pis j'ai toute ce qui faut pour Daniel.

Laura avait parlé un peu vite et sur un drôle de ton qui alerta Bernadette. Alors qu'elle allait passer la porte, elle se retourna.

— Que c'est qu'y a, ma fille? Tu parles ben bizarre tout d'un coup.

Laura sentit le rouge lui monter aux joues. Elle chercha désespérément une excuse à son hésitation.

— C'est juste que...

Laura joua le jeu. Elle commença à se dandiner comme chaque fois qu'elle avait une permission à demander. Bernadette détourna les yeux en se mordant le dedans d'une joue pour ne pas éclater de rire. Pendant ce temps, Laura poursuivait sur le même ton et de la même façon.

— Ben... Quand j'vas pouvoir m'en aller d'icitte, penses-tu que je pourrais aller chez Francine au lieu de rentrer direct à maison?

À des lieues de se douter de ce que Laura tentait de lui cacher, Bernadette s'amusa un peu au détriment de sa fille.

— Ben là... Moé qui a hâte que tu me racontes ta soirée...

— Promis que je rentrerai pas plus tard que neuf heures et demie, comme d'habitude. Pis j'vas toute te raconter.

Bernadette continua à faire mine d'hésiter, pour le plaisir d'agacer sa fille, avant d'éclater enfin de rire devant son regard inquiet.

— Ben sûr que tu peux aller chez Francine. Pauvre elle! A' doit ben s'ennuyer. On rit pus: un samedi soir tuseule.

C'était évident que Bernadette se moquait un peu, mais Laura avait retrouvé son sourire et ne s'en offusqua pas. Sa mère n'avait rien deviné.

— A' fait pas juste s'ennuyer, tu sauras, a' m'en veut. Je l'ai senti dans sa voix t'à l'heure quand je l'ai appelée. Mais c'est pas grave. Francine a' se choque pour des niaiseries mais a' déchoque aussi vite. M'en vas toute régler ça plus tard quand j'vas y aller. Astheure, faut que je fasse manger le p'tit Daniel. Moé avec chus en retard. Madame Veilleux m'avait dit de le faire manger à cinq heures et demie.

Laura avait parlé sur un ton sérieux, comme si elle était

une des voisines de Bernadette. Celle-ci lui répondit sur le même ton affairé, de femme à femme, le cœur rempli d'une émotion nouvelle à l'égard de sa fille.

— Inquiète-toé pas pour ça. Tant qu'un bebé braille pas, le repas y' peut ben attendre un peu.

Puis, la mère reprit le dessus et Bernadette ne put s'empêcher de rajouter sur le ton habituel qu'elle employait quand elle s'adressait à ses enfants:

— Oublie pas de faire ta vaisselle, hein? Chus sûre que Marie va l'apprécier.

Laura haussa les épaules, un peu vexée.

— J'y avais pensé, imagine-toé donc. Pis inquiète-toé pas pour moé. Toute va ben aller jusqu'à temps que madame Vielleux revienne. On se revoit t'à l'heure.

Le bébé était endormi et, la vaisselle faite, Laura attendait le retour des parents de Daniel, assise à la cuisine. Habituée de demander la permission pour à peu près tout chez elle, Laura n'avait même pas songé à allumer le poste de radio posé sur le comptoir. Elle se contentait d'épier les bruits qui montaient de la rue, les voix qui lui parvenaient depuis la fenêtre du salon grande ouverte sur la douceur de la soirée. Maintenant que Daniel était endormi, elle trouvait le temps long. La prochaine fois, si prochaine fois il y avait, elle s'était promis d'emporter une revue avec elle. Depuis quelques semaines, elle s'était mise à lire les photoromans de sa mère et elle aimait beaucoup cela. Elle détestait surtout devoir attendre sans rien avoir à faire. À chaque regard qu'elle jetait sur l'horloge, le temps paraissait stagner tellement il prenait ses aises à passer d'une minute à l'autre.

Tel que promis, Marie Veilleux et son mari Gérard arrivèrent sur le coup de huit heures.

Dès que Laura entendit des pas dans l'escalier, elle se leva d'un bond, attrapa son chandail par la manche, prête à s'en aller. Il faut dire que si elle n'avait mis que quelque temps à se sentir à l'aise dans l'appartement, il en allait autrement devant des étrangers. Avec Marie, ça pouvait toujours passer: Marie était tellement douce et gentille. Mais avec son mari Gérard, tout en longueur et en taquineries, c'était autre chose!

Gérard Veilleux l'intimidait.

Elle ne l'avait pas rencontré souvent mais chaque fois que l'occasion s'était présentée, il l'avait toujours saluée avec une pointe de moquerie dans la voix.

C'est pourquoi, quand elle vit qu'elle se retrouvait seule avec lui dans la cuisine parce que Marie était déjà dans la chambre du bébé, Laura se mit à rougir comme une tomate. Elle se précipita vers la porte dès qu'elle eût fini de déclarer que tout s'était très bien passé.

— Où c'est que tu t'en vas de même?

Laura suspendit son geste, une main sur la poignée. Elle se détourna à demi pour répondre.

— Ben chez nous, c't'affaire! En fait, je m'en vas chez Francine. Elle, c'est mon amie, mais ma mère le sait, inquiétez-vous pas. Est venue t'à l'heure pis j'y en ai parlé.

— Tu y en as parlé?

Aux oreilles de Laura, la voix de Gérard gronda comme un reproche.

— Ton amie Francine est venue icitte? demanda-t-il. Pendant qu'on était pas là? Me semble que...

— Ben non, voyons! interrompit vivement Laura, de plus en plus mal à l'aise, consciente de l'équivoque qu'elle avait suscitée. Vous aviez dit pas d'amie... C'est ma mère qui est venue, pas Francine. Juste comme ça en passant pour voir si toute allait comme faut. C'est là que j'y ai demandé si je pouvais aller chez...

Tout en parlant, Laura avait levé les yeux vers Gérard. Elle comprit vite fait que ce dernier se moquait d'elle. Le large sourire qui s'étirait sous sa moustache, qu'il portait plutôt fournie et tombante, contredisait la voix bourrue qu'il avait employée. Laura sentit aussitôt qu'elle rougissait de plus belle. Elle se tut sans même terminer sa phrase.

C'est à cet instant qu'elle sentit une résistance dans la poignée de la porte qu'elle tenait toujours. Sur le balcon, Cécile essayait d'entrer avec à ses côtés un homme plutôt grand et habillé comme les gravures de mode dans les magazines que Laura feuilletait parfois chez Perrette quand elle devait attendre une commande que son père était en train de lui préparer. Pas vraiment le genre de personnage pour mettre une Laura Lacaille à l'aise. Elle lâcha aussitôt la poignée comme si cette dernière avait été brûlante puis elle recula d'un pas.

D'un simple coup d'œil, Cécile comprit la situation. Laura était écarlate et Gérard étirait un sourire malicieux sous sa moustache. Fronçant les sourcils, Cécile se tourna vers son frère.

— Veux-tu bien me dire...

Gérard, mine de rien, examinait le plafond.

— Qu'est-ce que tu as encore dit pour rendre Laura aussi rouge? Pauvre petite!

Cécile revint face à Laura.

— Il ne faut pas s'occuper de ce grand échalas à moustache. Mon frère passe son temps à taquiner tout le monde sans prendre conscience qu'il rend les gens complètement mal à l'aise. Alors? La soirée s'est bien passée?

— Toute a ben été, oui. Le p'tit Daniel est vraiment un bon bebé.

À ces mots, Cécile leva les yeux vers son mari.

— J'espère qu'on pourra en dire autant de notre petit à nous!

— Vous attendez un bebé?

Laura n'avait pu s'empêcher de poser la question même si elle était consciente d'être indiscrète. En même temps, machinalement, elle jetait un regard furtif sur le ventre de Cécile qui lui sembla nettement trop plat pour une future mère. Quand Bernadette attendait Charles, elle était énorme.

— Attendre un bébé...

En disant ces mots, Cécile sembla songeuse, comme réticente. Elle hésita un moment avant de reporter son regard sur Laura.

— Oui, je crois que nous pouvons le dire comme ça. Charles et moi nous allons avoir un enfant. Nous attendons un bébé. C'est justement pour célébrer tout ça que nous sommes allés au restaurant.

— Ah! Je comprends astheure.

Pour Laura, il n'y avait qu'une occasion de la plus haute importance pour motiver un repas au restaurant. Son expérience personnelle en matière de restaurants se résumait plutôt à un casseau de frites ou à un *sundae* au chocolat au casse-croûte de monsieur Albert, au coin de la rue. Et encore, il fallait qu'il y ait quelque chose d'important à célébrer pour justifier la dépense.

Maintenant que tout était dit, Laura reprit la poignée de porte bien en main, déterminée à s'éclipser au plus vite. C'est à cet instant que Gérard intervint.

— Pars pas si vite, Laura! Pis excuse-moé si je t'ai faite étriver un brin. J'aime ça agacer les belles filles!

— Gérard! Ma grand' foi du bon Dieu, tu vieilliras jamais.

Cécile intervenait encore. C'était plus fort qu'elle! Qu'on ose s'en prendre à Laura lui causait un malaise personnel.

— J'espère ben que non, que je vieillirai jamais! Astheure, les choses sérieuses avant que Laura s'en aille.

Tout en parlant, Gérard s'était approché de Laura, une main plongée au fond d'une de ses poches. Il en tira une liasse de billets verts.

— T'es restée quasiment quatre heures, ça mérite ben un beau deux piastres.

En voyant l'argent et en entendant les propos de Gérard Veilleux, Laura s'était remise à rougir.

— Ben voyons donc! Vous avez pas besoin de me payer. Daniel a pas été tannant pantoute.

— Pas de discussion, Laura Lacaille, cet argent-là est à toi. Tu l'as mérité. Tu te payeras une gâterie avec.

La rougeur du teint de Laura n'avait plus rien à voir avec la gêne. Pour l'instant, elle était plutôt rose de plaisir.

— Ben ça par exemple! Si je m'attendais à ça... Merci, monsieur Veilleux. Merci ben gros. Pis si jamais vous avez encore besoin de moé, gênez-vous pas. Ça va me faire plaisir de revenir pour garder Daniel. Ouais, ben plaisir... Bon ben... astheure, je m'en vas chez Francine. Merci encore, monsieur Veilleux. Merci ben gros.

Laura avait déjà descendu l'escalier menant à la cour qu'elle remerciait encore en tenant ses deux dollars bien serrés dans sa main.

— C'est pas des maudites farces, y' m'a donné deux piasses, murmura-t-elle pour elle-même en tournant le coin de la maison. J'en reviens juste pas. Deux piasses. Deux belles piasses à moé tuseule.

Laura avait des ailes.

Quand elle arriva chez Francine, elle avait déjà acheté au moins la moitié de la ville! Sa fortune était illimitée.

Son amie l'accueillit plutôt froidement. Couchée sur son

lit, elle comptait les planches du plafond.

— C'est quoi l'idée d'aller garder un bebé le samedi soir? lança-t-elle en guise de bienvenue, en se soulevant sur un coude. Tu le sais que j'hais ça me retrouver tuseule en fin de semaine, sainte bénite!

Sur ces mots, Francine sauta sur le plancher.

Au lieu de répondre, Laura se contenta d'agiter les billets verts en les promenant sous le nez de Francine. Cette dernière écarquilla les yeux.

— Bonté divine, que c'est ça? Tu viens de voler la banque du Canada ou quoi? Deux piasses, on rit pus.

— Niaiseuse! Si j'avais volé une banque, Francine Gariépy, ou ben l'épicerie chez Perrette, j'aurais plus que deux piasses. Quand même! Pis c'est pas mon genre de voler. Tu le sais. Ça, c'est juste de l'argent que j'ai gagné, oui, oui, gagné, fais pas c'te face-là, en allant garder le p'tit des Veilleux.

La mauvaise humeur de Francine venait de se convertir en bouderie. Elle croisa les bras sur sa poitrine en soupirant bruyamment.

— C'est pas juste! J'ai eu toute mon temps à soir pour y penser ben comme faut pis c'est pas juste pantoute.

— Comment ça, pas juste?

Laura dévisageait son amie, les yeux à demi fermés.

— Tu serais-tu jalouse, coudon, toé?

Francine hésita à peine avant de répondre avec véhémence:

— Ouais... Ouais, t'as ben raison, Laura, chus jalouse. Pourquoi c'est pas moé qui est allée le garder, c'te bebé-là? J'aurais été capable, moé avec. Depuis le temps que je m'occupe de Serge pis de Vovonne.

— Je le sais-tu, moé, pourquoi c'est faire que c'est moé qu'y' sont venus chercher? Petête que c'est pasque ma mère connaît Marie Veilleux pis que moé je connaissais la sœur de monsieur Veilleux. Ouais, ça doit être à cause de ça, je vois pas d'autre chose.

— Tu connais la sœur de monsieur Veilleux, toé?

— Ben oui.

Laura poussa un long soupir d'exaspération en se laissant tomber assise sur le sol recouvert de ce prélart orange et vert qu'elle avait toujours trouvé hideux.

— Maudite marde que t'as pas de mémoire, Francine Gariépy! analysa-t-elle en levant la tête vers son amie. Tu le sais ben, Cécile, la femme que je t'ai parlé l'an dernier. Celle qui avait jasé avec moé sur le bord de la rue. Je te l'avais dit que c'était la sœur de monsieur Veilleux. Même que je t'avais dit que c'est une femme docteur. Là tu dois ben t'en rappeler, non? Des femmes docteurs, comme elle, j'en connais pas des tonnes pis toé non plus.

— O.K., c'est vrai. Je m'en rappelle astheure.

Francine avait rejoint Laura sur le sol, assise en tailleur à ses côtés sur une pile de vêtements jetés à la volée à même le plancher.

— N'empêche que c'est pas juste, pareil. C'est toujours à toé qu'y' arrive des affaires le fun, jamais à moé.

— Comment ça, des affaires le fun? Y' m'arrive rien de plus qu'à toé. On va à même école, on fait les mêmes devoirs plates, on joue à balle dans le même parc, mes bas sont reprisés comme les tiens, à même place, j'cré ben. Sont où les différences entre toé pis moé? À ce que je me rappelle, c'est la première fois que j'vas garder pis c'est la première fois que je gagne de l'argent de même. Les p'tits cinq cennes pis même les trente sous que ma mère me donne des fois, ça compte pas vraiment.

— Pis t'as un char à porte, enchaîna Francine, voyant que

Laura était à bout de souffle tellement elle avait parlé vite, pis une télévision grosse comme un bureau, paraît, pis un pick-up avec des records d'Elvis, pis un mononcle qui vient des Ét...

— Pis c'est toute.

Laura avait repris son souffle et elle fulminait. Elle détestait quand Francine se mettait à comparer leurs familles.

— Arrête, O.K. là? Je te trouve plate de parler de même. Le char pis la télévision, c'est pas à moé, c'est à mon père, aussi ben dire que j'en ai pas. Si chus embarquée cinq fois dans le char de mon père, l'an dernier, c'est beau. La télévision, je te donne un point là-dessus, je la regarde, c'est vrai. Mais pas tout le temps, par exemple. Juste des fois quand mon père ou ben ma grand-mère disent oui. Le pick-up pis les records, ça vient de mononcle Adrien, tu le sais. C'est toujours ben pas de ma faute si y' m'a donné ça pis j'étais toujours ben pas pour refuser son cadeau, maudite marde! Me semble que c'était réglé c't'affaire-là... Pis je te ferais remarquer que tu profites du pick-up autant que moé. C'est avec toé que je les écoute, mes records, dans TA chambre, pasque chez nous ma grand-mère écoute la télévision ou ben son radio pis a' trouve que ma musique la dérange. Pis les cinq cennes de ma mère, c'est toujours avec toé que je les partage. Ça fait que, viens pas te plaindre icitte, toé là.

La mauvaise humeur et la mauvaise foi de Francine avaient fondu comme neige au soleil au fur et à mesure que Laura parlait. Tout ce que son amie venait de dire était vrai. Comme il était vrai que Laura partageait toujours tout avec elle.

Francine eut un long soupir de contrition. Avec Laura, elle formait un duo à l'amitié indéfectible, sujet parfois à certaines moqueries de la part de leurs compagnes de classe tant elles étaient inséparables, mais Francine s'en fichait éperdument. Même qu'elle était plutôt fière qu'une première de classe comme Laura soit son amie. Alors, d'où lui venait cette fichue manie de toujours comparer?

— Escuse-moé, Laura. Je sais pas ce qui m'a pris. L'ennui, j'cré ben. C'est long des heures à attendre quèqu'un. Ça fait que je me suis mis à trop penser.

Laura fut sur le point de répliquer qu'au lieu de penser, elle aurait dû réfléchir. Ce n'était pas la première fois qu'elles avaient une discussion sur les différences entre leurs familles et Laura détestait cela. Elle pensait avoir été assez claire la dernière fois qu'elles en avaient parlé. Mais, comme rétorquer ne ferait qu'envenimer les choses, elle garda pour elle la réflexion qui lui avait traversé l'esprit et se contenta d'agiter de nouveau les billets verts sous le nez de Francine.

— Pis, que c'est tu penses qu'on va faire avec cet argent-là?

Les sourcils de Francine montèrent d'un cran.

— Comment t'as dit ça? On? Ce qu'ON va faire avec l'argent? J'ai-tu ben compris, moé là?

Sur ce, malgré une très forte tentation d'imposer son point de vue, Francine inspira longuement et bruyamment et lança à toute vitesse avant de changer d'idée:

— C'est pas à moé, l'argent, Laura, c'est à toé! T'en feras ben ce que tu veux. Chus pas placée pour décider. Surtout pas après ce que je viens de dire.

Laura balaya l'air devant elle avec sa main libre.

— J'ai toute oublié ça. Je viens d'avoir un deux piasses que je pensais pas avoir, ça fait que j'ai envie de me faire plaisir avec. Pis quand j'ai envie d'avoir du fun, ben c'est à toé que je pense. Ça fait que je répète ma question: que c'est qu'on va faire avec c't argent-là? On va-tu dîner Chez Albert demain après la messe? On pourrait se payer chacune un hot-dog steamé avec des frites pis un coke. Pis petête un sundae à deux pour finir, mais chus pas sûre, faudrait vérifier.

Tout en parlant, Laura comptait sur ses doigts.

— Ou ben, on va aux vues. Mais pour les vues, faudrait demander la permission à nos mères pis chus pas sûre qu'a' voudraient qu'on y aille tuseules, toé pis moé. À moins que t'en parles à ta sœur Louise. Est plus vieille que nous autres pis je pense que j'aurais assez d'argent pour elle avec. Me semble que ça serait ben le fun de prendre l'autobus pour aller sur Beaubien pour...

— Wo! Je t'arrête tusuite.

Francine avait levé les deux bras devant elle.

— Pourquoi? Ça te tente pas de...

— C'est pas ça. J'veux juste être sûre que j'ai ben compris.

— Compris quoi?

Laura ferma les yeux d'impatience pour les rouvrir aussi vite afin de lancer un regard éloquent sur Francine.

— Voyons donc, Francine, me semble qu'y a pas grand-chose à comprendre. J'ai deux piasses à dépenser pis...

— Laisse-moé finir. T'à l'heure, t'as dit qu'on allait décider ensemble, non?

— Ouais, c'est ce que j'ai dit.

— O.K., j'ai ben compris. Ça fait que j'ai eu raison de t'arrêter. Moé, Laura, ça me tente pas d'avoir ma sœur avec nous autres. J'ai toujours l'impression qu'a' me watche pour toute raconter à ma mère pis j'hais ça. Ça fait que dans toute ce que t'as dit, je pense que j'aimerais mieux aller Chez Albert pour dîner avec toé. Les vues, ça sera petête pour une autre fois. Surtout que je pense qu'un billet pour les vues, ça coûte quasiment une piasse. T'aurais petête pas assez d'argent. Ça serait plate d'aller jusque là pour rien. Que c'est t'en penses?

— Pas de trouble! Si c'est ça que tu veux, moé, chus d'accord. Ça fait que demain, on va dîner Chez Albert. C'est sûr que j'vas en parler à ma mère avant mais chus sûre qu'a' va dire oui.

— Moé avec, je pense que ma mère va dire oui.

— Bon ben... Toute est arrangé.

Laura était déjà debout, l'argent soigneusement rangé au fond de sa poche. Ce n'était vraiment pas le temps de le perdre!

— Astheure, je pense que j'vas rentrer. Ma mère m'attend. On se retrouve sur le perron de l'église demain après la messe de onze heures.

— Parfait! Sur le perron après la messe... T'as-tu pensé qu'on va même avoir le droit de s'assire dans un box vu qu'on va manger toute un repas complet? Pis moé, j'vas amener deux dix sous pour mettre de la musique dans le juke-box. Petête qu'y a des chansons nouvelles qu'on connaît pas!

— Le juke-box? Ben ça, c'est une saprée bonne idée. Petête que monsieur Albert y' connaît ça, lui, la chanson que je t'ai parlé l'autre jour pis qu'y' l'a mis dans son juke-box. Tu sais, la chanson que j'ai entendue dans le radio: *Diana*... Je t'ai même dit que c'est un gars d'icitte qui la chantait. Paul Anka... C'est un Canadien. Je l'ai lu dans une revue pendant que j'attendais la livre de steak ha...

Laura cessa brusquement de parler pour fixer Francine en fronçant les sourcils.

— Ben coudon, toé! Où c'est que t'as pris ça, c't'argent-là, pour le juke-box? Tu passes ton temps à dire que t'as jamais une cenne.

— C'est mon père qui me l'a donné, l'autre jour, pasque j'ai faite le ménage de ses outils. Je te dis qu'y en avait qui étaient pas mal sales après les jours de pluie qu'on a eus. Je les ai toutes lavés, tu sauras. Toutes!

Quand Laura se retrouva sur le trottoir en direction de chez sa grand-mère, elle se mit à sautiller à cloche-pied comme lorsqu'elle était petite. Elle n'avait que le repas du lendemain en tête et une belle sensation de plénitude la rendait toute légère.

Comme le disait souvent sa mère, les cadeaux donnés étaient aussi agréables et importants que ceux reçus.

— Pis a' l'a ben raison, ma mère, murmura-t-elle en attaquant l'escalier menant au balcon arrière de la maison. J'ai-tu hâte à demain rien qu'un peu!

CHAPITRE 2

Quand les hommes vivront d'amour
Il n'y aura plus de misère
Et commenceront les beaux jours
Mais nous, nous serons morts mon frère
Dans la grande chaîne de la vie
Où il fallait que nous passions
Où il fallait que nous soyons
Nous aurons eu la mauvaise partie

Quand les hommes vivront d'amour
PAROLES ET MUSIQUE DE RAYMOND LÉVESQUE, 1955

Lundi 23 septembre 1957

Assis tout au fond de l'église, coincé entre deux confrères de classe et les yeux rivés sur la pointe dévernie de ses souliers, Antoine essayait de s'y retrouver dans le discours embrouillé du vicaire. Il n'avait pas le choix de comprendre ce que le jeune prêtre essayait d'inculquer aux élèves, car cet après-midi, de retour en classe, il devrait en faire le résumé.

En ce lundi matin pluvieux et frais commençait la semaine de retraite annuelle. À tour de rôle, les filles et les garçons des trois écoles du quartier se succéderaient à l'église pour des périodes de réflexion qui se voulaient la fondation de toute éducation chrétienne, l'assise de toute réussite scolaire. Espérée et décriée tout à la fois, cette semaine était un incontournable du mois de septembre dans la paroisse depuis que Marcellin Ferland en était le curé, aussi bien dire depuis toujours.

Trois jours de prières, de sermons, de chants religieux pour façonner l'âme. Quelques textes à écrire ou à apprendre pour ouvrir l'esprit. Une grande confession le jeudi pour purifier le cœur de toutes les turpitudes, les dévergondages, les égarements occasionnés par le laisser-aller des vacances. Et l'apothéose, une grand-messe, le vendredi après-midi, pour remercier Dieu de Sa grande bonté à notre égard et l'implorer de nous envoyer les lumières de Son Esprit, élément essentiel à la réussite scolaire. Sans oublier, bien sûr, la remise en grande pompe des scapulaires qui, épinglés à la camisole, décourageraient Satan tout au long de l'année comme le camphre dans son petit sac de coton, épinglé lui aussi à la même camisole, éloignait les grippes et les rhumes durant l'hiver.

Sans la retraite, point de salut. Sans la retraite, point de succès académique. Le curé en avait fait la démonstration l'an dernier: à coup de prières additionnées d'inspirations divines desquelles on soustrayait la paresse et la tricherie, multipliées par les indulgences, le ciel comme les notes scolaires n'étaient qu'une question mathématique.

C'est ainsi que depuis près d'une heure, monsieur le vicaire Frenette, fraîchement intronisé dans la paroisse en remplacement du père Robitaille prêté à l'évêché pour un temps indéterminé, ânonnait le premier sermon de la journée. Son long corps squelettique penché sur sa copie, un doigt noueux suivant les mots, il psalmodiait un texte embrouillé et confus où Dieu et Diable se partageaient la vedette. Sa voix, pourtant haut perchée, peinait à se frayer un chemin à travers les toux, les éternuements, les chuchotis, les froissements de vêtements, le frottement des chaussures sur les prie-Dieu, les ricanements et le tambourinage de la pluie contre les vitraux.

Le jeune vicaire suait d'inquiétude sous sa soutane fraîchement amidonnée. Le curé Ferland avait été on ne peut plus formel hier au souper: la rédemption de ces jeunes âmes reposait intégralement sur ses frêles épaules et il aurait à en rendre compte devant l'Éternel! Rien de moins!

Et dire que Romuald Frenette avait choisi la prêtrise à cause d'une prédisposition naturelle et instinctuelle à l'indolence et parce qu'il n'aimait pas particulièrement les enfants! Au village où il avait grandi, la prestance de son propre curé, logé, blanchi, et surtout engraissé aux ragoûts de sa vieille cuisinière, avait grandement influencé sa vocation sacerdotale. Lire son bréviaire en se promenant tranquillement sous les arbres, contemplant en même temps le cours tranquille du fleuve Saint-Laurent, lui était alors apparu comme le métier le plus compatible avec sa nature fragile. Et voilà que ce matin, à peine arrivé au presbytère d'une nouvelle paroisse, en pleine ville par-dessus le marché, Romuald Frenette devait se mesurer aux regards moqueurs de quelques centaines de garnements ricaneurs qui n'attendaient qu'une occasion pour le faire trébucher, il en était persuadé. De toute sa vie, le jeune vicaire n'avait jamais été aussi angoissé, aussi fébrile. D'autant plus qu'à l'arrière, caché dans la sacristie, le curé Ferland surveillait sa prestation. Romuald pouvait sentir distinctement les remugles de son tabac à pipe jusque dans l'église.

Antoine étouffa un long bâillement derrière son poing. Malgré la voix aigrelette du nouveau vicaire qui, en principe, aurait dû le tenir éveillé, le jeune garçon devait faire un effort surhumain pour garder les yeux ouverts. C'était plus fort que lui: les églises l'endormaient. Toutes les églises et toutes les sortes de célébrations.

Une odeur de laine mouillée, de chaussures boueuses et d'orteils plus ou moins propres, mêlée à un relent d'encens et aux effluves des lampions qui achevaient de se consumer aux pieds des statues placides, lui donnait mal au cœur. Lentement, ses paupières se mirent à papilloter et sa tête commença à dodeliner. Un violent coup de coude le fit sursauter.

— Ayoye! murmura-t-il en ouvrant précipitamment les yeux.

Antoine tourna vivement la tête vers Ti-Paul, son voisin de droite, en se frottant les côtes.

— Que c'est qui te prend, toé, à matin? chuchota-t-il en lui jetant un regard furieux. Tu m'as fait mal en mautadine.

Ti-Paul montra et de l'œil et du menton le devant de l'église et, faisant semblant de se gratter le nez, souffla derrière sa main:

— C'est pas le temps de dormir, Antoine. Regarde comme y' faut la porte de la sacristie. M'sieur le curé est en train de nous watcher. Si tu veux pas être obligé de dire ton chapelet après le sermon, t'es mieux de faire semblant d'écouter. Même si c'est plate en gériboire pis que je comprends rien à ce qu'y' dit, le nouveau vicaire.

Antoine esquissa un sourire en coin en jetant à son tour un regard scrutateur sur le chœur de l'église. Effectivement, par la porte de la sacristie entrouverte, on pouvait apercevoir l'ombre massive du curé Ferland qui se découpait sur la grisaille mouillée de la fenêtre. La fumée de sa pipe l'enrobait d'un nuage menaçant.

Antoine soupira de soulagement. Par chance, Ti-Paul l'avait averti!

Ayant attrapé subitement le même virus que son ami,

Antoine s'appliqua à se gratter vigoureusement le nez, lui aussi, et glissa à voix feutrée, toujours sans quitter le curé des yeux:

— Merci ben. Je t'en revaudrai une.

Puis, quelques instants plus tard, sur ce même ton de messe basse, il ajouta:

— Comme ça, toé avec tu comprends rien de ce qu'y' dit, le nouveau vicaire? Comment c'est qu'on va faire pour toute résumer ça, après-midi?

Ti-Paul ne répondit pas sur-le-champ. Rapide regard à droite, second regard furtif à gauche et retour des yeux droit devant lui, il toussa une ou deux fois, s'étira discrètement, question de créer une diversion, avant de recommencer à se gratter le nez:

— M'en vas demander à mon frère Michel de toute m'expliquer ça à midi, durant le dîner. Y' est en septième année, lui, y' doit ben comprendre quèque chose au charabia du vicaire. Tu viendras me chercher après dîner pis j'vas toute te dire ce que Michel va m'avoir expliqué. Astheure, on va se taire si on veut pas attraper une mornifle! M'sieur Romain regarde par icitte.

Monsieur Romain...

À la simple mention de ce nom, Antoine sentit la chaleur lui monter au visage. Son cœur fit un drôle de bond à contretemps. Il jeta un regard qui se voulait discret dans l'allée centrale de l'église.

Tel qu'annoncé par Ti-Paul, le professeur déambulait lentement entre les rangées de bancs, les mains dans le dos, tournant fréquemment la tête dans leur direction. Ses souliers à semelles de crêpe étaient plus bruyants que jamais, chouick! chouick! chouick! et battaient avec la régularité d'un métronome leur inimitable mesure à trois temps.

Antoine avala péniblement sa salive.

Ramenant sagement les mains sur ses genoux, il s'efforça de garder les yeux sur le vicaire et son esprit sur chacun des mots qu'il prononçait. Même l'effort d'essayer de comprendre le galimatias du piètre orateur qu'était l'abbé Frenette lui était moins pénible que la perspective de croiser le regard de monsieur Romain.

Et plus question de dormir!

Tout plutôt que de se retrouver en retenue, seul avec monsieur Romain!

Après la défection de Laura en juillet dernier, Antoine avait changé sa stratégie. Désormais, il ne compterait que sur lui-même. Il n'avait donc jamais reparlé de cet incident à sa sœur puisqu'elle-même ne l'avait jamais fait. Il comprenait qu'elle avait eu d'autres obligations sans accepter tout à fait qu'elle l'ait laissé tomber. Il s'était alors employé à inventer des tas d'excuses pour éviter les cours de dessin du samedi après-midi chez monsieur Romain. Maux de dents, maux de ventre, maux de tête, qui étaient à peine feints, revenaient régulièrement dans ses discours. Parfois Bernadette l'écoutait d'une oreille attentive et lui permettait de rester à la maison.

— Mais que c'est que t'as, coudon, toé, c't'année? On dirait que t'es toujours malade. Si ça continue, va falloir aller voir le docteur! Pourtant, maudit verrat, tu manges comme un défoncé depuis un boutte. Me semble que c'est un signe de bonne santé, ça! Envoye, va te coucher. Une bonne sieste, ça aide à faire partir le mal de tête. M'en vas appeler monsieur Romain pour y dire que tu seras pas là.

Parfois, par contre, Bernadette l'obligeait à se présenter à ses cours, alléguant que dans la vie, il fallait faire des efforts, même si on n'était pas au meilleur de sa forme.

— Je te trouve ben drôle, mon garçon, depuis quèque temps! C'est quoi ces fafinages-là? Pis viens pas me dire que t'aimes pus ça dessiner, je te croirais pas! Tu passes ton temps à gribouiller toutes sortes d'affaires! Faudrait pas que ton père apprenne ça! Y' dirait ben que c'est lui qui a raison pis que t'es juste un paresseux... Envoye, chenaille, va à tes cours. C'est pas poli de faire attendre le monde.

Ces jours-là, Antoine quittait la maison en traînant de la patte. Le poids de son cartable à dessins, qu'il portait en bandoulière dans son dos, lui faisait courber les épaules comme un vieillard.

Car, depuis l'été, la routine entre monsieur Romain et lui n'avait guère changé.

Parfois, il y avait du lait au chocolat, parfois, il n'y en avait pas.

Parfois, monsieur Romain n'était qu'un gentil professeur de dessin et ces jours-là, Antoine se surprenait à espérer qu'il ait changé pour de bon, car il restait malgré tout un excellent professeur.

Parfois, monsieur Romain avait les mains trop longues et ces jours-là, Antoine le détestait comme il n'aurait jamais pu imaginer qu'on puisse détester quelqu'un, et il en venait même à exécrer le dessin et ce talent qu'on lui reconnaissait.

Puis, il y avait eu la rentrée. Antoine avait espéré que sa mère accepte que les cours de dessin soient à nouveau donnés à l'école après les heures de classe. Après quelques jours de réflexion, elle avait acquiescé. Pourquoi pas? Après tout, Antoine allait sur ses dix ans et il avait peut-être envie de voir ses amis, ou plutôt son ami Ti-Paul, le samedi après-midi. Malheureusement, monsieur Romain voyait la situation d'un autre œil. Il avait fait valoir que ses disponibilités avaient changé.

— Le samedi est vraiment la seule journée dont je peux disposer. Et encore! C'est bien parce que c'est Antoine. Je m'en voudrais terriblement de négliger un tel talent. Alors, si vous n'y voyez pas d'inconvénient, nous allons continuer comme nous faisions l'été dernier et je recevrai Antoine chez moi, les samedis après-midi.

L'attente lue dans le regard de Bernadette n'avait laissé aucun autre choix à Antoine. Il avait accepté la proposition de monsieur Romain. Il continuerait donc de se présenter chez lui tous les samedis, espérant du fond du cœur qu'il n'y aurait pas de lait au chocolat, annonciateur de ces quinze longues minutes où monsieur Romain l'aimait un peu trop.

Pourtant, Antoine avait déjà adoré le lait au chocolat.

À peine quelques travaux à remettre depuis la rentrée scolaire et déjà ses notes s'en ressentaient. Antoine passait tellement de temps à réfléchir à son problème qu'il n'écoutait plus en classe. Il en était arrivé au point où il se disait que sa mère finirait bien par se douter de quelque chose. Il ne savait plus si c'était une bonne ou une mauvaise chose. Jusqu'à l'an dernier, il avait toujours été le premier de sa classe et Bernadette en était très fière. Comme elle était très fière de son talent en dessin.

Maudit dessin!

Antoine soupira.

Maintenant qu'il n'avait plus à prêter attention au sermon du vicaire, le frère de Ti-Paul le faisant à sa place sans le savoir, ses idées se mirent à virevolter dans sa tête. Les mots s'agitaient dans tous les coins de son cerveau, les images s'entrechoquaient. Ses mains pressaient spasmodiquement ses cuisses. À un point tel qu'il en avait mal. Il détestait ce corps d'enfant auquel on faisait vivre des sensations d'homme.

Il détestait ce corps qui prenait un certain plaisir à des gestes qui le dégoûtaient.

Le bruit sec du claquoir du père directeur résonna sous la voûte de l'église, ramenant les pensées d'Antoine au moment présent. La semaine était encore jeune, à peine lundi, et il aurait encore bien le temps de réfléchir au stratagème qui l'amènerait à éviter le cours de samedi prochain. D'un coup d'œil, il constata que monsieur Romain avait rejoint sa classe, à l'avant de l'église. Il en fut soulagé. Il détestait avoir à le rencontrer. Il était persuadé qu'aux regards que lui jetait son professeur et à la rougeur qui envahissait implacablement son propre visage, tout le monde devait se douter de quelque chose. Lui, Antoine, l'enfant de neuf ans, ne savait pas du tout ce qu'il souhaitait vraiment. Autant il voulait que l'on sache pour que toute cette histoire cesse, autant il avait peur des conséquences et des qu'en-dira-t-on.

Son père, sa mère, ses compagnons de classe... Que diraient-ils, que feraient-ils si jamais ils venaient à tout savoir?

Antoine secoua vigoureusement la tête pour que cesse la ronde folle des idées et des suppositions. Il était épuisé de toujours penser.

Au deuxième claquement, le petit garçon se releva machinalement. Il attacha soigneusement les trois gros boutons de son coupe-vent, que sa grand-mère lui avait taillé dans un ancien manteau de son père, et il en releva le col avant de prendre sa place dans les rangs qui se formaient dans l'allée centrale. Casquette à la main, il sortit de l'église. Un vent furieux et une pluie froide lui firent courber les épaules.

Enfonçant profondément sa casquette jusque sur ses oreilles, Antoine suivit docilement sa classe. Dans une heure, il pourrait retourner chez lui. Malgré la présence de son père qui trouvait souvent prétexte à l'admonester, il n'y avait que là où il se savait en totale sécurité. Monsieur Romain n'y avait jamais mis les pieds.

Quand le troupeau d'élèves arriva à l'école, tout le monde était détrempé. Chaque classe se dirigea vers son local dans cette odeur de laine mouillée et de vieilles chaussures, qui allait s'intensifiant et prenait à la gorge.

Tandis qu'Antoine accrochait son manteau, un subtil effluve de légumes se substitua à celui de la laine et chatouilla ses narines. Cette odeur réconfortante n'était pas sans lui rappeler la soupe épaisse et goûteuse que préparait sa mère ou sa grand-mère. Antoine regarda autour de lui, par réflexe. Cette bonne senteur devait provenir du réfectoire de la résidence des religieux, attenante à l'école. Antoine ferma les yeux et inspira profondément en même temps qu'un grondement sourd montait de son estomac. Depuis quelque temps, il avait toujours faim. Il se disait que les réflexions intenses devaient creuser l'appétit. Bernadette, elle, disait plutôt que c'était parce qu'il grandissait. Opinion partagée par sa grand-mère.

— Y' a beau dire que non, ton père avec, y' était ben p'tit quand y' avait ton âge. C'est vers dix, douze ans, j'cré ben, qu'y' s'est mis à pousser comme de la mauvaise herbe! Pas avant. Pis c'est quand y' s'est mis à trimbaler des carcasses de viande qu'y' a commencé à avoir des épaules de catcheur. Avant ça, y' était plutôt feluet, ton père. Ouais, ben feluet à côté d'Adrien!

Par conséquent, en accord avec les propos de sa grand-mère, depuis quelque temps, Antoine mangeait comme un ogre, avec ou sans appétit. Un jour, bientôt, lui aussi il serait grand et fort. Comme son père. Il serait même encore plus grand et plus fort que lui et il pourrait enfin régler son problème. Tout seul. Quand il aurait grandi, très bientôt peut-être, plus aucun monsieur Romain de ce monde n'oserait se placer en travers de son chemin. Aucun, jamais. Et Marcel Lacaille serait bien obligé de reconnaître que son fils Antoine était quelqu'un de bien. Qu'il était un homme, un vrai, et pas une tapette.

— Antoine Lacaille! Veux-tu ben me dire ce que t'as à bretter de même? Tout le monde est rendu à sa place. Y' manque juste toé.

Antoine sursauta et ouvrit précipitamment les yeux, le cœur battant la chamade. Envolé l'homme fort, évanouies les idées de vengeance. Il n'y avait plus qu'un petit garçon, empêtré dans ses gestes, qui dut s'y reprendre à trois reprises pour accrocher sa casquette. À quelques pas, son titulaire, un petit homme corpulent qui suait en permanence et sentait le lait suri, le regardait sévèrement.

— Mautadit que t'as donc les mains plein de pouces, toé. Envoye, grouille, y' manque juste toé pour fermer la porte. J'ai d'autre chose à faire que d'attendre après un innocent qui passe son temps dans lune.

Quand Antoine passa devant son professeur, il rentra instinctivement la tête dans les épaules. Le frère Coulombe était à peine plus grand que lui, certes, mais il avait la sinistre réputation d'avoir la main leste.

Antoine regagna sa place silencieusement, canalisant ses pensées sur l'odeur des légumes qui persistait jusque dans la classe. Dans moins d'une heure, il serait chez lui. Peut-être bien que sa mère avait fait de la soupe aux légumes, elle aussi.

Pour accompagner les traditionnels *grilled cheese* du lundi midi, ça serait vraiment très bon.

Finalement, la semaine était passée sans encombre. Le

nouveau vicaire était resté aussi nébuleux dans ses sermons qu'il l'avait été durant le lundi pluvieux, mais avec l'aide de Laura et Michel, le frère de Ti-Paul, Antoine avait réussi à faire les résumés demandés sans trop de difficulté.

— Casse-toé pas la tête avec ça, Antoine! Je serais prête à parier deux piasses que personne les lit, nos saprés résumés.

Même si Laura avait l'air tout à fait convaincue de son idée, Antoine n'avait pu s'empêcher de la dévisager avec une certaine réticence.

— Tu penses?

— Ben quins! Je te le dis, Antoine, chus sûre. Si tu me crois pas, t'as juste à essayer! Marque n'importe quoi sur ta feuille pis attends. Tu vas voir! Chus sûre que personne va s'en rendre compte pasqu'y a personne qui les lit, nos résumés plates. Le curé Ferland a ben d'autre chose à faire que de passer ses soirées à lire des centaines de gribouillages à tous les jours.

En temps normal, Antoine aurait peut-être essayé ce que sa sœur proposait. Même qu'à deux, ça aurait pu être amusant. Mais pour l'instant, il jugeait que sa vie était suffisamment compliquée comme ça, sans risquer d'y ajouter quoi que ce soit. De toute façon, il n'avait pas les deux dollars pour tenir le pari alors que Laura, qui continuait de garder le petit Daniel régulièrement, était de plus en plus riche. Il se contenta d'écrire le strict minimum, en grosses lettres. Jusqu'à maintenant, ça semblait suffire.

Lundi, mardi, mercredi après-midi...

Le temps s'était remis de sa fâcheuse humeur du début de la semaine et l'automne brillait de tous ses rayons dans l'orangé des arbres. Antoine aimait cette saison haute en couleur qui lui parlait comme nulle autre. Profitant sans vergogne de cette accalmie sans cours, sans leçons, sans devoirs autres que le bref résumé qu'il faisait chaque soir, Antoine dessina tout son soûl. Oubliant pour une fois tout ce qui obscurcissait sa vie, il s'enferma dans sa chambre au moindre moment libre et reproduisit un beau paysage d'automne pour la fête de Laura qui approchait à grands pas. Il aurait préféré lui faire le portrait d'Elvis, ce chanteur qu'elle aimait beaucoup, mais il n'y était pas arrivé. Pour Charles qui fêterait bientôt ses deux ans, il avait bricolé un mobile coloré où les autos semblaient courser avec les camions. Bernadette avait promis un souper de fête pour dimanche prochain: rôti, petit pois et patates pilées! Sans oublier un gros gâteau pour célébrer les deux anniversaires.

— Pis je pense que j'vas même acheter de la crème à glace pour aller avec. Que c'est t'en penses Antoine?

— Je pense que c'est une très bonne idée.

Ses yeux pétillaient de plaisir anticipé et Bernadette sentit son cœur se serrer.

— De la blanche ou ben au chocolat? C'est toé qui décides.

La réponse d'Antoine fusa comme un éclat de rire.

— Au chocolat!

— O.K. Mais parles-en pas, par exemple. J'veux que ça soye une surprise pour Laura pis Charles.

— Je dirai rien en toute, moman, promis.

Alors, sachant la fête qui s'en venait, le gourmand qui sommeillait en Antoine depuis quelque temps se réjouissait à l'avance. Malgré ce bel appétit qui était devenu le sien, dimanche soir, ce serait un plaisir de forcer la note pour manger comme un ogre et bientôt, il serait très grand et très fort.

Oh oui! Très, très bientôt...

Mercredi soir, jeudi matin...

Le soleil était toujours au rendez-vous. Depuis mardi,

casquette et coupe-vent étaient restés accrochés au clou, dans la cuisine, et ce matin, Antoine était parti pour l'école avec l'assurance qu'il y aurait des sandwiches pour le dîner.

— Ta grand-mère sera pas là, a' s'en va aux Dames de Sainte-Anne, pis après, a' dîne Chez Albert avec son amie Noëlla. On va en profiter pour manger à notre goût. Pis promis, tu vas pouvoir les manger dehors, tes sandwiches, assis dans les marches d'escalier comme pour un vrai pique-nique! M'en vas même acheter du crème soda. Ça achève, les beaux jours, faut en profiter. Si tu vois ta sœur, dis-y de se dépêcher pour qu'on prenne toute notre temps pour manger. Charles avec, y' va aimer ça.

Bernadette aurait escaladé les nuages pour décrocher la lune si Antoine le lui avait demandé. Il souriait si peu souvent que tous les prétextes étaient bons pour lui arracher un rire, un regard tendre, une moue de plaisir. Parfois, témoin de cette mélancolie qui semblait innée chez lui, Bernadette allait jusqu'à se demander si Marcel n'avait pas raison quand il disait que leur fils n'était pas normal. Quand de telles pensées lui traversaient l'esprit, Bernadette pouvait passer des jours à observer son fils, à scruter ses moindres gestes et à analyser ses moindres mots, essayant de comprendre ce qui pouvait se cacher derrière cette langueur, cette supposée indifférence, cette trop grande soumission. Par contre, quand il semblait heureux, comme en ce moment, se contentant d'un simple pique-nique sur le balcon pour avoir des étoiles dans les yeux, comme tous les enfants du monde, Bernadette s'en voulait d'avoir osé penser que son garçon était anormal. Il était différent, voilà tout.

Ce matin-là, Antoine partit donc le cœur léger vers l'école. Pour une fois, la confession qui aurait lieu en fin d'avant-midi ne l'inquiétait pas. Avec l'abbé Frenette, il ne se sentait pas menacé. Il n'y avait rien à comprendre dans ce que le vicaire radotait, donc, en contrepartie, ce dernier ne devrait rien comprendre de ce que lui, Antoine, lui raconterait dans quelques heures. Il y avait pensé une grande partie de la nuit, ressassant ses péchés habituels qui allaient d'un biscuit volé à la cuisine à un manque d'enthousiasme devant certaines tâches à accomplir, concluant le tout par ce qui lui pesait si lourd : ses cours de dessin un peu particuliers.

Antoine avait pris la grande décision de tout dévoiler.

Oh! Pas de façon directe, ni dans les détails. Il en serait tout simplement incapable. Cependant, il se disait qu'il pourrait tout confesser en employant des termes vagues. Le mot impureté qu'utilisait régulièrement le curé Ferland semblait englober bien des choses et le bon Dieu devrait s'en contenter. Lui qui était censé tout voir ne devrait avoir aucune difficulté à comprendre. Quant au vicaire, qu'il comprenne ou pas, Antoine s'en moquait un peu. Après avoir longuement réfléchi, le petit garçon avait conclu que c'était ce matin ou jamais qu'il pouvait se libérer l'esprit. D'autant plus qu'étant nouveau dans la paroisse, l'abbé Frenette ne pourrait l'identifier. Ni vu ni connu! Enfin, Antoine allait se libérer la tête et le cœur de tout ce qui l'angoissait. Une fois sa faute avouée et pardonnée, il n'aurait plus qu'à trouver un prétexte pour ne plus jamais suivre de cours de dessin, et son problème serait réglé.

Antoine voulait tellement ne plus se rendre chez son professeur le samedi après-midi qu'il était prêt à tous les compromis imaginables et inimaginables!

Quitte à invoquer un subit et irrésistible engouement pour le sport qui ne lui laisserait aucun temps pour des cours de dessin! Nul doute, devant cet intérêt sportif, que son père l'appuierait inconditionnellement.

Et comme dans la maison c'était souvent son père qui avait le dernier mot...

Pour une fois, Marcel Lacaille serait heureux et fier de son fils et lui, Antoine, serait débarrassé de monsieur Romain.

Enfin!

Finalement, il n'aurait peut-être pas à attendre d'être grand et fort.

C'est à cette conclusion que l'avaient amené ses réflexions de la nuit dernière. Il suffisait d'un tout petit peu de courage pour tout confesser et ensuite, la peur, les cauchemars et la répulsion seraient derrière lui. En plus, ce matin, il faisait beau et sa mère avait promis un pique-nique pour dîner. Antoine y voyait un heureux présage. Que demander d'autre pour se sentir tout léger?

Les quelques instants dans l'obscurité du confessionnal seraient difficiles à passer, certes, mais combien libérateurs!

Dans l'esprit d'Antoine, ce geste était essentiel, obligatoire.

Aussi, quelle ne fut pas sa consternation quand il aperçut le curé Ferland qui déambulait lentement dans le chœur de l'église. Que faisait-il là? Ce n'est pas du tout ce qu'Antoine avait prévu. Depuis lundi, il n'avait pas revu le curé et il avait supposé que le vicaire était le seul à mener cette retraite à bon port.

Dès qu'il avait pris conscience de la présence du curé, Antoine avait instinctivement courbé les épaules et s'était glissé silencieusement dans le banc, essayant de se faire le plus petit possible.

Le curé Ferland, ce géant bâti comme un hercule de foire, marchait à grandes enjambées, les mains enfouies dans les manches de son surplis et jouant de la soutane dans une savante exécution comme certains avocats usent de l'effet de toge pour impressionner les jurés. Le frottement des tissus l'un sur l'autre emplissait l'atmosphère d'un froissement feutré qui se glissait jusqu'aux portes arrière de l'église. Chaque fois que le prêtre braquait un regard insistant sur l'assemblée des élèves, Antoine était persuadé que c'était lui qu'il recherchait et personne d'autre. Le sermon qu'il ferait dans quelques instants, l'examen de conscience qu'il entreprendrait avec eux, serait un moment éprouvant, Antoine le savait à l'avance. Tout ce qu'il souhaitait, c'était que le vicaire se joigne à lui pour les confessions. Sinon, Antoine ne dirait rien et tout serait remis à plus tard parce que le curé Ferland, à l'inverse du vicaire, connaissait fort bien le petit-fils d'Évangéline Lacaille. Ce même curé, intimidant et sévère, était même venu souper à la maison au printemps dernier, invité par sa grand-mère. De là à imaginer qu'il le reconnaîtrait à travers le grillage du confessionnal, il n'y avait qu'un tout petit pas à franchir, ce qu'Antoine avait fait sans la moindre difficulté et depuis un bon moment déjà.

À l'opposé du frêle vicaire, le curé Ferland avait une voix de stentor et des sermons d'une limpidité accablante qui ne permettaient aucune équivoque. Quand il monta vers la chaire, qu'il y appuya fermement les deux mains tout en survolant de son regard austère les gamins rassemblés devant lui, le silence fut immédiat et total.

Marcellin Ferland prit tout son temps. Il avait le sens de la mise en scène et adorait le théâtre, tout comme il aimait bien les enfants. L'autorité dont il faisait preuve était l'expression de ce qu'il considérait comme l'attitude d'un bon père de famille. Ce n'était pas des paroles en l'air quand il avait dit à son jeune vicaire qu'il devrait répondre de la rédemption de ces jeunes âmes. Profondément croyant, Marcellin Ferland y avait consacré toute sa vie. Les sermons mièvres et sans consistance servis par l'abbé Frenette tout au long de la semaine l'avaient mis hors de lui. Ce matin, il allait renverser la vapeur. En deux heures, il se promettait de rattraper toute une semaine. Redressant sa haute stature, il ouvrit tout grand les bras, promena encore une fois son regard sur le rassemblement des garçons du primaire puis inspira profondément.

— Chers enfants.

On aurait entendu une mouche voler si par malheur elle avait osé s'aventurer dans l'église du curé Ferland. Appuyant ses avant-bras contre le rebord de la chaire en bois verni orné de dorures, ce dernier pencha son corps massif vers les jeunes qui n'osaient bouger.

— Un jour, commença-t-il sur le ton d'un conteur, de sa voix grave qui provoquait souvent des frissons, un homme devait partir en voyage. Avant de partir, il fit venir ses serviteurs pour leur confier ses biens. Au premier, il donna dix pièces d'or, lui disant qu'il devrait les lui remettre à son retour. Au second, il n'en donna qu'une seule, mais en lui faisant la même recommandation. Puis il partit. Le premier serviteur, craignant de tout perdre ou de se faire voler, se dépêcha d'enterrer les dix pièces d'or au fond de son jardin puis, il les oublia. Quand le maître reviendra, se dit-il, je n'aurai qu'à les déterrer et il sera fier de moi de n'avoir rien perdu. Le second, quant à lui, décida de profiter de cette pièce d'or inopinée et il s'en servit pour acheter une vache. Celle-ci lui donnerait du bon lait pour son usage personnel et avec la crème, il pourrait faire du beurre qu'il revendrait au marché. Ainsi, il mettrait l'argent du beurre de côté et quand le maître reviendrait, il pourrait lui rendre sa pièce d'or.

Le maître fut parti durant deux longues années. À son retour, il fit venir ses serviteurs.

Le premier, tout fier de lui, redonna les dix pièces d'or à son maître. Tu vois, dit-il à son maître, je n'ai rien perdu ni rien gaspillé.

Le maître regarda longuement son serviteur, soupira puis le remercia.

Il fit alors venir le second serviteur qui lui remit, tout heureux, deux pièces d'or. Le maître, intrigué, lui demanda comment il se faisait que de la pièce d'or qu'il lui avait confiée, il y en avait maintenant deux. Le serviteur expliqua alors l'histoire de sa vache qui depuis deux ans lui donnait assez de lait pour ses besoins. Il raconta qu'avec la crème, il avait fabriqué du beurre qu'il avait vendu au marché. La seconde pièce d'or était le profit de ces ventes. Le maître le remercia, prit les deux pièces d'or, fit revenir le premier serviteur et lui conta toute l'histoire. Tu vois, lui dit-il, si tu avais agi comme mon second serviteur, aujourd'hui, tu aurais un troupeau de vaches bien grasses, qui te donneraient du lait et du beurre. Aujourd'hui, moi, j'ai repris mon bien mais toi, tu n'as plus rien, alors que ton compagnon m'a remis le double de ce que je lui avais donné et en plus, il a une vache, qui va continuer à lui donner du lait et du beurre qu'il pourra maintenant revendre à son profit. Va et que cela te serve de leçon.

Antoine buvait les paroles de son curé. Il avait toujours aimé les histoires et celle-ci était intéressante. Le second serviteur était un petit malin qui lui plaisait bien. Il fit un signe de tête à Ti-Paul pour lui montrer son appréciation, sachant fort bien que le curé ne s'en tiendrait pas à cela. Toutes les histoires du curé Ferland, bonnes ou mauvaises, aboutissaient toujours sur un sermon bien senti, émaillé de quelques envolées spectaculaires qui le faisaient souvent frémir. Pour l'instant, Antoine ne voyait pas en quoi cette jolie histoire pourrait le faire frémir et c'est pourquoi, l'esprit tranquille, il reporta son attention sur Marcellin Ferland, qui avait délaissé la chaire pour faire quelques pas devant l'autel.

Le gros curé s'arrêta au beau milieu du chœur, fit une longue prosternation devant le tabernacle, à défaut d'une génuflexion qui mettait chaque fois ses genoux à rude épreuve, puis lentement, dans un grand geste, il se tourna vers les jeunes en se signant. Entouré des rayons lumineux qui traversaient les vitraux et lui créaient une sorte de suaire multicolore, le curé Ferland était saisissant. Sensible comme il l'était aux images de toute sorte, Antoine était impressionné.

— Ce que je viens de vous raconter, reprit alors le curé de sa voix profonde, ce n'est pas une histoire de mon invention. C'est une parabole que l'on retrouve dans la bible. Ces mots, ce sont les mots de Dieu Lui-même et ce qu'Il cherche à expliquer par cette anecdote, c'est que la paresse n'a pas sa place sur le chemin qui mène au ciel. J'ai cru que c'était là un message important à vous livrer en ce début d'année scolaire. Mais...

Le curé ménagea une pause. Sa voix montait de ton graduellement. Il préparait judicieusement l'examen de conscience qui allait suivre. La méthode devait avoir du bon, car tous les regards étaient braqués sur lui.

— Mais, ce n'est pas tout de travailler, de faire ce qui nous est demandé! reprit-il brusquement, faisant sursauter quelques gamins. Ce serait trop facile! Non, ce que Dieu exige de nous, et Il nous l'explique par le biais de l'histoire de ces deux serviteurs, c'est de nous dépasser, de toujours donner le meilleur de nous quoi que nous fassions. Partout, toujours... Raison de plus pour donner le meilleur de soi quand on a la grâce d'avoir un talent particulier. Une intelligence vive, une aptitude pour le sport, un don pour la musique ou les arts sont autant de talents que Dieu a peut-être eu la bonté de vous accorder. Négliger son intelligence et ses talents est une insulte envers Dieu lui-même en plus de l'être envers soi. Et il ne sert à rien de tricher! Dieu connaît nos capacités, c'est Lui qui nous a créés. Nous avons donc le devoir, que dis-je!, l'obligation d'être à la hauteur de Ses attentes. Refuser de faire fructifier les talents que Dieu nous a prodigués, c'est tourner le dos à Dieu et c'est là que nous ressemblerions au premier serviteur. Faire fructifier les talents que Dieu nous a confiés, c'est la plus belle façon de Lui rendre gloire. Et comme Dieu est généreux, Il nous le rend au centuple. Exactement comme le maître a fait avec le second serviteur, celui qui a remis deux pièces d'or au lieu d'une. Maintenant, grâce à la générosité de son maître, ce serviteur a une vache à sa disposition pour le restant de sa vie.

Antoine n'écoutait plus vraiment. Le mot talent l'avait fait sursauter et les paroles du curé ne l'atteignaient maintenant que sous forme de bulles sonores.

Le talent...

C'était là un mot qu'il connaissait fort bien et depuis longtemps. Autour de lui, on l'apprêtait à toutes les sauces quand on parlait de ses dessins.

Le fameux talent d'Antoine Lacaille!

Et voilà que le curé venait de dire que ce talent, qu'Antoine exécrait par moments, lui venait en ligne directe du ciel, alors qu'il croyait que c'était une affaire de famille puisque son oncle Adrien avait, lui aussi, certaines aptitudes pour le dessin.

Antoine était atterré. Voilà que le bon Dieu en personne s'en mêlait par l'intermédiaire du curé. Ça compliquait sérieusement sa façon de voir les choses. Ce qu'il comprenait surtout, c'est qu'il n'avait pas le droit de laisser tomber ses cours de dessin. C'était clair comme de l'eau de roche. Comme venait de le dire monsieur le curé, il n'avait pas le droit de négliger ce talent qu'il avait reçu avec tant de générosité. Reçu de Dieu en personne!

Antoine ferma les yeux de découragement pour les rouvrir aussitôt. Il y avait quelque chose qui clochait dans ce que le curé avait dit.

Si ce talent en dessin était un cadeau de Dieu lui-même, que venait faire monsieur Romain dans les intentions de Dieu? C'était impensable de croire que le bon Dieu acceptait en toute impunité les égarements de conduite de monsieur Romain.

Antoine ne savait plus que penser.

Le jeune garçon était profondément troublé.

Et il y avait plus!

Comment se faisait-il que le curé avait, justement ce matin, parlé de talent et de l'obligation de le faire fructifier? Comment le curé avait-il pu deviner qu'Antoine Lacaille s'apprêtait, justement ce matin, à confesser une faute mortelle avant d'essayer de mettre un terme à ses cours?

Pour le jeune garçon, cela ne faisait aucun doute: il y avait de l'intervention divine dans toute cette histoire. Le curé Ferland était en communication directe et personnelle avec le bon Dieu. Il aurait dû s'en douter: sa grand-mère l'avait prévenu.

— Tu vois, Antoine, même si on doit respect à tous les prêtres, pasqu'y' sont les représentants du bon Dieu sur terre, y' en a qui le méritent plus que d'autres, avait-elle expliqué un certain dimanche où Antoine s'était plaint de la longueur du sermon. Pis notre curé Ferland fait partie de c'te ganglà, tu sauras! C'est un saint homme, notre bon curé. Chaque fois qu'y' vient nous voir aux Dames de Sainte-Anne, j'en ai une preuve de plus. On dirait qu'y' sait toujours les bonnes affaires à dire. C'est quasiment pas créyable. Pour ses sermons, à messe le dimanche, c'est pareil. Toujours le bon mot au bon moment. Je sais ben que c'est petête un peu long pour un p'tit gars comme toé, le sermon, mais fais quand même un p'tit effort pour ben l'écouter. Pis tu vas voir qu'un bon jour, tu vas comprendre que ce qu'y' dit, le curé Ferland, ben c'est pour toé qu'y' le dit. Ouais, juste pour toé! Ça m'est déjà arrivé, tu sais. Pis plus qu'une fois!

Consterné, Antoine venait de comprendre que ce jour-là était arrivé. Ce matin, le curé ne parlait que pour lui, inspiré par la grâce de Dieu qui ne voulait pas qu'Antoine cesse ses cours de dessin. Le message était on ne peut plus clair.

Mais ça n'expliquait toujours pas ce que monsieur Romain venait faire là-dedans même s'il était un excellent professeur de dessin. Antoine soupira, gigota sur son banc et redressa la tête, brusquement inspiré, lui aussi. Comme il semblait bien que ce soit le cas, si le curé Ferland continuait de s'adresser directement à lui, en bon porte-parole de Dieu, peut-être bien qu'il finirait par lui donner aussi l'explication. Mais pour ça, Antoine ferait mieux d'écouter attentivement les propos du curé au lieu d'essayer de réfléchir tout seul dans son coin.

S'assoyant bien droit sur son banc, Antoine darda son interrogation sur le curé, qui avait repris son poste dans la chaire. Marcellin Ferland en était arrivé au point délicat où il devait faire la transition entre le sermon et l'examen de conscience. Pour faire contrepoids à l'insignifiance des prêches du vicaire, il avait décidé de passer les sept péchés capitaux en revue, le tout additionné de quelques commandements de Dieu et de l'Église, éléments essentiels, à son avis, pour le salut de tous les catholiques, et ce, peu importe leur âge.

Levant les bras au ciel pour ramener à lui certains esprits qui commençaient à s'égailler, le curé lança de sa voix forte qui gronda comme une réprimande:

— Ah! La paresse! Elle est bien tentante, la paresse. C'est si facile de ne rien faire. C'est si facile de dire que l'on n'est pas capable de faire une chose ou une autre. Comme le premier serviteur qui, par crainte de se faire voler l'argent confié par son maître, s'est contenté de l'enterrer dans son jardin. C'était facile, et à première vue, cela pourrait nous sembler suffisant. Mais ce n'est pas ce que Dieu attend de nous! On l'a compris avec l'anecdote du second serviteur. J'espère que vous l'avez bien compris, vous autres aussi, car la paresse est la mère de la médiocrité et de tous les autres vices. Et Satan, qui veille, le sait bien! Il n'est jamais bien loin et c'est lui qui sème les embûches sous nos pas pour nous voir trébucher. Il veille sans relâche pour nous tenter afin de se réjouir ensuite lorsque nous nous laissons aller à la paresse avant d'avoir donné le meilleur de nous-mêmes. Les tentations du Diable peuvent prendre mille et un visages. Une personne, un événement, une invitation... N'oubliez jamais ce que je vais vous dire maintenant: tout ce qui nous détourne du but à atteindre est l'œuvre de Satan.

Antoine soupira bruyamment.

— Ben là! C'est le boutte! V'là que le Diable s'en mêle, astheure.

Sans s'en rendre compte, Antoine avait parlé à mi-voix. Quelques têtes se tournèrent vers lui, quelques sourcils se froncèrent et il y eut un ou deux «chut». Comme les enfants étaient cordés serré sur les bancs, épaules contre épaules, Ti-Paul, lui, avait tout entendu. Reprenant son grattage de nez du lundi, il glissa un regard en coin à son ami et répliqua en chuchotant derrière sa main:

— C'est ben certain que le Diable va s'en mêler, Antoine Lacaille, on est icitte pour aller à confesse, gériboire. Pis arrête de parler fort de même, on va se faire attraper. Écoute le curé, à place, y'est pas mal plus le fun à entendre que le vicaire plate même si des fois y' me fait peur. Y' va petête nous donner des idées pour nos péchés pasque moé, j'en ai pas ben, ben.

Antoine se sentit rougir comme une tomate et plus que jamais, il tenta de se faire le plus petit possible. Chose certaine, sa réponse, il venait de l'avoir et elle semblait d'une logique à toute épreuve.

Ce n'était pas le bon Dieu qui avait choisi monsieur Romain, c'était le Diable, pour éprouver sa volonté.

Monsieur Romain était l'embûche sous les pas d'Antoine, comme venait si bien de le dire monsieur le curé, il n'y avait aucun doute là-dessus et c'était le Diable lui-même qui l'avait mis sur sa route.

Quand Antoine ressortit de l'église, une heure plus tard, il était plus ébranlé, plus déstabilisé que jamais.

Et son péché d'impureté n'était toujours pas avoué, donc pas pardonné!

Condamné par son titulaire à faire la file au confessionnal du curé Ferland, il n'avait rien dit. Que les péchés habituels sans grande conséquence.

On ne va pas en enfer pour un biscuit volé!

Quant au reste...

Antoine retourna chez lui à pas lents malgré la perspective du pique-nique, assis sur les marches de l'escalier. Le temps d'espérer qu'il y aurait des sandwiches aux œufs et Antoine reconsidéra le sermon du curé.

Tout avait été dit et deux fois plutôt qu'une. Il n'avait pas le choix: il devrait continuer à suivre ses cours de dessin.

Pour Antoine, c'était aussi évident qu'il faisait beau aujourd'hui.

Il restait cependant une interrogation angoissante à laquelle il n'arrivait pas à répondre clairement.

Comment saurait-il qu'il avait donné le meilleur de lui-même et qu'il était temps de cesser les cours chez monsieur Romain sans risquer d'offenser le bon Dieu?

Y aurait-il un signe? Quelque chose de suffisamment visible pour qu'il comprenne sans la moindre hésitation?

Chose certaine, avec tout ce que le curé avait dit ce matin, dans un premier temps, il devait revenir à sa décision initiale: il n'aurait pas le choix d'attendre d'être grand et fort, car il savait bien qu'il avait encore des tas de choses à apprendre avant de pouvoir dire qu'il avait répondu aux attentes de Dieu.

C'est en arrivant devant la maison que la réponse s'offrit à lui. Ce qu'il trouvait vraiment difficile en dessin, c'était le portrait. Il en avait encore eu la preuve ces jours-ci. Des tas de feuilles chiffonnées remplissaient la corbeille en fer blanc sous son pupitre, car il n'avait jamais été capable de reproduire le visage d'Elvis afin de l'offrir à Laura pour son anniversaire. Alors, le jour où il serait capable de faire le portrait d'Elvis Presley serait le jour où il cesserait de suivre des cours. Et ce jour-là, fort probablement, il serait assez grand et fort pour faire accepter son point de vue.

Durant une fraction de seconde, Antoine se sentit soulagé et la chaleur du soleil sur la laine de son chandail fut bonne. Une situation qu'il voyait habituellement comme éternelle venait de prendre une dimension temporelle. Un jour, il y aurait une fin. Un jour, il serait débarrassé de monsieur Romain. Un jour...

Le temps d'une inspiration et Antoine comprit que ce jour-là était encore très loin. Si loin qu'il disparut de son esprit aussi vite qu'il était apparu, délavé dans la brume des suppositions.

Les épaules d'Antoine s'affaissèrent et il poussa un long soupir. Oui, un jour, il y aurait une fin à cette situation, c'était bien évident, mais en attendant...

Antoine leva les yeux vers la maison. Cette grande maison grise, il la connaissait depuis toujours. C'était peut-être la maison de sa grand-mère, on le répétait assez souvent pour ne pas l'oublier, mais c'était aussi un petit peu chez lui et les gens qui l'habitaient étaient sa famille. Pourtant, la plupart du temps, il s'y sentait seul.

Où qu'il soit, la plupart du temps, Antoine se sentait seul.

Il pivota lentement sur lui-même, regarda à droite, à gauche. Devant lui, inondée de soleil, la rue s'étirait paresseusement jusqu'à l'avenue principale. Elle aussi, il la connaissait bien. Au coin, c'était la maison de la veuve Sicotte, une vieille dame qu'il n'avait pas vue très souvent. Sa maison était de plus en plus délabrée, ce que sa grand-mère critiquait régulièrement, mais malgré tout, Antoine la trouvait jolie avec ses lucarnes. De l'autre côté de la rue, venait le triplex des Gariépy, beige et brun, puis, en diagonale, pas loin de la maison de la veuve Sicotte, c'était le duplex que monsieur Veilleux, le père du petit Daniel, venait d'acheter. C'était une belle maison avec son long escalier tout rouge et ses deux portes blanches. Laura était contente que monsieur Veilleux ait acheté la maison, car cela voulait dire qu'ils resteraient longtemps dans le quartier et c'est là qu'elle allait garder le petit Daniel.

C'était une belle rue, une rue cul-de-sac, l'Impasse, comme l'appelaient les commerçants qui venaient y faire des livraisons, avec suffisamment d'arbres pour s'abriter en cas de canicule et des maisons bien alignées, assez près du trottoir pour protéger les passants du vent, en hiver. Il y a quelques années, une seule voiture y était garée. C'était celle de son père. Aujourd'hui, il devait bien y en avoir quatre ou cinq. Cependant, la plus belle à être stationnée dans leur rue avait été celle de son oncle Adrien. Une décapotable bleue avec des bancs en cuir.

Au souvenir de cet oncle si gentil, un sourire affleura sur les lèvres d'Antoine. Dans la dernière lettre reçue du Texas, où il habitait, l'oncle Adrien avait écrit que son épouse, Maureen, attendait un bébé. Ce bébé était bien chanceux d'avoir l'oncle Adrien comme père. Antoine, lui, aurait vraiment aimé que ce soit lui le sien. Souvent, il s'était dit qu'à son oncle Adrien, il aurait pu tout raconter. L'oncle Adrien était tellement différent de son père même si, physiquement, les deux hommes se ressemblaient beaucoup. C'est ce qu'il avait voulu faire lors du dernier voyage de son oncle, mais celui-ci n'était pas resté suffisamment longtemps. Dommage. Antoine était persuadé que l'oncle Adrien aurait pu changer les choses. En fait, chaque fois qu'il y pensait, Antoine ne voyait personne d'autre à qui confier son problème. Sa mère, même si elle était bien gentille, serait tellement malheureuse de le voir abandonner ses cours qu'Antoine avait décidé de ne rien lui dire. C'est comme avec sa grand-mère qui, invariablement, les renvoyait à leurs parents, Laura et lui, quand il y avait un problème. Quant à son père, il était tellement prévisible qu'il le tiendrait responsable de la situation qu'Antoine préférait se taire.

Et puis, juste à s'imaginer en train de raconter ce qui se passait réellement chez monsieur Romain, Antoine venait tout rouge de gêne.

À cette dernière pensée, il haussa les épaules.

Il n'était même pas certain que quelqu'un voudrait le croire. Qui voudrait croire une chose pareille? Alors, aussi bien se taire plutôt que mourir de honte.

Antoine était revenu face à la maison quand sonna le premier coup de l'angélus. Et sa mère qui lui avait demandé de se dépêcher! Avec la facilité qu'ont parfois les enfants à tout laisser derrière eux, Antoine oublia l'avant-midi qu'il venait de passer. Il avait promis à sa mère de revenir le plus vite possible après l'école, et midi sonnait à l'église de la paroisse. Il était temps de rentrer.

Apercevant un petit caillou rond qui traînait à quelques pouces de son pied, Antoine le projeta au loin du bout de son soulier et tournant vivement sur sa droite, il se mit à courir en direction de la ruelle. Pourvu qu'il y ait des sandwiches aux œufs.

*　*　*

Quand Évangéline entra dans la maison, en ce début d'après-midi de septembre, elle était d'excellente humeur. Il faisait un temps splendide et rien ne lui faisait plus plaisir qu'une bonne réunion des Dames de Sainte-Anne avec discussion, argumentation et tractation, suivie d'un dîner avec l'une ou l'autre de ses amies. Ce matin, quelques décisions d'importance avaient été prises en prévision de la messe solennelle qui aurait lieu en novembre pour célébrer les soixante-dix ans de Marcellin Ferland, qui fêtait aussi ses trente-cinq ans comme curé de leur paroisse. Pâquerette Bolduc, cuisinière au presbytère de son état et surnommée Madame curé, avait exceptionnellement assisté à la réunion et avait apporté quelques bonnes idées. Après, Évangéline avait dîné au casse-croûte Chez Albert en compagnie de Noëlla, avec qui elle avait partagé un morceau de gâteau au chocolat comme elles le faisaient quand elles étaient deux jeunes mères de famille et qu'elles se retrouvaient au restaurant avec leurs bébés.

Elles n'étaient pas nombreuses, les amies d'Évangéline, mais celles qu'elle avait lui étaient fidèles, malgré son caractère ombrageux. Noëlla était probablement la seule personne sur terre qui savait tout de sa vie ou presque. Elles se connaissaient depuis le jour où Évangéline et son mari avaient acheté le terrain pour construire leur maison et l'entente entre elles avait été immédiate et sans compromis. Alors, même si quelques années auparavant, Noëlla avait déménagé à trois coins de rue de là, leur amitié n'en avait nullement souffert.

Évangéline accrocha sa veste et attrapa machinalement le tablier qui pendait à un clou en chantonnant la dernière balade de Luis Mariano qui inondait les ondes depuis quelques semaines.

— *Je sais bien que tu l'adores, Bambino, Bambino, et qu'elle a de jolis yeux, Bambino, Bambino...*

Malgré ce qu'elle avait cru l'année dernière, la télévision n'avait pas réussi à supplanter son bon vieux poste de radio. Une fois l'excitation des premières semaines passée, Évangéline s'en était lassée. Elle préférait, et de loin, la présence discrète des animateurs de la radio qui l'accompagnaient tout au long de sa journée. Pas besoin de s'arrêter ou de s'asseoir pour écouter la radio. Elle était là, présente à tout moment, laissant le corps libre d'agir et de travailler tout en agrémentant la journée. Mais jamais, jusqu'à maintenant, elle n'avait osé l'avouer à son fils Marcel qui lui, ne jurait que par la télévision.

— Je vous le dis, la mère, c'est pas mêlant, dans quèques

années, les radios existeront pu! Y a pus personne dans ville de Montréal qui va vouloir écouter ça! Quand on peut voir les images, c'est tellement mieux, vous trouvez pas, vous? C'est comme pour les chars qui sont en train de prendre toute la place. Des chevaux, on en voit pus. Pis c'est une bonne affaire. Ça puait sans bon sens!

Évangéline, qui détestait au plus haut point s'obstiner avec son fils, qu'elle trouvait de plus en plus borné et mesquin, n'avait rien répliqué. Elle n'avait pas argumenté que la radio était plus agréable que la télévision, même si elle aimait bien *Point de mire* et *Bonjour madame*. Elle n'avait pas non plus soutenu que les autos puaient tout autant, sinon plus, que les chevaux, auxquels elle avait toujours trouvé un certain charme. Non. Depuis quelque temps, Évangéline achetait la paix avec Marcel. C'est Adrien qui lui avait conseillé d'agir ainsi et, ma foi, il n'avait pas eu tort. Mais cette attitude n'empêchait pas Évangéline de profiter de ce que son fils était absent une grande partie de la journée pour mettre en marche, dès son réveil, les deux postes de radio de la maison. À certains moments de la journée, CKAC et Radio-Canada se disputaient sa préférence!

C'est donc par habitude qu'elle tendit une main vers le poste de radio installé sur le réfrigérateur dès que sa veste fut accrochée et son tablier noué. Sans vraiment porter attention à l'émission diffusée en sourdine, elle se retourna vers la pièce.

Sur la table, bien en évidence, une petite note de Bernadette. Tout à côté, la pile des lettres du courrier du matin. Évangéline fit la grimace.

— Encore des comptes, murmura-t-elle en soupirant. Marcel va être de mauvais poil pendant toute la fin de semaine. Comme si on avait besoin de ça!

Le temps de lire rapidement le mot laissé par sa belle-fille partie se promener et faire des courses avec le petit Charles, et Évangéline s'empara de la pile de lettres pour en faire minutieusement le tri dans le salon. Tous les mois, c'était le même rituel.

Par habitude autant que par envie, dès qu'elle entra dans le salon, Évangéline se dirigea spontanément vers un gros fauteuil en velours cramoisi élimé, jusqu'à la trame, qu'elle poussa et tira jusqu'à la fenêtre dont elle ouvrit le châssis avant de le coincer avec une baguette de bois. Cela devait faire plus d'un an qu'elle demandait à Marcel de réparer cette fenêtre et ce n'était toujours pas fait.

— Depuis qu'y' fait des livraisons le samedi, y' fait pus grand-chose icitte, grommela-t-elle en frottant son épaule gauche, endolorie d'avoir forcé.

Puis, elle resta immobile, le regard tourné vers la rue qu'elle ne voyait pas vraiment, concentrée sur ses pensées.

— À ben y penser, depuis que Marcel a son char, c'est Bernadette qui fait à peu près toute dans maison, murmura-t-elle, revoyant Bernadette bêchant le jardin, réparant la clôture, lavant les vitres. Lui, y' a pus le temps, qu'y' dit!

Évangéline soupira.

— Viarge, qu'y' peut m'énerver, des fois!

Et avant que toute cette réflexion ne délave sa bonne humeur, elle s'installa dans le fauteuil, sa pile de lettres à la main.

Ce fut coincée entre la facture du mazout, raisonnable, et celle du téléphone, trop élevée, qu'Évangéline trouva l'enveloppe bleue.

Une lettre d'Adrien.

Elle la tint entre deux doigts et la regarda longuement, puis la mira à contre-jour avant de la mettre de côté, intriguée et inquiète. Habituellement, son fils n'écrivait pas aussi souvent.

Sa dernière lettre datait d'à peine trois semaines. Ça devait donc être des mauvaises nouvelles et Évangéline n'était jamais pressée de connaître les mauvaises nouvelles. Il y en avait trop eu dans sa vie de ces moments où elle avait l'impression que la terre cessait de tourner pendant un instant.

Elle finit donc d'éplucher le courrier avant de revenir à la lettre d'Adrien qu'elle décacheta soigneusement.

Il n'y avait qu'un feuillet dans l'enveloppe, plié en deux avec quelques mots pour annoncer que Maureen avait encore une fois perdu le bébé qu'elle attendait :

Je ne pensais pas que je serais affecté autant. Si vous saviez à quel point je suis déçu. Pour le moment, le médecin préfère que l'on attende un an avant d'essayer de nouveau. Le pire, je crois, c'est de voir Maureen. Elle ne ressemble en rien à la femme enjouée que vous avez connue l'an dernier à notre mariage. Aux propos que mon beau-père m'a tenus, je crois bien que dans la famille Prescott, ils me tiennent tous un peu responsable de ce qui arrive. On ne s'est pas gênés pour me répéter à plusieurs reprises que jamais auparavant une femme de la famille n'avait perdu de bébé. Est-ce possible que ce soit à cause de moi ? Je veux consulter le médecin avant de me faire une opinion. Je vous en reparlerai plus en détail dans ma prochaine lettre.

Embrassez Laura et Antoine pour moi. Dites un beau bonjour à Bernadette. Je m'ennuie de vous tous.

Votre fils, Adrien.

Évangéline se donna la peine de relire la lettre pour être bien certaine d'avoir tout compris. Elle n'en avait jamais parlé, à personne, pas même à Noëlla, mais la lecture avait toujours été un embarras pour elle. Peu instruite, ayant quitté l'école assez jeune pour aider sa famille, elle se contentait habituellement de lire les grands titres quand elle se cachait derrière le paravent d'un journal déployé. L'apparition des postes de radio dans la plupart des foyers, au milieu des années vingt, avait été une vraie bénédiction pour Évangéline. Elle pouvait enfin se tenir au courant des dernières nouvelles sans perdre la face en avouant qu'elle avait de la difficulté à lire. Quand son mari était décédé, cela lui avait pris des mois avant de se retrouver dans toute la paperasse qu'elle avait dû mettre à jour.

Mais la lettre d'Adrien était assez explicite et simple pour qu'elle en comprenne la moindre virgule. Maureen venait de perdre le bébé qu'elle attendait. C'était la deuxième fois en un an. Et la famille semblait tenir Adrien responsable de cet échec.

Évangéline n'aimait pas cela.

Elle n'aimait surtout pas savoir son fils malheureux.

Elle replia la lettre en soupirant, la glissa dans son enveloppe puis dans la poche de son tablier. Il ne fallait surtout pas que Bernadette la trouve...

Appuyant ses avant-bras sur le rebord de la fenêtre, Évangéline laissa son regard se perdre tout au bout de la rue. Les arbres étaient endimanchés d'or et de pourpre, le soleil jouait à travers les branches et l'air était doux comme une caresse. Nul paysage, à ses yeux, n'égalait ce coin de quartier.

C'est ici, à cette même fenêtre, qu'elle avait réglé bien des problèmes depuis les trente dernières années. Elle ne se lassait pas de regarder cette rue qu'elle considérait comme étant la sienne. Elle était sincère quand elle avait dit à Bernadette qu'elle préférait avoir cette rue cul-de-sac comme horizon plutôt que des champs à perte de vue. Elle revenait alors du Texas où Adrien venait de se marier et il était évident qu'elle s'était ennuyée de son quartier.

C'est ici qu'elle avait pleuré la mort de son mari, s'interdisant de le faire devant ses fils puisque maintenant, elle devait être le chef de famille. C'est ici qu'elle attendait Marcel, la nuit, quand il ne rentrait pas même si minuit sonnait à l'horloge du salon, pétrie d'une inquiétude qu'elle jugeait légitime mais qui, invariablement, se changeait en élan de colère dès que son fils mettait un pied dans le corridor. C'est devant cette même rue, à la fenêtre de sa chambre, qu'elle avait cousu pour les gens des quartiers environnants jusqu'à s'en arracher les yeux, maudissant le destin qui avait fait d'elle une veuve. Mais ses fils n'avaient manqué de rien et elle en était fière. Comme elle était fière de cette maison qu'elle avait su garder malgré les prédictions des gens de la rue qui ne lui donnaient pas un an avant de tout perdre.

Aujourd'hui encore, il n'y avait aucun autre endroit au monde où elle voudrait se tenir pour penser à Adrien. Cette rue, c'était sa complice et sa conseillère.

Évangéline n'avait pas eu une vie facile mais elle s'en était sortie. De son enfance où elle avait trimé d'une étoile à l'autre jusqu'à aujourd'hui, la vie ne lui avait fait aucun cadeau. D'épreuve en épreuve, elle s'était endurcie. Elle avait appris à refouler ses émotions et ses tristesses pour ne garder que l'efficacité. C'est ainsi qu'elle avait pu s'en sortir, et malgré ce que l'on pensait d'elle, Évangéline ne regrettait rien. Elle avait mauvais caractère, d'accord, elle en était tout à fait consciente, mais c'était ce même fichu caractère opiniâtre qui lui avait permis de survivre au jour le jour et de mener ses deux fils à bon port.

Évangéline glissa la main dans sa poche simplement pour toucher au papier de la lettre d'Adrien.

Son Adrien...

Un sourire, cette espèce de rictus qui ne retroussait que le coin droit de ses lèvres, éclaira brièvement les traits ingrats d'Évangéline.

Être plus jeune, plus riche, elle prendrait le train dès le lendemain pour aller le visiter. Adrien lui manquait et savoir qu'il était désolé de la fausse couche de Maureen la rendait triste. De penser qu'on tenait son fils responsable de cet état de choses l'agaçait. Elle aurait voulu leur dire, à tous ces Prescott, qu'elle aussi, Évangéline Lacaille, avait perdu deux bébés en couches, deux filles, ce qui ne l'avait pas empêchée d'avoir deux fils en parfaite santé même si l'un des deux avait mauvais caractère.

Et jamais elle n'avait imaginé que son mari y était pour quelque chose.

— Que c'est ça que cette idée-là?

Évangéline prenait les murs à témoin. Une flambée de colère lui monta au visage. Alors, pour se calmer, elle frôla l'enveloppe du bout du doigt et ce fut comme si elle caressait le bras d'Adrien.

— Faut pas qu'y s'en fasse pour ça, murmura-t-elle pour elle-même. Faut surtout pas qu'y s'en fasse. Ses preuves sont faites, à mon Adrien. Pis pas rien qu'un peu, viarge! C'est le plus beau des p'tits gars, à part ça!

Une tache de naissance en forme de cœur sur le bord d'une fesse, apparue quand Charles fêtait son premier anniversaire, avait confirmé les doutes entretenus depuis le tout premier instant où Bernadette avait annoncé sa grossesse. Charles était bien le fils d'Adrien: il en portait la signature exactement au même endroit. Pourtant, Évangéline n'avait rien dit.

Ce secret ne lui appartenait pas. C'était celui de Bernadette. Elle seule pouvait en disposer. Évangéline était peut-être passée maître dans l'art d'observer et d'épier à partir de sa fenêtre. Nul doute qu'elle était prompte à critiquer, désapprouver et blâmer, et qu'elle n'avait pas la langue dans sa poche quand venait le temps de semoncer, faire la morale ou réprimander, il n'en restait pas moins qu'elle savait être discrète quand la vie l'imposait. Le jour où Adrien lui avait appris son prochain mariage avec Maureen, Évangéline avait su que jamais elle ne parlerait et elle avait pensé que c'était tant mieux si la vie se chargeait elle-même de régler les choses.

Cela ne l'empêchait pas d'avoir un faible pour le petit Charles même si, ce faisant, elle était consciente d'être injuste envers Laura et Antoine.

Malgré la meilleure volonté du monde, Évangéline n'y pouvait rien! Ce petit bout de deux ans faisait naître chez elle des émotions jusqu'à maintenant inconnues. La femme qui n'avait pas eu le temps d'être mère avec ses propres fils reprenait le temps perdu avec son petit-fils. Un regard, un sourire de cet enfant et Évangéline sentait sa carapace se fissurer. Alors qu'Antoine la déroutait avec sa trop grande gentillesse et que Laura la faisait souvent sortir de ses gonds avec sa manie de toujours avoir réponse à tout, Charles combinait en lui les caractères de ses deux fils et lui plaisait au-delà des mots pour le dire. Actif comme Marcel l'avait été enfant, Charles pouvait, à ses heures, se montrer calme et intéressé par des jeux plus tranquilles, à l'image d'Adrien. Souvent, Évangéline se disait que si elle avait eu un second fils comme Charles au lieu de Marcel, sa vie aurait été plus facile.

— Me semble que ça serait pas mal mieux si on pouvait décider de quoi dans notre vie, murmura-t-elle encore, le regard noyé dans ses pensées. Moé, par exemple, si j'avais eu le choix, ben j'aurais gardé mon Alphonse avec moé, pis mes deux filles seraient venues au monde sans problème. Ouais, c'est ce que j'aurais voulu qu'y' se passe. Pis je me serais petête arrangée pour que Marcel soye un peu plus d'adon. Pis Adrien, lui, ben y' serait pas allé se battre dans les vieux pays pis comme ça y' aurait pas rencontré sa Maureen Prescott pis y' resterait par icitte, pas loin, avec une bonne p'tite femme capable d'y donner des beaux enfants en santé. Ouais, si moé, Évangéline Lacaille, j'avais eu le choix de décider pour ma vie, ben c'est de même que j'aurais toute faite ça.

Évangéline poussa un profond soupir. Elles étaient rares dans sa vie les fois où elle s'était sentie aussi abattue. Pourtant, la journée avait si bien commencé!

C'est à cet instant qu'elle aperçut, au coin de la rue, Bernadette qui revenait avec Charles. Son humeur bascula de nouveau. Le gamin trottinait à côté de son carrosse où les sacs d'épicerie avaient pris sa place.

Chose rarissime, Évangéline sourit pour une seconde fois en l'espace de quelques minutes à peine. Sa vie n'avait peut-être pas été très facile, mais elle lui avait quand même réservé quelques belles douceurs. Bernadette en était une. Charles aussi.

— Et pourquoi pas, tant qu'à y être, Laura pis Antoine avec, lança-t-elle en se relevant. Je les comprends pas toujours, ces deux-là, mais c'est des bons enfants quand même. Dans le fond, si j'oublie un boutte de mon passé, pour astheure, y a ben juste Marcel qui me fait étriver. Mais viarge qu'y' fait ça comme faut, par exemple! C'est pas mêlant, y a des jours où je le mettrais à porte pis ça me ferait pas un pli!

Évangéline avait replacé le fauteuil contre la petite table devant la télévision. En pile bien droite, les factures attendaient Marcel. Dans le fond de sa poche, la lettre d'Adrien craquait à chacun de ses pas.

— Demain, dit-elle à voix haute en se dirigeant vers la porte pour aller au-devant de Bernadette, demain m'en vas y téléphoner, à Adrien. Pasque je serais pas capable de mettre ça en mots écrits, ce que j'ai envie d'y dire. Mais pour astheure...

Évangéline était déjà à la porte d'entrée qu'elle ouvrit largement pour sortir sur le balcon. Et sans se donner la peine de la verrouiller derrière elle, elle descendit l'escalier aussi vite que le permettaient ses genoux perclus d'arthrite.

Quand elle fut à une distance raisonnable de Charles, Évangéline s'arrêta et sans égard à la douleur qui irradiait dans ses jambes, elle s'accroupit comme elle l'avait si souvent fait jeune femme, jeune mère, à cette époque où Adrien était encore tout petit et son mari toujours vivant. Puis elle ouvrit tout grand les bras.

Bernadette avait cessé de marcher et regardait sa belle-mère avec un sourire attendri sur les lèvres. Charles aussi avait aperçu sa grand-mère. Quand il leva un regard interrogateur vers elle, Bernadette l'encouragea d'un signe de tête.

— Oui, mon homme, tu peux y aller.

Délaissant alors le montant du landau où il était agrippé, le petit garçon se mit à courir aussi vite que le permettaient ses courtes jambes potelées et, sans hésiter, il se jeta dans les bras d'Évangéline en riant à gorge déployée. Un rire tout en cascades qui monta jusqu'à la cime des arbres pour se mêler à la brise de cette belle journée de septembre.

Évangéline avait refermé les bras sur lui et l'embrassait dans le cou.

CHAPITRE 3

Que reste-t-il de nos amours
Que reste-t-il de ces beaux jours
Une photo, vieille photo
De ma jeunesse
Que reste-t-il des billets doux
Des mois d'avril, des rendez-vous
Un souvenir qui me poursuit
Sans cesse

Que reste-t-il de nos amours?
PAROLES ET MUSIQUE DE CHARLES TRENET, 1942

Samedi 16 novembre 1957

Laura et Francine avaient réussi à arracher à leurs mères respectives la permission d'aller magasiner sur la rue Sainte-Catherine, seules toutes les deux, sans chaperon.

— Pis tu réponds pas si un inconnu te parle.

Bernadette tordit un coin de son tablier, inquiète de voir sa fille partir pour l'autre bout de la ville sans escorte.

— C'est ben important de pas parler aux étrangers. Y a toute sorte de monde dans le bas de la ville.

— Quelle sorte de monde?

— Quoi? Heu...

Bernadette se mit à rougir.

— Toute sorte, que je te dis! Toute sorte, ça veut dire toute sorte, verrat! Des fins pis des moins fins, c'est toute. Pis tu dépenses pas toute ton argent, non plus. Pour deux piasses, t'es capable de te trouver une ben belle paire de souliers. Pis prends-les solides pour qu'y' toffent jusqu'à fin de l'année d'école. Pis surtout, tu reviens pendant qu'y' fait encore clair.

— Promis pour toute ce que tu viens de dire, moman, interrompit vivement Laura qui ne tenait plus en place. Chus pus un bebé. J'ai quatorze ans, maudite marde!

— Sois polie, ou ben tu restes icitte, Laura Lacaille. C'est pas une manière de parler à sa mère.

Assise au bout de la table, le nez dans le journal du matin, Évangéline venait de glisser son grain de sel dans la conversation. Laura se retint pour ne pas se mettre à trépigner d'impatience.

— Je m'escuse, moman... fit-elle en soupirant. Mais c'est quand même vrai que chus pus un bebé, par exemple.

— C'est vrai. Pis c'est pour ça que je te donne la permission d'aller magasiner tuseule avec Francine.

— Merci ben.

Laura n'en pouvait plus.

— Astheure, je peux-tu m'en aller? Francine doit ben se demander ce que je fais à lambiner de même. Chus toujours en avance, d'habitude.

— Ouais... Tu peux t'en aller...

Laura avait déjà la main sur la poignée de la porte.

— Tu sais-tu quel autobus prendre au moins? Le samedi, je pense que c'est pas le même horaire que durant la semaine.

Laura se retourna en retenant un gros soupir que sa grand-mère aurait pu très mal interpréter.

— Moé, je le sais pas vraiment, mais Francine, elle, a' l'a demandé à sa sœur Louise. A' va souvent magasiner en ville, le samedi, Louise, pis a' y va toujours en autobus. Inquiète-toé pas, moman, je me perdrai pas.

— Ouais, on dit ça... Envoye, file avant que je change d'idée. Pis passe une belle journée avec ton amie.

— Merci. Passez une belle journée vous autres avec. On se revoit à soir, au souper. Avec mes souliers neufs.

Francine l'attendait au coin de la rue et les deux amies partirent bras dessus, bras dessous. L'avant-midi passa beaucoup trop vite au goût de Laura. Midi venait à peine de sonner au clocher de la cathédrale que les emplettes étaient déjà finies. Laura avait trouvé sa paire de souliers et Francine, le chemisier pour lequel sa mère lui avait donné un dollar cinquante.

— On est toujours ben pas pour retourner à maison tusuite, lança Laura alors que les deux filles étaient sur le trottoir devant Eaton, se demandant quoi faire. Ça me tente pas une miette de passer mon après-midi avec ma mère pis ma grand-mère.

— Moé non plus, ça me tente pas de rentrer tusuite. C'est ben assez que je soye obligée d'être là pour trois heures rapport que ma mère veut faire sa commande pis qu'a' veut pas emmener Serge avec elle.

— Ben, que c'est qu'on fait d'abord? Y' me reste une piasse et quatre vingt-cinq cennes. J'en avais emmené un peu plus.

— Pis moé...

Francine plongea une main dans la poche de son manteau et en ressortit une poignée de monnaie.

— Pis moé, fit-elle en comptant les pièces, y' me reste cinquante-cinq cennes de la piasse et demie que ma mère m'a donnée plus... soixante-dix cennes que j'avais chez nous. À nos deux, on devrait être capables de manger un p'tit quèque chose comme des hot-dogs pis des patates frites.

— Bonne idée. Moé avec, ça me tente, j'ai pas mal faim.

Ça me gargouille dans le ventre depuis t'à l'heure.

— Où c'est qu'on va? On retourne-tu par chez nous pour manger au snack-bar Chez Albert ou ben on essaye de trouver quèque chose par icitte?

— On trouve quèque chose par icitte. C'est trop le fun d'être tuseules en ville.

— T'as ben raison. Amène-toé, Laura, on va essayer de trouver le Woolworth.

Francine regardait tout autour d'elle en marchant.

— J'ai déjà entendu ma sœur Louise dire que c'était pas loin du Eaton pis qu'y' faisaient des saprés bons sundaes au caramel. Bonté divine que ça va t'être le fun de voir un autre menu que celui de Chez Albert.

Mais en disant ces mots, Francine arrêta brusquement de marcher.

— Que c'est ça va nous donner de voir un autre menu? murmura-t-elle en contemplant la monnaie restée dans sa main. Avec ce qu'on a, on est condamnées à toujours manger des hot-dogs steamés pis des patates. Chus même pas sûre que j'ai assez d'argent pour me payer un sundae.

— J'en ai, moé, de l'argent, rassura Laura qui arrivait à la hauteur de Francine. Je viens de te le dire. On va s'arranger comme on fait d'habitude.

— Ben justement! J'en ai assez qu'on aye toujours à s'arranger.

— Maudite marde, Francine, on dirait que t'es de mauvaise humeur, comme ça, drette-là! Me semble qu'y a pas de quoi! Pour une fois qu'on est libres de faire ce qu'on veut sans avoir à demander de permission!

— Libres? Tu trouves qu'on est libres? On n'a même pas assez d'argent pour manger comme du monde. Fait que moé, je trouve qu'y a de quoi être de mauvaise humeur. J'en ai assez de toujours être à dernière cenne. Sainte bénite, m'en vas avoir quinze ans betôt pis chus toujours à dernière cenne. Tu trouves pas, toé, que c'est ben assez pour être de mauvaise humeur? C'est depuis que chus née, je pense, que chus toujours à dernière cenne.

Cette dernière remarque arracha un sourire moqueur à Laura.

— Tu penses pas que t'exagères?

— Pantoute. Si au moins j'étais un gars, je pourrais me trouver une jobine. Ben non! Chus une fille, pis pour les filles, y'en a pas des jobines comme pompiste ou ben livreur d'épicerie.

Laura ravala son sourire. Elle n'osa répliquer que pour les filles, il y avait les bébés à garder, car dans leur rue, il n'y avait qu'un seul bébé à garder, le petit Daniel, et il s'avérait que c'est à elle qu'on demandait de le faire et non à Francine. Ça ne servirait à rien de le dire, ça ne serait que de jeter de l'huile sur le feu. Quand son amie décidait d'être de mauvaise humeur pour une question d'argent, c'est toute la famille de Laura qui allait y passer si la discussion se poursuivait.

— C'est vrai que des jobines pour les filles, y en a pas ben ben, approuva Laura, espérant ainsi acheter la paix. Mais c'est pas en restant plantée là, sur le trottoir, que tu vas changer le monde, Francine. Pour l'instant, moé, j'ai frette pis j'ai faim. Alors? Que c'est tu décides? On va-tu manger ou ben on rentre chez nous?

Francine poussa un profond soupir.

— Tu le sais ben! On va manger. T'as raison quand tu dis que c'est pas icitte que j'vas changer ma vie. Envoye, amène-toé, on va essayer de trouver le Woolworth, même si je pourrai pas goûter à leur sundae.

— Arrête donc de penser de même, Francine Gariépy. T'es plate quand tu penses noir de même. Pour astheure, tu le sais pas si tu vas pouvoir le manger, leur sundae. Attends de voir avant de te mettre à babouner. Petête que c'est moins cher qu'au restaurant Chez Albert pis que toute va s'arranger. À nos deux, on a quand même trois piasses et dix!

Francine ne répondit pas et sa bouderie dura tout au long du repas même si, finalement, elles purent partager un *sundae* au caramel. Néanmoins, c'est avec un certain soulagement que Laura se dirigea vers l'arrêt d'autobus.

Il y avait foule dans l'autobus quand les deux filles réussirent enfin à monter. Elles durent rester debout, séparées l'une de l'autre par une grosse femme qui transportait un amas impressionnant de paquets et de sacs en tous genres. De l'autre côté, l'homme qui tenait la courroie de cuir, sa main juste à côté de celle de Laura, portait une montre-bracelet. Machinalement, elle constata qu'il était deux heures trente et, tout aussi machinalement, elle pensa à Antoine qui devait être à son cours de dessin. À moins qu'encore une fois, il n'ait prétexté un mal de ventre ou un mal de cœur pour se soustraire à l'obligation d'aller chez monsieur Romain. C'était devenu assez fréquent qu'Antoine ait un malaise quelconque, subit et très violent, le samedi sur l'heure du midi. Cet état de choses intriguait grandement Laura, d'autant plus que sa mère ne semblait pas y accorder une très grande importance.

Qu'est-ce qui pouvait bien pousser Antoine à se lamenter comme il le faisait? Un désintérêt pour le dessin? Pourtant, il n'y avait qu'à voir le beau paysage qu'il lui avait offert pour sa fête pour comprendre qu'il aimait toujours dessiner.

Et qu'il avait toujours autant de talent!

Donc, ce n'était pas cela. N'empêche qu'Antoine avait

souvent mal quelque part, le samedi, et que Laura n'y croyait pas, à ses maladies foudroyantes.

Elle avait beau y penser assez régulièrement, elle n'arrivait pas à trouver.

C'est au moment où elle descendit de l'autobus qu'elle eut une idée. Sans hésiter, elle déclina l'invitation de Francine qui aurait bien aimé qu'elle aille chez elle.

— Non, je pense, à place, que j'vas aller chercher Antoine à son cours de dessin. Monsieur Romain demeure juste à deux rues d'icitte.

La mine boudeuse de Francine s'accentua dès qu'une ride profonde se creusa entre ses sourcils.

— Chercher ton frère? Depuis quand tu vas chercher Antoine le samedi, toé? Y' est ben assez grand pour rentrer tuseul à maison.

— C'est pas ça.

Laura était mal à l'aise. En effet, comment expliquer?

Un bref regard vers le ciel pour chercher l'inspiration et Laura dénichait une réponse qui lui apparut tout à fait satisfaisante.

— Le ciel est pas mal couvert pis y' vente de plus en plus, improvisa-t-elle. Regarde par-dessus l'école, les nuages sont quasiment noirs. Y' pleuvrait dans pas longtemps que je serais pas surprise pantoute.

Francine haussa les épaules.

— Pis ça? C'est pas une escuse. Si y' est pour mouiller, autant que tu t'en viennes chez nous. Comme ça, vous serez pas deux à être en lavette.

— Ben pour moé, tu sauras, c'en est une, escuse. Toé pis moé, on est pas faites pareilles! Antoine est obligé de traîner un pas mal gros barda quand y' va à ses cours. Si je l'aide, ça va aller plus vite pis on a petête des chances de pas être mouillés pantoute. Ça fait que tu vas m'escuser, justement, pis m'en vas aller le chercher, mon frère. Si t'es pas trop choquée, tu m'appelleras à l'heure du souper pis on pourra se voir à soir. Avec mon pick-up, petête? demanda-t-elle d'un ton mielleux pour amadouer Francine. J'ai un nouveau quarante-cinq tours de Perry Como. Ça s'appelle *Round and Round*. C'est pas Elvis mais c'est pas mal bon quand même!

Et sans attendre de réponse, Laura poursuivit, décidée:

— Moé, pour astheure, je te dis salut pis je te dis avec que tu ferais mieux de te grouiller. C'est comme rien que ta mère doit t'attendre, y' doit être pas loin de trois heures.

Finalement, pour éviter d'être confrontée aux habituelles jérémiades de Francine quand elle n'avait pas exactement ce qu'elle voulait, Laura tourna les talons illico et se dirigea d'un bon pas vers le carrefour où elle s'arrêta brusquement. Coup d'œil par-dessus l'épaule: Francine avait disparu.

Tant mieux!

Francine avait beau être sa meilleure amie, il y avait de ces journées...

Laura soupira d'impatience, consciente que plus le temps passait et moins elle se sentait proche de Francine.

Pourtant, elles aimaient la même musique, pouvaient passer des heures à discuter des pour et des contre à propos des garçons du quartier sans se fatiguer, et elles adoraient les frites et la crème glacée.

Alors, pourquoi cette intuition que le meilleur était déjà derrière elles?

Laura soupira une seconde fois, mais cette fois-ci, de déception, puis elle traversa la rue et tourna à gauche une fois arrivée sur le trottoir. Elle fit deux ou trois pas pour s'arrêter encore une fois.

Malgré cette apparence de pluie imminente, il était peut-être un peu tôt pour aller chercher son frère.

Et s'il n'était pas chez monsieur Romain?

Peut-être bien que sa mère l'avait gardé à la maison comme elle le faisait parfois. Laura hésita. Dans le fond, elle aurait dû écouter Francine.

Brusquement, Laura s'en voulut de s'être laissée aller à suivre une impulsion qui lui venait elle ne savait trop d'où.

Mais qu'est-ce qui lui avait pris de vouloir aller chercher Antoine sans même savoir s'il était à ses cours? C'était bien la première fois que cela lui arrivait. Et pourquoi? Parce qu'il feignait d'être malade un samedi sur deux et que ça l'intriguait? Allons donc!

C'est à cette pensée, revoyant le visage implorant d'Antoine quand il prétendait avoir mal, les yeux pleins de larmes, que Laura ressentit à nouveau cette espèce de tension qui lui donnait une crampe singulière au creux de l'estomac.

Antoine était peut-être geignard de nature quand venait le temps d'aller jouer dehors, mais Laura ne l'avait jamais entendu pleurer pour de la douleur.

Sauf depuis quelques semaines!

À l'été, il y avait maintenant plus de quatre mois, Antoine lui avait demandé d'aller le chercher, non, il l'avait pratiquement suppliée de le faire et elle lui avait fait faux bond. Qu'importe la raison, même si elle était excellente, Laura avait failli à sa promesse. Antoine ne lui en avait jamais reparlé, mais Laura n'avait pas oublié. C'est probablement ce qui l'avait poussée à être ici en ce moment. Quoi d'autre? Sinon, un fond de curiosité qu'elle jugeait normale face au comportement de son frère qui était, lui, on ne peut plus bizarre depuis quelque temps.

Le ciel se faisant de plus en plus sombre, elle statua que

l'heure n'avait plus tellement d'importance et elle fila directement jusqu'à la rue où habitait monsieur Romain. Antoine lui avait dit que c'était une maison brune, en brique, avec des vitraux dans le haut des fenêtres et une porte rouge vif avec une sorte de tête de lion en or qui déclenchait une sonnerie à l'intérieur de la maison. Elle ne devrait avoir aucune difficulté à trouver. Et tant pis si son frère n'était pas là, elle n'aurait qu'à faire demi-tour.

Dès qu'il ouvrit la porte, elle reconnut sans difficulté le professeur qu'elle n'avait aperçu que de loin, parfois, soit à l'église, soit dans la cour de récréation des garçons.

Il était aussi laid qu'Antoine lui avait dit.

— Je te le dis, Laura, de proche, c'est encore pire. Y' a une espèce de verrue juste à côté du nez... Ouache! C'est vraiment laite.

Et monsieur Romain n'avait pas l'air de très bonne humeur non plus, contrairement à Antoine qui poussa une exclamation de plaisir dès qu'il entendit la voix de Laura.

— Laura? C'est ben toé? Juste une menute, Laura, j'arrive!

Monsieur Romain signifia clairement à Laura qu'elle devait rester dans le vestibule et, sans cérémonie, il rebroussa chemin vers l'arrière de la maison en lançant:

— Mais ton dessin, Antoine?

La voix de monsieur Romain claquait comme un fouet, sèche et sévère.

— Ton dessin n'est pas terminé, Antoine, et tu sais que je n'aime pas les choses à moitié finies!

— M'en vas le finir chez nous. Promis.

Les voix, maintenant, parvenaient à Laura depuis le fond de l'appartement, qui semblait assez grand. Comme elle n'avait pas le droit de sortir du vestibule, elle étira le cou pour finalement n'apercevoir qu'un long corridor sombre, flanqué de portes en bois verni, toutes fermées à l'exception de la dernière, qui semblait donner sur une cuisine. Elle crut apercevoir une pinte de lait sur le comptoir et un sac de biscuits comme sa mère en achetait à l'occasion.

Monsieur Romain donnait-il une collation à Antoine? Laura ne savait pas. Son frère n'en avait jamais parlé.

Antoine ne discutait jamais de ses cours de dessin avec monsieur Romain. En fait, depuis quelque temps, Antoine ne parlait plus jamais de ce qui lui arrivait. Pourtant, auparavant, il racontait toute sa journée, le soir, au souper. Plus maintenant. Parfois, il montrait ce qu'il avait fait à ses cours, mais ça n'allait jamais plus loin. Quant à l'école, il n'en disait plus un mot.

Laura avait à peine eu le temps de jeter un rapide coup d'œil sur le corridor que la tête d'Antoine apparut dans l'embrasure d'une des portes.

— Me v'là!

Portant à deux mains devant lui son lourd cartable, Antoine traversa le long couloir à une vitesse surprenante. Arrivé dans le vestibule, il laissa tomber son cartable sur le plancher et, se haussant sur la pointe des pieds, il décrocha son coupe-vent d'un porte-manteau que Laura n'avait pas remarqué. À peine le temps qu'il n'en faut pour le dire, et Antoine était déjà prêt.

— Viens, Laura, on s'en va.

— T'attends pas monsieur Romain pour y dire bonjour?

— Pas nécessaire.

Détournant à peine la tête, Antoine lâcha tout de même à haute voix:

— Je m'en vas, là. On se revoit la semaine prochaine pis promis, j'vas avoir fini mon dessin.

Antoine avait à peine fini de parler que la porte d'entrée était déjà ouverte et qu'il sortait sur le perron. Sans dire un mot, il dévala le court escalier et se dirigea vers le trottoir où il fit une bonne dizaine de pas avant de s'arrêter.

— Ouf! C'est pesant.

Le cartable était de nouveau par terre à ses pieds. Antoine se tourna vers sa sœur qui le suivait à deux pas, surprise de voir à quelle vitesse Antoine avait quitté la maison de son professeur. Antoine n'était pas sorti de la maison de monsieur Romain, il s'était enfui. C'était là le seul mot qui lui venait à l'esprit. Antoine avait fui la maison de son professeur. Mais pourquoi, ça, elle l'ignorait.

— Tu m'aiderais-tu à mettre mon cartable sur mes épaules? Chus pas capable de le faire tuseul, y' est trop pesant.

Laura secoua la tête pour chasser la curieuse pensée qu'elle venait d'avoir et s'approchant d'Antoine, elle souleva son cartable.

— Maudite marde, t'as raison! C'est ben pesant c't'affaire-là! Que c'est tu mets là-dedans pour l'amour?

— Toute mon stock de dessin pis de peinture, soupira Antoine en haussant les épaules. Mes crayons de bois, mon aquarelle, mes pastels, des craies en cire, du papier, des cartons, des pinceaux... Monsieur Romain veut que j'aye toute avec moé, chaque semaine. Pis? Tu m'aides-tu? C'est plus facile de marcher quand je l'ai sur le dos.

Le regard de Laura passa du cartable au sac qu'elle trimbalait depuis l'avant-midi, puis du sac au cartable.

— Non, je t'aiderai pas, décréta-t-elle, moqueuse, dessinant aussitôt un grand sourire devant l'air dépité de son petit frère. C'est toé qui vas m'aider. Prends mon sac avec mes souliers neufs pis moé, j'vas prendre ton cartable. Grouille!

La pluie s'en vient. Pis en passant, t'avais ben raison quand tu disais que monsieur Romain était pas beau. Moé avec, j'ai remarqué sa verrue sur le bord du nez. C'est vraiment, vraiment laite!

Quelques instants plus tard, le frère et la sœur reprirent leur marche. Laura croyait comprendre, maintenant, pourquoi Antoine faisait tant de manières pour éviter ses cours ou pourquoi il lui avait demandé de venir le chercher. Son cartable pesait une tonne! Délicat comme il l'était, son frère pouvait bien se plaindre d'avoir mal au dos!

Et inutile de demander à leur père de venir le conduire et le rechercher avec son auto. Autant espérer décrocher la lune!

Après deux coins de rue, Laura, en nage, donna raison à Antoine en ajustant le sac d'un coup de reins vigoureux.

— Je comprends, astheure, pourquoi tu chiales après tes cours! C'est-tu pour ça que tu m'avais demandé de venir te chercher l'été passé? Pasque ton sac est trop pesant pour toé? C'est ce que tu m'avais dit, mais je pensais que t'exagérais.

Sans le savoir, Laura venait d'ouvrir toute grande la porte des confidences. Enfin, c'est ainsi qu'Antoine le perçut. Il fit quelques pas sans répondre, essayant de faire le tri dans ses pensées qui s'étaient mises à virevolter sans trop savoir où se poser. Impulsivement, il ouvrit la bouche. Il avait tant de choses à confier et le besoin de tout avouer lui montait à la tête jusqu'à l'étourdir. Pourtant, il resserra les lèvres sans parler, une gêne immense lui rougissant brusquement les pommettes.

Tous les mots qu'il se répétait dans le secret de la nuit et qui semblaient si faciles à dire s'étaient envolés. Les images s'étaient effacées. Ne restaient en lui qu'un grand vide dans la tête et une grosse boule douloureuse à la place du cœur. Il serra très fort les paupières durant une seconde pour contrer les larmes qui menaçaient de déborder. Ce n'est qu'au moment où il avait repris sur lui qu'Antoine se contenta de dire:

— Tu vois ben que j'avais raison...

Le temps d'une profonde inspiration, il ajouta cependant d'une toute petite voix, presqu'un murmure:

— Pis monsieur Romain, y' est pas ben fin avec moé.

Les mots s'étaient échappés sans qu'il puisse les retenir, mais c'était le plus loin qu'il pouvait aller dans sa confession. Mettre une étiquette explicite sur les gestes posés par son professeur était au-dessus de ses capacités.

Laura regarda Antoine du coin de l'œil, se demandant si elle avait bien compris. Monsieur Romain n'était pas très beau, c'était un fait qu'elle venait de sanctionner elle-même, mais jamais elle n'avait entendu dire qu'il était méchant, et d'habitude, la réputation des professeurs les précédait d'une bonne longueur. Monsieur Romain devait être aussi vieux que l'école elle-même et jamais Laura n'avait entendu quoi que ce soit contre lui.

Elle jeta un second regard en biais vers son frère. Il marchait les yeux au sol et elle lui trouva un petit air triste qui la chagrina. Pourtant, plus souvent qu'autrement, ils se disputaient, tous les deux, cherchant prétexte et excuse pour s'obstiner. Quand le ton montait entre eux, Évangéline poussait de hauts cris de désaccord. Leur mère, par contre, en riait. Elle disait que ça lui rappelait son enfance et que c'était normal pour deux jeunes de se contredire, d'argumenter.

— Vous allez voir, Évangéline! Un jour, ces deux-là, y' vont être les meilleurs amis du monde. Comme moé pis ma sœur Monique.

— C'est à souhaiter, ma fille, je te dis rien que ça. Pasque si y' sont comme Marcel pis Adrien, tu pourras ben ravaler tes belles paroles pis nous autres, viarge, on sera pas sortis du bois!

Ces quelques mots suffisaient habituellement à éteindre le feu entre Laura et Antoine. Tout, plutôt que de ressembler à leur père!

Malgré qu'elle ait les épaules endolories par le cartable de son frère, Laura commençait à comprendre ce que sa mère voulait dire, car pour l'instant, et aussi curieux que cela puisse paraître, elle se sentait plus proche de son frère qu'elle ne l'avait jamais été de Francine. Une grande bouffée de tendresse lui étreignit le cœur et faisant un pas de côté, elle passa son bras autour des épaules d'Antoine. Elle fut surprise de le sentir se raidir avant d'échapper à son étreinte. Depuis quelque temps, Antoine ne tolérait aucune promiscuité. Même celle de sa sœur l'effarouchait.

— Chus pus un bebé, ronchonna-t-il, espérant que l'excuse suffirait.

Déconcertée de voir que son frère la repoussait ainsi, Laura marcha un peu plus vite.

Ça lui apprendrait aussi à vouloir être gentille!

Un coin de rue plus loin, le poids du cartable battant la mesure contre son dos lui fit ralentir l'allure. Avec un tout petit effort, elle pourrait peut-être comprendre ce qu'Antoine essayait de dire.

N'avait-elle pas utilisé la même expression, pas plus tard que ce matin, en discutant avec sa mère? «Chus pus un bebé!».

— C'est vrai. T'es pus un bebé, approuva-t-elle, répétant les mots en écho à ses pensées. Tu vas avoir dix ans betôt. Des fois, je l'oublie.

— C'est pas grave.

Le ciel était de plus en plus sombre et quelques gouttes de pluie commencèrent à tomber. Les deux jeunes accélérèrent le pas. Plus loin sur l'avenue, on apercevait enfin l'enseigne de Chez Albert qui se balançait au vent. Dans moins de dix minutes, ils seraient chez eux, à l'abri. C'est à cet instant que Laura se rappela les quelques mots que son frère avait dits juste avant qu'il ne se dérobe à son accolade.

Ainsi, monsieur Romain ne serait pas gentil avec lui...

Curieuse, Laura insista.

— Pourquoi c'est faire que t'as dit, t'à l'heure, que monsieur Romain était pas gentil avec toé?

Antoine ne répondit pas. Les yeux au sol, il continuait d'avancer contre le vent qui les fouettait de plus en plus fort. Au-dessus de la rue, les feux de circulation se balançaient dangereusement en grinçant. Machinalement, Antoine rabattit le col de son coupe-vent contre ses oreilles. L'hiver n'était plus très loin et au désagrément habituel du samedi viendrait s'ajouter le froid glacial et la neige. Il soupira, toujours sans répondre à sa sœur. À côté de lui, Laura s'impatientait.

— Pis? T'as toujours pas dit pourquoi monsieur Romain était pas gentil.

Comprenant qu'il n'y échapperait pas, Antoine s'arrêta brusquement. Sourcils froncés, il cherchait ses mots.

— T'à l'heure, commença-t-il sans oser lever les yeux, t'as dit que monsieur Romain était pas beau. Ben moé, je dirais que c'est ben pire que ça. Ouais, ben pire. Je dirais qu'y' ressemble au Diable.

Antoine avait levé la tête et regardait maintenant sa sœur droit dans les yeux.

— Pis des fois, poursuivit-il lentement, ben, y' est aussi méchant que le Diable. C'est de même que je pourrais dire ça. On dirait que ça y fait plaisir d'être méchant avec moé pis c'est le curé Ferland qui l'a dit: y a juste le Diable qui peut être vraiment heureux du malheur des autres. Pour moé, Laura, monsieur Romain, ben, c'est le Diable en personne. C'est pour ça que j'aime mieux pas en parler. Pis que j'veux pas non plus que moman soye au courant. Ça y ferait trop de peine pasqu'a' dirait qu'y' faut arrêter mes cours pis mes cours, ben, j'aurai le droit de les arrêter juste quand j'aurai faite le portrait d'El... Non, ça, je peux pas le dire pasque c'est une surprise. Mais c'est de même. Mes cours, j'ai pas le droit de les arrêter tusuite, répéta-t-il avec une conviction qui ébranla Laura. Même que c'est le curé qui l'a dit, l'autre jour, durant la retraite. Mais si toé, Laura, tu veux venir me chercher après mes cours, ben, ça me rendrait service pasque c'est là, à la fin des cours, que monsieur Romain est pas gentil avec moé. Comme s'y' voulait me punir pasqu'y' trouve que j'ai pas assez ben travaillé, on dirait. Je sais pas trop. Mais toé, Laura, toé, tu pourrais venir, hein? Tu pourrais m'aider. Dis que tu vas venir! Comme ça, monsieur Romain aurait pas le temps d'être méchant. C'est toute ce que j'veux pasque pour le dessin, monsieur Romain, y' est pas mal bon.

À bout de souffle, Antoine s'arrêta brusquement en inspirant profondément sans quitter Laura des yeux. Il espérait tellement une réponse qui mettrait un terme à son enfer. Celle-ci le regarda un instant, décontenancée, puis elle se remit à marcher sans parler.

Voilà qu'Antoine remettait ça! Et avec tellement de dureté dans la voix, cette fois-ci! Il était sûrement très malheureux. Pouvait-elle, alors, le laisser tomber?

Laura jeta un regard en coin vers Antoine qui marchait près d'elle contre le vent.

C'était tout un contrat que de s'engager à aller le chercher chaque samedi après-midi. «Et sans que moman s'en rende compte, par-dessus le marché», pensa-t-elle en soupirant, incapable d'imaginer comment elle allait s'y prendre et surtout, sans comprendre pourquoi Antoine refusait de parler à leur mère.

Laura fit quelques pas, perdue dans ses pensées, boudeuse.

Malgré tout le mystère qui entourait la demande d'Antoine, c'était son frère et même si elle le trouvait fatigant à ses heures, «achalant comme ça se peut pus!» disait-elle souvent à Francine, elle l'aimait bien.

— O.K., Antoine, j'vas essayer d'aller te chercher le plus souvent possible.

Les mots s'étaient imposés d'eux-mêmes.

— Mais je peux pas te promettre que j'vas y aller toutes les samedis, par exemple. Des fois, j'vas garder le p'tit Daniel, le samedi après-midi, pis ça, c'est ben important pour moé, tu le sais. Pour le reste...

Laura marqua une pause, mais il y avait tellement d'attente, d'espoir dans le regard de son petit frère qu'elle balaya du revers de la main toutes les autres activités qui peuplaient habituellement ses samedis.

— Ben, le reste y' attendra que je revienne à maison, maudite marde! C'est toute. Tu me diras l'heure que tu veux que j'arrive pis m'en vas être là. Si ça, ça te convient, moé, c'est correct.

Jamais Laura n'avait vu autant de soulagement dans le visage de quelqu'un. Elle comprenait à moitié ce qu'Antoine avait tenté d'expliquer quelques instants plus tôt et l'espace d'une seconde, elle eut envie de demander des précisions. En quoi monsieur Romain pouvait-il être si méchant qu'il faisait peur à Antoine?

Laura se tourna vers son frère, déterminée à en savoir un peu plus quand brusquement, cela n'eut plus la moindre importance à ses yeux. Antoine affichait un grand sourire et ce reflet de joie lui alla droit au cœur, balayant toutes ses interrogations.

— Merci, Laura, merci ben gros.

Une promesse, une complicité avec sa sœur et Antoine n'était plus le même. Il tourna le coin de leur rue en sautillant, redevenu lui-même. L'enfant se sentait rassuré et c'était suffisant pour oublier le cauchemar pour un temps.

— Hé! Laura, regarde!

Arrêté sur le trottoir et faisant fi de la pluie qui tombait de plus en plus dru, Antoine pointait du doigt la maison de la veuve Sicotte.

— T'as-tu vu? On dirait une pancarte accrochée sur la rampe de sa galerie. Attends-moé une menute, j'vas aller voir.

Sans attendre de réponse de la part de Laura, Antoine traversa la rue en courant, s'arrêta un bref moment devant la maison et revint aussi vite.

— C'est ben une pancarte, annonça-t-il, essoufflé. C'est écrit *À vendre* pis y a un numéro de téléphone. Que c'est qui peut ben se passer pour qu'a' vende sa maison, la veuve Sicotte? On la voyait pas ben, ben, mais était gentille quand même. Quand a' s'assisait sur sa galerie, a' nous disait toujours bonjour quand on passait sur le trottoir.

Laura plissa les paupières pour arriver à lire, car la pénombre tombait. Il semblait bien que son frère avait raison. C'était bien écrit *À vendre*. Par contre, elle n'arrivait pas à déchiffrer le numéro de téléphone.

— Me semble que c'était pas là à matin quand chus passée, constata-t-elle en recommençant à marcher.

Antoine était tout excité. Ce n'était pas tous les jours qu'on voyait une maison à vendre dans leur rue. Surtout pas en ce temps-ci de l'année. Dans un mois, on ne parlerait plus que de Noël! Ce n'était vraiment pas un bon moment pour espérer vendre sa maison. Antoine se mit à courir pour rattraper sa sœur.

— Non, répondit-il à Laura tout en gambadant pour garder le rythme, la pancarte était pas là à matin pasqu'a' l'était pas là non plus quand chus parti pour mon cours de dessin après le dîner. Je le sais, je l'ai regardée, la maison de la veuve Sicotte, quand chus passé en avant. Je la regarde toujours quand je passe en avant à cause que je la trouve belle avec ses pignons. On dirait presque une maison comme celles qu'on voit chez nos cousins dans le village à Saint-Eustache.

Laura répondit à son sourire tout en gardant la cadence. Il pleuvait maintenant à plein ciel.

— Ben envoye, grouille-toé, Antoine. Ça va faire toute une nouvelle à annoncer à maison. On rit pus, la veuve Sicotte qui a toujours été là, a' vend sa maison! Je me demande ben pourquoi, par exemple!

— Ça, Laura, on va le savoir betôt! Avec notre grand-mère, y a pas grand-chose qui reste secret ben ben longtemps dans le quartier. J'ai-tu hâte d'y voir la face, rien qu'un peu!

* * *

— Viarge, que chus énervée, moé là! Ma robe tombe-tu comme faut? Pis la ligne dans mes bas est-tu droite?

Plantée au beau milieu de la cuisine, Évangéline tournait sur elle-même, les bras grands ouverts comme un épouvantail.

Bernadette retint à grand-peine le fou rire qu'elle sentait grelotter en elle. Endimanchée comme au réveillon, Évangéline, d'un geste convulsif, commença à se tordre les mains d'inquiétude quand elle s'arrêta brusquement devant sa belle-fille.

— Pis? Tu vas-tu finir par me répondre?

— Ben oui, est correcte votre robe. Est même ben belle! se hâta de rassurer Bernadette en ravalant son rire. Pis la ligne de vos bas pourrait pas être plus droite que ça. Arrêtez donc de vous en faire, la belle-mère, toute va ben se passer, vous allez voir! Après toute, c'est juste une messe, une messe comme d'habitude.

Évangéline pointa un index furibond sous le nez de Bernadette.

— T'as ben menti, Bernadette! Pis t'as du front tout le tour de la tête pour me lancer ça de même, en pleine face, ma fille! Non, c'est pas une messe comme d'habitude, tu sauras. Une messe avec monseigneur Léger, ça peut pas être une messe ordinaire. Pis en plus, c'est moé qui va l'accueillir, monseigneur Léger, quand y' va arriver à sacristie. Moé pis Madame curé qui veut y voir la face de proche avant de l'avoir à manger chez eux, à midi, au presbytère. Pis l'abbé Frenette va être là, lui avec, comme de raison. C'est toute une organisation, notre affaire, tu sauras. Pis ça me met les nerfs en boule. Si y' fallait que quèque chose aille de travers, je pense que je m'en remettrais pas, c'est pas mêlant!

— Ben voyons donc! Chus sûre, moé, que toute va être parfait comme chaque fois que c'est vous qui organisez quèque chose. Vous pis vos Dames de Sainte-Anne, vous êtes dépareillées. Pensez juste à toutes les messes de minuit que vous avez préparées. Y en a-tu une qui a pas marché?

Évangéline fit mine de chercher, sourcils froncés.

— Non, c'est vrai, admit-elle sur un ton qui laissait toutefois entendre qu'elle donnait raison à Bernadette à contrecœur, compte tenu des conjectures du projet actuel. Mais là, c'est pas pareil. On a jamais reçu monseigneur Léger dans paroisse pis j'veux que toute soit parfait. C'est pas juste un évêque de seconde main comme y' nous en envoyent pour les confirmations! Là, c'est l'archevêque de Montréal en personne qui vient chez nous. C'est ben plus important, tu sauras. Un cardinal, on rit pus!

Tout en parlant, Évangéline avait lissé les plis de sa robe, replacé les pointes de son col blanc amidonné et tiré sur ses poignets de dentelle.

— Mais c'est vrai qu'y' a l'air gentil, reconnut-elle enfin. Au téléphone, entécas, quand j'ai réussi à l'avoir au bout de la ligne, y' me parlait doucement, avec autorité mais gentiment, pis y' a tusuite été d'accord pour venir chanter une grand-messe pour notre bon curé Ferland.

— Vous voyez ben!

Évangéline poussa un profond soupir, d'angoisse et de contrariété entremêlées.

— Non, ma fille, pour astheure, je vois rien pantoute à part qu'y' mouille à siaux pis que j'vas arriver à l'église détrempée comme une soupe. T'as-tu vu ça? Un vrai déluge! Y' aurait pas pu faire beau, viarge!

— Ben là...

Bernadette se sentait malicieuse.

— On peut pas toute avoir, la belle-mère. L'archevêque de Montréal en personne pis le beau temps!

— C'est ça, moque-toé donc... Mais ça arrange pas mes affaires. J'espère juste que le parapluie virera pas en envers. Avec le vent qu'y' fait à matin, ça me surprendrait pas pantoute.

Bernadette jeta un regard désolé sur la tempête qui s'abattait sur Montréal.

— C'est vrai qu'y' fait pas ben beau... Mais j'ai une idée! On va appeler Marcel pour qu'y' aille vous reconduire en char.

— T'es-tu malade, toé? Énervée comme chus, j'ai pas envie d'y voir sa face d'air bête, ça va me rendre malade!

— Ben voyons donc! Vous aurez juste à pas le regarder. C'est pour deux coins de rue à peine. Je m'en vas l'appeler. Le pire qu'y' peut arriver, c'est qu'y' dise non. Mais comme y' serait ben mal venu de dire non, y' va dire oui.

— Ben moé, j'vas en profiter pour aller à toilette. Je sais pas ce que j'ai à matin, mais je passe mon temps au p'tit coin.

Quand Évangéline fut de retour à la cuisine, le visage ombrageux de Bernadette était aussi éloquent qu'une réponse verbale.

— Y' a dit non? fit-elle, quand même un peu stupéfaite.

Habituellement, pour sa mère, Marcel était plutôt conciliant. Il gardait ses sautes d'humeur pour Bernadette qui, pour l'instant, était passablement choquée.

— Même pas, fit-elle avec impatience. J'y ai même pas parlé, bâtard! Y' a faite dire par monsieur Perrette qu'y' avait les deux mains dans une carcasse de cochon pis qu'y' voulait même pas savoir pour quoi c'est faire que je l'appelais.

— Y' a vraiment dit ça?

— Ça m'en a tout l'air!

— Ben ça, par exemple...

Évangéline resta songeuse un moment. Puis elle secoua la tête vigoureusement.

— Y' me fait enrager, lui, quand y' veut.

— Moé, ce qui me fait le plus enrager, c'est de penser qu'y a un char parqué dans ruelle juste à côté de chez Perrette pis qu'y' bougera pas de là de toute la journée.

Évangéline regarda Bernadette en fronçant ses sourcils broussailleux qui lui cachaient les yeux à demi.

— Que c'est que ça change pour nous autres, ça? Que le char à Marcel soye icitte ou ben à l'épicerie, moé, je vois pas la différence.

— Pour l'instant, chus ben d'accord avec vous, ça change pas grand-chose. Mais si j'apprenais à conduire, par exemple, ça pourrait changer ben des affaires.

Évangéline eut un hoquet de surprise.

— Conduire? Tu veux conduire le char à Marcel? T'es-tu tombée sur la tête, ma pauvre fille? Va falloir que tu te lèves de bonne heure pour y arracher c'te permission-là, toé! Pis les chars, c'est des affaires de gars. C'est pas pour nous autres. C'est pas pour les créatures, comme y' disaient par chez nous quand j'étais jeune.

— La mécanique, petête ben. Mais pour les conduire, moé, je pense que c'est pour tout le monde. J'en vois souvent, des femmes qui conduisent des chars quand j'vas me promener avec Charles. Pourquoi c'est faire que moé, je pourrais pas? Rappelez-vous comment c'était le fun quand on faisait notre Steinberg le vendredi après-midi avec votre fils Adrien! Ben si je conduisais, on pourrait faire notre commande le vendredi à toutes les semaines.

À la mention du nom de son fils aîné, Évangéline ébaucha l'ombre d'un sourire.

— Tant qu'à ça...

Puis, elle secoua vigoureusement la tête, une seconde fois, ramenée à sa préoccupation du moment par un violent coup de vent qui ébranla la fenêtre de la cuisine.

— T'auras beau t'essayer, ma fille, mais je serais la plus surprise des femmes que Marcel dise oui. En attendant, ça change rien à mon problème. Y' faut que je parte pis y' mouille toujours autant.

— Ben si Marcel est trop mal accommodant pour vous aider, moé, je m'en vas vous appeler un taxi.

Évangéline leva les yeux au plafond.

— Vraiment, toé, à matin... T'as des drôles d'idées! Chus toujours ben pas pour me payer un taxi pour faire deux coins de rue. C'est pour les riches, les taxis, ou ben pour les urgences.

— Ben votre affaire, ça s'en vient une urgence! Avez-vous vu l'heure? C'est sûr que le bedeau doit être en train de vous espérer pour placer les fleurs que vous avez commandées. Pis c'est moé qui vous l'offre, le taxi. Ça vous coûtera pas une cenne. J'ai eu une p'tite semaine, ça fait qu'y' me reste assez d'argent pour ça.

— Ben si c'est de même... J'vas mettre mon manteau pis mes claques pour protéger mes souliers en cuir patent pis je m'en vas aller l'attendre dans le salon. Je m'en vas le watcher par la fenêtre du salon, ton taxi.

— Tenez, la belle-mère, prenez le deux piasses qui me reste. Vous me donnerez le change quand vous reviendrez t'à l'heure.

Évangéline avait à peine quitté la cuisine qu'elle faisait demi-tour.

— Pis toé? demanda-t-elle à Bernadette qui avait déjà l'acoustique du téléphone en main. Comment tu vas te rendre à l'église avec toute c'te pluie-là?

— Inquiétez-vous pas pour moé. M'en vas y aller à pied comme d'habitude. Je serai pas habillée en dimanche comme vous rapport qu'avec le p'tit, faut que je reste dans le fond de l'église. On va s'arranger, Charles pis moé. On dit qu'on joue aux canards quand y' pleut comme aujourd'hui pis y' trouve ça ben drôle. Allez dans le salon, moé, j'appelle le taxi. Pis prenez donc mon parapluie drabe en passant. Y' est dans le garde-robe d'entrée. Ça va faire chic avec votre manteau bleu.

Bernadette poussa un soupir de soulagement quand Évangéline s'engouffra dans le taxi venu la chercher.

— Enfin! Pauvre Évangéline. Voir si ça a de l'allure de se revirer les sangs pour une histoire de messe. Quand ben même ça serait le pape, bâtard, ça restera toujours ben rien qu'une messe!

Non, Bernadette n'avait aucune crainte quant au succès de la messe qui aurait lieu dans deux heures en l'honneur du curé Ferland; ce qui l'inquiétait, elle, c'était le spectacle qui serait donné en soirée. Les enfants des trois écoles avaient été mis à contribution et Laura, SA Laura, avait été choisie pour réciter une fable de La Fontaine.

— C'est pas mal plus énervant de savoir que Laura va déclamer devant les parents de la paroisse au grand complet que de voir un évêque dire sa messe, murmura-t-elle en se dirigeant vers la chambre des garçons.

Un regard sur le petit Charles qui jouait bien sagement avec ses blocs et ses camions puis elle se dirigea vers la cuisine.

— Astheure, le repassage! Ma Laura va être la plus belle, à soir. Pis mon Antoine avec. C'est pas pasqu'y' va être perdu dans un chœur de chant avec d'autres p'tits gars qu'y' doit être moins beau que sa sœur. Pis tant pis pour Marcel qui veut rien entendre de la fête du curé! Nous autres, on va être là, pis dans première rangée en plus!

Finalement, ce désintérêt de la part de Marcel avait tourné à son avantage. Quand il s'était mis à ricaner parce que Bernadette lui avait demandé s'il venait au spectacle donné en l'honneur du curé, Évangéline avait déposé sa fourchette dans son assiette et levé un regard sardonique.

— Comme ça, mon Marcel, ça te tente pas de venir avec nous autres? Ça va être un sapré bon show, tu sauras. Ça fait deux mois que les enfants se pratiquent pis sont pas mal bons.

— Pis ça?

— Comment pis ça? Les occasions d'aller au spectacle sont rares. Tu pourrais petête faire un effort, pour une fois.

— Pantoute. Que c'est que vous voulez que j'aille faire là? Passer deux heures, assis sur un banc dur, à écouter une gang de p'tits morveux dire des âneries pis chanter des chansons plates, c'est pas ben ben mon genre.

Évangéline avait fait mine de réfléchir.

— Dans un sens, t'as pas tort, mon gars. C'est vrai que les spectacles, c'est pas vraiment ton genre. Toé, ça serait plus la taverne.

Marcel avait eu l'air ravi que sa mère le comprenne aussi facilement. Il lui avait décoché un grand sourire.

— Exactement. La taverne pis la tivi. Je travaille dur toute la journée. Le soir, j'ai le droit de me reposer. Vous trouvez pas, vous?

— Ça a plein d'allure ce que tu dis là, Marcel, plein d'allure. C'est vrai que t'es un gros travaillant. Pour ça, je m'ostinerai pas avec toé.

Puis, après un bref silence, Évangéline avait ajouté:

— Comme ça, le soir du spectacle, si j'ai ben compris, toé, tu vas rester icitte pour te reposer.

— En plein ça!

Marcel avait regardé sa mère toujours souriant, visiblement soulagé qu'elle ne s'amuse pas à le contredire.

— C'est bien de vouloir se reposer à maison, avait alors

repris Évangéline. Comme ça tu vas pouvoir garder le p'tit Charles en même temps.

Le sourire de Marcel avait disparu illico et il en avait avalé tout croche. C'est en toussant qu'il avait protesté:

— Comment ça, garder le p'tit? C'est pas une job de gars, ça, garder un bebé! C'est pas à moé de voir au p'tit, calvaire, c'est à Bernadette!

— Ben d'accord avec toé, c'est à Bernadette de s'occuper de Charles pis des deux grands, pis je dirais qu'a' fait ça pas mal bien.

Du côté de la fourchette, Évangéline coupait sa boulette de viande lentement, soigneusement, en toutes petites bouchées.

— T'es chanceux, mon gars, d'avoir une femme dépareillée comme la tienne, avait-elle poursuivi sans lever les yeux. Est toujours là à s'occuper de la maison, des enfants. Mais le soir du spectacle, ça va être un peu différent rapport que je fais partie des honneurs comme présidente des Dames de Sainte-Anne.

— Je vois pas le rapport.

— Y' est ben simple, le rapport, Marcel. Comme je viens de le dire, je fais partie des honneurs. M'en vas être assis en avant, juste à côté de monsieur le curé. Pis de l'autre bord du curé, ça va être Gustave Charrette, le marguiller en chef. Pis lui, y' va y aller avec sa femme Gertrude, y' me l'a dit. Ça fait que moé, j'ai pas envie d'y aller tuseule, au spectacle. Comme toé, tu veux pas venir, ben tu pourras pas être mon escorte. Ça fait que c'est Bernadette qui va m'accompagner. Me semble que c'est clair.

Évangéline avait levé les yeux un instant et vrillé son regard dans celui de Marcel qui n'avait même pas fait semblant de ne pas comprendre.

— Pour être clair, c'est clair! Pis en calvaire à part de ça!
Sur ces mots, il avait repoussé son assiette.

— J'ai pus tellement faim. Je pense que je digère mal à
soir.

Il avait alors fait passer son agressivité sur Bernadette,
tout en bousculant sa chaise alors qu'il se relevait.

— Je sais pas ce que t'as mis dans tes boulettes de steak
haché, Bernadette, mais ça goûte pas comme d'habitude.
Ton manger, y' me donne mal au cœur, à soir. J'vas aller
prendre une marche, ça va me faire du bien.

— Ben fais donc ça, mon Marcel, avait répliqué Évangéline,
les yeux revenus sur son assiette.

Puis, goguenarde, elle avait ajouté, même si ce n'était pas
vrai:

— Pis en passant, les boulettes, c'est moé qui les a faites,
à soir!

L'hésitation de Marcel n'avait duré qu'une fraction de
seconde, mais Évangéline et Bernadette l'avaient remar-
quée. Il avait bafouillé une vague excuse avant de claquer la
porte sur deux rires qui n'avaient pas tardé à éclater sous les
regards interloqués de Laura et Antoine, qui n'y avaient pas
compris grand-chose.

Depuis ce jour, Évangéline et Bernadette riaient encore
chaque fois qu'elles reparlaient de cet épisode.

Et le grand jour était enfin arrivé.

Ce matin, Bernadette préparait les vêtements en prévision de la grande soirée de spectacle présentée en l'honneur
du curé.

Elle avait sorti la planche et le fer à repasser et avait
repoussé la table pour être à son aise. Depuis la toute première fois où elle avait repassé un vêtement, et elle n'était pas
très vieille à l'époque, peut-être dix ou onze ans, cette activité

lui avait plu. Elle en profitait pour faire le point, pour penser à tout ce qu'elle aimait, pour planifier les journées à venir.

Combien d'heures avait-elle passées à défriper des nappes, des chemises et des draps, en pensant à Adrien depuis sa dernière visite? Bernadette n'aurait su le dire. Toutes ces choses qu'elle ne dirait jamais à son beau-frère, elle se les répétait jusqu'à y croire vraiment. Elle s'inventait des scénarios où ensemble, ils avaient le beau rôle avec un petit Charles gambadant entre eux.

Mais ce matin, il n'y avait aucune place pour Adrien dans ses pensées. Ce soir, Laura, sa fille, devait réciter une fable de La Fontaine devant toute la paroisse, et Bernadette avait un trac fou. Évangéline avait beau dire qu'elle était parfaite, Bernadette ne recommencerait à respirer normalement qu'à l'instant où elle l'aurait entendue de ses propres oreilles, pas avant.

Machinalement, elle trempa le bout de ses doigts dans le bol d'eau qu'elle avait déposé sur la table et, à petits coups saccadés, elle humecta la chemise d'Antoine. Dès qu'elle y déposa le fer, un soupir de vapeur sentant bon le savon à lessive lui monta jusqu'au visage.

Bernadette esquissa un sourire de contentement.

C'était à cause d'odeurs comme celle qui lui chatouillait les narines en ce moment qu'elle aimait sa vie. L'odeur de la lessive, d'un bouilli de légumes, du savon de bébé, de la terre humide, étaient autant de références qu'elle associait au bonheur, au confort, à la sécurité. Malgré le caractère impossible de son mari, malgré cet amour secret qui parfois lui gonflait le cœur à faire mal, Bernadette trouvait sa vie acceptable. D'autant plus que depuis le voyage d'Adrien, une belle complicité s'était installée entre Évangéline et elle.

Cette connivence palliait l'humeur désagréable de Marcel.

— J'en connais qui vivent ben pire que moé, murmura-t-elle tout en retournant adroitement la chemise. Les enfants manquent de rien pis sont tous les trois en santé. C'est ça qui compte.

Bout des doigts dans l'eau, pluie sur le dos de la chemise, vapeur odorante...

Le fer glissait sur le coton blanc. Ce soir, les enfants Lacaille n'auraient rien à envier à personne. Ils n'auraient peut-être pas de vêtements neufs à étrenner comme Lucie, la fille de Germaine, qui s'en vantait hier à l'épicerie, mais ils seraient bien mis et propres. Bernadette avait acheté un ruban de velours bleu pour attacher les cheveux de Laura et un mouchoir de coton fin à glisser dans la poche du veston d'Antoine.

Une heure plus tard, les vêtements prêts pour la soirée, Bernadette quittait la maison pour se rendre à l'église avec Charles qui, tout au long du chemin, s'amusa à patauger dans les flaques d'eau. La pluie du matin s'était transformée en averse légère.

— Charles est un canard!

Comme elle l'avait prévu, la messe fut en tous points parfaite. La prestation de madame Gladu à l'orgue fut éblouissante et la voix de baryton de Gérard Comeau n'écorcha aucune note. Bernadette revint chez elle en compagnie de Laura et Antoine, tout heureux d'avoir une journée de congé.

Quelques instants plus tard, Évangéline se joignait à eux, visiblement soulagée que l'avant-midi soit derrière elle.

— Enfin, la messe est passée! Pis en plus, y' mouille pus pantoute! C'est toujours ça de gagné!

Bernadette et Laura échangèrent un clin d'œil de connivence.

— Une bonne affaire de faite, répéta Évangéline en prenant place à la table. Pis ben faite! Ça m'a faite penser à la messe que j'avais vue à Sainte-Anne-de-Beaupré. Tu te rappelles, Bernadette? Je t'en avais parlée. Ben c'était dans le même genre. Avec ben de l'apparat pis des beaux chants. Y' reste pus rien que le spectacle d'à soir pis la journée va être finie. J'espère que toute va ben aller, là avec! Je pense que j'ai jamais été aussi énervée de toute ma vie! Même le matin de mes noces, je pense, j'étais pas autant paquet de nerfs. J'espère que les sœurs du couvent vont penser à aller chercher les bouquets de fleurs pour décorer leur grande salle. Pour moé, y' était pas question qu'a' sortent leurs maudites fleurs en papier toutes jaunies qu'on prend pour le reposoir de la Fête-Dieu. La fête de notre curé, c'est trop important pour avoir des fleurs en papier. Petête que je devrais appeler au couvent pour être ben certaine que les sœurs oublient pas de…

— Pis moé, je pense que vous vous en faites pour rien, rétorqua Bernadette, coupant ainsi le long monologue d'Évangéline.

Elle déposa un bol de soupe bien fumante devant sa belle-mère.

— Vous avez vu, à matin? Vous étiez excitée comme une puce pis finalement, toute s'est ben passé. Les sœurs oublieront pas les fleurs dans l'église pis le spectacle d'à soir va ben aller.

— Je le sais ben… mais c'est plus fort que moé.

Évangéline souffla bruyamment sur sa soupe.

— Faut dire qu'à soir, j'aurai pas à recevoir un monseigneur, c'est toujours ça de moins pour me mettre les nerfs en boule. Pis j'ai vu la pratique générale, hier après-midi. Tout le monde a faite ça ben comme faut.

À ces mots, Laura leva les yeux de son assiette.

— C'est vrai, moman, que ça va être un beau spectacle. Tu devrais entendre Marie Gendron quand a' joue du piano. Est pas mal bonne.

— Pis moé, c'est la p'tite Laura Lacaille que j'ai trouvée pas mal bonne.

Laura jeta un regard en coin à sa grand-mère. Avec elle, Laura ne savait jamais sur quel pied danser. Voulait-elle se moquer ou était-elle sincère?

— Ah ouais? fit-elle sur un ton interrogateur, de toute évidence sur la défensive.

— Ouais... Pas une faute, pas un accrochage dans tes mots, pis tu déclames ben fort. Même si je commence à être dure d'oreille, j'ai pas perdu un mot. C'est pas des farces, Laura, quand je dis que t'as ben faite ça, c'est la vérité vraie. Je le sais, j'étais là, viarge! Je t'ai entendue pis ta prestation, à mon avis, est aussi belle que celle de Marie Gendron. Chacune dans son genre, comme de raison. Mais toé, quand tu parles, on dirait une vraie comédienne.

— Vous trouvez?

Laura était rose de plaisir. Les compliments venant de sa grand-mère étant plutôt rares, elle se rengorgeait comme un paon dans une basse-cour, les épaules bien droites et le regard brillant.

— Je viens de le dire! T'as ben faite ça.

— C'est un peu à cause de sœur Sainte-Marie-des-anges, jugea-t-elle important de préciser. C'est elle qui m'a fait pratiquer ma fable de La Fontaine. A' m'a dit qu'y' faut ben poser sa voix pis avoir une belle diction quand on veut parler en public.

— Faut croire qu'a' l'a raison pasque c'était ben agréable de t'entendre.

Puis, Évangéline se tourna vers Antoine qui, selon ses nouvelles habitudes, ne participait pas tellement à la conversation.

— Pis votre chanson est pas pire, vous autres avec, Antoine. Y a ben quèques p'tits tannants qui arrêtent pas de gigoter mais la chanson, elle, est pas mal juste. Pis j'ai remarqué que toé, mon grand, tu savais tenir ta place. J'étais ben fière de toé.

Malgré le compliment, c'est à peine si Antoine leva les yeux de son assiette pour marmonner un petit merci.

Puis finalement, tout en brassant sa soupe, Évangéline se tourna vers Bernadette.

— J'ai ben hâte que tu voyes ça, Bernadette. J'ai ben hâte d'avoir ton idée sur ce spectacle-là.

— Ben vous saurez que moé avec, j'ai ben hâte de voir ce spectacle-là. Mais en attendant, les enfants, y' faut se reposer. Ça sera pas le temps de bâiller pis de se frotter les yeux à soir! Une sieste pour tout le monde.

Laura leva vivement la tête.

— Même moé?

— Surtout toé, Laura.

— Voyons donc, moman! Chus pus un bebé pour me coucher dans l'après-midi. Francine pis moé, on...

— Pas question d'aller chez Francine, trancha Bernadette en trempant sa dernière bouchée de pain dans le bouillon de sa soupe. T'as-tu envie d'avoir l'air d'une vraie folle si jamais l'envie de bâiller te pognait? On rit pas, là, tu vas être tuseule, deboute sur une scène devant toute la paroisse. Faut que tu soyes en grande forme, ma fille, en ben grande forme pour pas faillir quand tu vas te retrouver devant toute c'te monde-là! Je te demande pas de dormir si t'en as pas envie, mais tu vas rester icitte, par exemple, ben tranquille. Tu peux lire si tu veux, pis toé, Antoine, fit-elle en se tournant vers son fils, tu pourras dessiner dans cuisine pendant que Charles va faire sa sieste.

— Pas besoin de regarder Antoine quand tu dis ça, lança Laura, de mauvaise humeur. Lui, rester en dedans, ça y fait pas un pli.

— C'est pas gentil ce que tu viens de dire là.

— Je vois pas en quoi c'est méchant, j'ai juste dit la vérité.

Frustrée de se voir confinée à la maison pour l'après-midi, Laura se vengeait sur son frère. Depuis deux semaines, depuis le fameux samedi où elle avait donné sa parole et qu'elle s'était engagée à aller le chercher après ses cours, ça devait bien faire au moins quatre fois qu'elle se déplaçait pour lui. Antoine, de toute évidence de plus en plus inquiet devant son professeur, faisait tout pour justifier la présence de sa sœur.

— Que c'est tu veux, Laura? Monsieur Romain a décidé que c'était moé qui faisait les pancartes pour annoncer le spectacle. J'ai-tu le choix d'y dire oui? Ça achève. Après la fête de monsieur le curé, y aura pus juste les samedis après-midi.

Laura savait tout ça. N'empêche que cette satanée promesse, elle l'avait regrettée des dizaines de fois! Mais qu'est-ce qui lui avait pris de s'engager à aller chercher Antoine après ses cours? Sa mine de petit chien battu ou autre chose? Laura n'arrivait toujours pas à comprendre cet instinct qui lui disait que c'était important. Pourtant, à vue de nez, comme ça, elle avait souvent envie de revenir sur son engagement. Et si Antoine abusait de la situation?

Car, en plus, son frère avait eu le culot de lui reprocher de ne pas venir plus souvent.

— Pendant qu'on prépare le spectacle, j'aimerais ça que

tu viennes le plus souvent possible. Je sais pas si c'est c'te mautadite soirée-là qui rend monsieur Romain nerveux, mais y' est encore pire que d'habitude. Y' a même demandé au frère Coulombe de me donner congé pendant quèques aprèsmidi pour que je puisse aller chez eux travailler sur mes affiches.

Le tout débité d'une voix pressante et anxieuse comme seul son frère Antoine en avait le secret.

Que répondre à cela sinon qu'elle faisait son possible à travers ses cours et ses répétitions personnelles?

Et comme si cela ne suffisait pas, Francine s'en était mêlée et ne s'était surtout pas gênée pour lui faire la leçon!

— Bonté divine, que c'est ça? On peut pus revenir de l'école ensemble, astheure? Pis tout ça à cause de ton frère? Je te l'avais dit, aussi, l'autre samedi! Quand tu commences des affaires de même tu sais jamais jusqu'où ça va aller! C'est ma mère qui le dit souvent: tu donnes une main pis le monde, ben y' te prennent toute le bras, sainte bénite. T'es ben pognée, astheure, mais c'est pas moé qui vas te plaindre, je t'avais prévenue! C'est juste que je trouve ça plate de revenir tuseule. Ben plate, Laura Lacaille!

Alors, ce midi, la simple pensée d'avoir à appeler Francine pour lui apprendre qu'elle ne pourrait aller chez elle comme prévu suffisait à la mettre en colère.

Connaissant Francine, elle ne serait pas de bonne humeur et Laura détestait cela.

La jeune fille soupira bruyamment.

Comme elle ne pouvait passer sa frustration sur sa mère ou sa grand-mère sans risquer une punition de première, elle décida de continuer à se défouler sur Antoine avec toute la mauvaise volonté dont elle était capable.

— Pis lui, fit-elle avec humeur en pointant son frère avec

sa cuillère, y' continue de manger sans dire un mot. On dirait qu'y a jamais rien pour le déranger. Y' est plate, mon frère!

— Laura, ça suffit.

Évangéline avait levé et les yeux et la voix, s'interposant dans la discussion.

— Ta grand-mère a raison, reprit Bernadette. J'veux ben croire que le spectacle rend tout le monde nerveux, mais c'est pas une raison pour chercher des poux à ton frère. Justement, y' a rien dit, ça fait que, fiches-y la paix.

— Mais moman! Comment ça se fait que toute me tombe toujours sur le dos? Au moins si je pouvais aller voir Fran...

— J'ai dit non, pis ça va rester non. Tu verras Francine une autre fois. Astheure, va dans ta chambre. On soupe à cinq heures pis si votre grand-mère est d'accord, on pourra allumer la télévision pour écouter *Bobino* à quatre heures.

— *Bobino*! Franchement! Vraiment, tu me prends pour un bebé.

— Laura!

— O.K… J'ai compris, je m'en vas dans ma chambre. Je peux-tu au moins appeler Francine pour y dire que je viendrai pas? A' doit m'attendre pasque sa mère, elle, a' voulait que j'aille chez eux.

— O.K. T'as cinq minutes, pas une de plus. L'autre soir, t'es ben restée une grosse demi-heure sur le téléphone. Tu me referas pas ça après-midi. Pis laisse la mère de Francine en dehors de notre discussion. C'est pas sa fille à elle qui va déclamer à soir, durant le spectacle, c'est toé. Pis ça s'adonne que c'est moé ta mère pis que c'est moé qui décide c'est quoi qui est bon pour toé. J'ai surtout pas envie que ma fille fasse une folle d'elle devant toute la paroisse. Astheure, chenaille! Pis que je te revoye pas avant quatre heures.

Deux minutes plus tard, la porte de la chambre de Laura

claquait violemment, ce qui fit dire à Évangéline, alors qu'elle essuyait soigneusement le fond de son bol avec un morceau de pain:

— Plus a' vieilli, plus a' ressemble à son père, celle-là. Va falloir que tu y voyes avant qu'y' soye trop tard, Bernadette. Sinon, tu vas le regretter. À moins que ça soye la Francine qui... pis non, ça me tente pas de penser à ça pour aujourd'hui. Astheure, m'en vas t'aider à faire la vaisselle. Ça va m'occuper pis ça va m'empêcher de trop m'énerver pour à soir.

Si le caractère de Laura accusait parfois une certaine ressemblance avec celui de son père, par sa virulence et une légère tendance à l'obstination, Bernadette savait que la filiation s'arrêtait là. Aussi, décida-t-elle de ne pas donner suite aux propos d'Évangéline. Les deux femmes firent donc la vaisselle en discutant de la soirée à venir, tandis que Laura glissait malgré elle dans un sommeil peuplé de scène, de lumières, de paillettes et d'applaudissements.

Et comme Laura était Laura, et non Marcel, elle ne connaissait pas la rancune. À son réveil, elle admit sans aucune difficulté que sa mère avait eu raison.

— Ça m'a fait du bien de dormir, t'avais raison, moman. Chus sûre qu'à soir, j'vas être ben bonne. Tu vas être fière de moé, tu vas voir!

Et, en effet, tout le monde fut fier de Laura: Évangéline, Bernadette et même le curé qui glissa un mot de félicitations à l'oreille de sa voisine tandis que la salle applaudissait à tout rompre. Évangéline ne portait plus à terre!

Une Lacaille, debout sur la scène, regardait la paroisse au grand complet. Dominait la paroisse au grand complet!

Un vrai triomphe!

Fière comme un paon, Évangéline se tortilla sur sa chaise

et se dévissa le cou à la recherche de ses amies pour leur faire le signe de tête de la fierté, de la victoire. Puis, n'y tenant plus, quand elle repéra Noëlla, elle leva le poing comme elle l'avait vu faire aux lutteurs à la télévision.

Bernadette, plus discrète, se contenta de sourire et de hocher la tête quand son regard croisa celui de sa fille, tout en redressant néanmoins les épaules et en jetant de discrets coups d'œil pour vérifier si on la regardait.

Mais ce fut de courte durée et le petit triomphe de Laura ne fut pas ce que Bernadette retint de sa soirée.

Ce qu'elle retint, le cœur gros et les larmes au bord des paupières, ce fut l'image d'un petit garçon fixant la pointe de ses souliers. Un petit garçon trop sage au milieu d'une bande de gamins turbulents. Un petit garçon qui semblait si seul.

Abandonné.

C'est le mot qui lui vint à l'esprit alors que, les yeux brillants, elle fixa son Antoine.

Un oisillon tombé du nid, tombé par inadvertance dans une cour trop grande pour lui et qui n'était pas la sienne.

Bernadette remercia le ciel que Marcel ait décidé de ne pas assister au spectacle. Il se serait moqué de son fils. Il l'aurait encore traité de tapette, et devant l'image pitoyable qu'offrait Antoine, Bernadette n'aurait jamais su trouver les mots capables de contredire son mari. Alors, tant mieux qu'il soit absent même si tout à l'heure, elle aurait aimé qu'il voie leur fille.

Puis, le directeur demanda le silence et s'improvisant chef de chorale, il leva sa baguette et fit un signe vers les coulisses. Quelques professeurs se joignirent alors au groupe des enfants.

Quand Bernadette aperçut monsieur Romain, un vague

sourire effleura ses lèvres et une bouffée d'espoir lui fit débattre le cœur. Antoine avait peut-être un père ingrat qui ne s'occupait pas de lui, mais au moins, monsieur Romain était là. Il aimait suffisamment Antoine pour comprendre qu'il était malheureux.

Bernadette réussit même à se convaincre que devant l'air misérable d'Antoine, monsieur Romain en reparlerait avec son fils. Antoine avait l'air trop pitoyable pour que ce fait passe sous silence.

Et puis, monsieur Romain était un homme instruit, il saurait trouver les mots qui manquaient à Bernadette pour expliquer certaines choses.

Quand elle vit monsieur Romain se placer à côté d'Antoine, elle comprit qu'elle ne s'était pas trompée.

C'est cette image que Bernadette emporterait avec elle: Antoine fixant le sol et monsieur Romain, protecteur, une main sur l'épaule de son fils, chantant à pleins poumons.

DEUXIÈME PARTIE

Quand l'enfance disparaît peu à peu

CHAPITRE 4

Les blés sont mûrs et la terre est mouillée
Les grands labours dorment sous la gelée
L'oiseau si beau, hier, s'est envolé
La porte est close sur le jardin fané
Comme un vieux râteau oublié
Sous la neige je vais hiverner
Photos d'enfants qui courent dans les champs
Seront mes seules joies pour passer le temps

Hymne au printemps
PAROLES ET MUSIQUE DE FÉLIX LECLERC, 1951

Samedi 19 avril 1958

Très tôt ce matin, avant même le réveil de Chuck, son beau-père, qui sautait du lit jour après jour au chant du coq, Adrien avait sellé sa monture et pris le sentier qui menait à l'autre bout de la terre. Il avait laissé une note sur la table disant qu'il serait parti pour deux ou trois jours. Il voulait vérifier que les bêtes qu'on y avait menées, quelques semaines auparavant, se portaient bien. Ils en avaient justement parlé hier au souper, les frères Prescott et lui. Le prétexte le servait donc à merveille.

En vérité, Adrien fuyait la réalité étouffante du ranch. Il avait grand besoin de vastes espaces et d'air pur. Il aspirait à quelques heures de solitude pour faire le point, pour se reprendre, pour tenter de voir où le menait sa vie, car depuis la deuxième fausse couche de Maureen, plus grand-chose n'avait de sens.

La semaine dernière, à la demande de Lysie, sa belle-mère, il avait même regagné la chambre qui était la sienne à son arrivée au ranch sous prétexte que Maureen avait de la difficulté à dormir.

Le médecin n'avait-il pas d'ailleurs recommandé d'attendre au moins un an avant d'essayer d'avoir un autre enfant? Encore chanceux que rien ne soit arrivé depuis l'automne, avait glissé Lysie, mine de rien, dans une conversation.

Pourquoi alors partager la même couche et risquer de se laisser emporter par les sentiments?

C'étaient là des propos que Lysie répétait souvent, appuyée en ce sens par Maureen, qui ne jurait plus que par sa mère. Adrien ne retournerait donc dans la chambre conjugale qu'à leur anniversaire de mariage, à la fin du mois d'août.

Quand Adrien était parti ce matin, à l'aube d'une autre journée chaude, il s'était dit que son absence devrait passer inaperçue. À moins que ce ne soit un soulagement pour tous les membres de la famille Prescott de ne plus l'avoir à leurs côtés pour un moment.

Celui qui s'était senti accueilli comme un fils après la guerre avait aujourd'hui l'impression d'être la cinquième roue du carrosse.

Pourtant, le médecin avait été formel: rien ne prouvait qu'Adrien était responsable des fausses couches de Maureen.

— *Who knows? Maybe yes. Maybe no. It could be a lot of things. You, Maureen or together... I don't know. Take a break and try again.*

Malgré ces propos sans conviction répétés à la famille

Prescott, l'atmosphère n'était plus la même depuis quelques mois. Les voix étaient feutrées et les femmes semblaient former un clan où les hommes n'avaient plus leur place. Le fait que Diana, la femme de Brandon, attendait un bébé pour le mois de juin n'arrangeait pas les choses, Adrien en était persuadé. Mais il semblait bien qu'il soit le seul à voir la situation sous cet angle. En apparence, même Maureen semblait se réjouir pour sa belle-sœur, ce qui ne l'empêchait pas de pleurer, la nuit venue. Adrien l'entendait depuis sa chambre. Hier, n'y tenant plus, il avait traversé le corridor et frappé doucement à sa porte. Cette tristesse qu'elle ressentait était aussi la sienne. Pourquoi alors la vivre séparément? Malheureusement, Maureen avait fait la sourde oreille et Adrien n'avait osé s'imposer. C'est en retournant à sa chambre qu'il avait pris la décision de partir pour quelques jours. Peut-être Maureen avait-elle raison? Peut-être avaient-ils besoin de ce temps en solitaires pour mieux se retrouver par la suite?

Quand il atteignit la dernière colline avant les pâturages, Adrien arrêta sa monture et mit pied à terre. Il délia longuement les muscles de ses épaules, déchargea le léger bagage qu'il avait emporté avec lui et enleva la selle du dos de son cheval. L'animal secoua longuement sa crinière, lança un long hennissement, s'approcha d'une des rares touffes d'herbe qu'il y avait sur cette hauteur, puis se mit à brouter.

De ce petit promontoire qui donnait sur une extraordinaire vallée couleur d'ocre et d'émeraude, entaillée en plein centre par une rivière sinueuse, scintillante comme un diamant, bleue comme le ciel sous un soleil de plus en plus chaud, on avait vraiment l'impression de frôler le bout du monde.

Quand plus rien n'allait, quand l'ennui des siens se faisait sentir avec douleur, c'était toujours ici qu'Adrien se réfugiait.

Aujourd'hui plus que jamais, il ressentait cette envie d'évasion comme une nécessité, comme un besoin vital. Un besoin ressemblant à l'air qu'il respirait ou à l'eau qu'il buvait présentement à la gourde qu'il traînait toujours avec lui.

Le temps de monter un abri sommaire pour la nuit et il sifflerait son cheval. Ensuite, tous les deux, ils descendraient dans la vallée. Le troupeau se cachait souvent à l'abri des grands arbres qu'on apercevait au loin, ondulants, imprécis et grisâtres dans la chaleur qui montait de la vallée.

Ce soir, quand il aurait épuisé son corps et que l'esprit serait libre de toute contrainte, Adrien s'installerait auprès du feu. Il réchaufferait les conserves qu'il avait emportées, et en compagnie des étoiles, il penserait à sa vie.

Pour l'instant, il préférait être actif. La blessure infligée par l'apparente indifférence de Maureen, la nuit dernière, était encore trop vive. Il préférait attendre un peu avant d'y revenir pour tenter d'en comprendre le sens.

Après tout, il avait écrit qu'il venait ici pour voir aux animaux et c'est ce qu'il ferait en premier lieu.

Quelques instants plus tard, il descendit la colline au galop, enivré de vent et de cette sensation de liberté si chère à son cœur, chevauchant son vieux Devil à cru.

La journée fut longue et difficile. Quelques bêtes s'étaient hasardées à traverser la rivière et Adrien passa de longues heures à tenter de les ramener vers le troupeau. Se mesurer à l'animal, déjouer ses ruses et venir à bout de son entêtement lui plaisait. Il aimait ce travail et pour rien au monde, il n'aurait voulu le changer.

Quand Adrien revint enfin au campement, les bêtes étant de nouveau toutes réunies, le soleil courtisait déjà l'arrondi de la colline voisine, à l'ouest. La chaleur était un peu plus tolérable, car l'humidité s'était dissipée. La nuit serait fraîche. Il s'employa à préparer un feu, ramassant quelques branches mortes et des brindilles sèches. Épuisé, il se contenta d'un ragoût de fèves, réchauffé et mangé à même la boîte de conserve. L'image qu'il projetait, assis en tailleur auprès du feu, lui tira un sourire.

— Comme John Wayne dans ses films, murmura-t-il pour lui-même.

Cette réflexion l'amena à penser à Antoine, même si ce dernier ne connaissait probablement pas cet acteur. Son neveu avait-il seulement vu un de ses films, grâce à l'achat de cette télévision qu'Évangéline avait vantée dans une de ses lettres datant déjà de l'an dernier?

Tandis qu'il grattait consciencieusement le fond de sa boîte de fèves et que la vieille cafetière de fer-blanc toute cabossée attendait dans la braise, Adrien ne put s'empêcher de s'imaginer, ici, en compagnie de son neveu. En un an et demi, le petit garçon avait dû bien changer.

Était-il toujours aussi délicat, aussi sage?

Sans trop savoir pourquoi, l'instinct lui soufflait que malgré cette attitude d'enfant trop sérieux, n'aimant pas les sports, Antoine aurait bien aimé se retrouver ici avec lui. Quel enfant n'aurait pas été heureux de plonger au cœur de toute cette nature sauvage, de goûter à toute cette liberté?

Durant quelques minutes, Adrien tenta de concevoir un stratagème qui lui permettrait de faire venir Antoine. Dans deux mois, l'école serait finie, alors, pourquoi pas? En train, peut-être. Ou encore en avion. Il y avait de plus en plus de ces vols commerciaux permettant de traverser l'Amérique en quelques heures. Les compagnies devaient bien offrir un service d'accompagnement pour les jeunes enfants.

Mais alors qu'il commençait à croire l'entreprise réalisable, la voix de Marcel, venue on ne sait trop d'où, mais lui encombrant désagréablement la tête, fit brusquement éclater la bulle de ses projets chimériques.

— T'es-tu fou, calvaire? Tu y as-tu vu l'allure à c't'enfant-là? Y' est ben que trop p'tit pour voyager tuseul, pis y' est ben que trop empoté aussi. Ça prend rien qu'un sans dessein comme toé pour y mettre des idées de même dans tête. Comment veux-tu que j'y explique ça, astheure? Comment veux-tu que j'y dise qu'y' peut pas aller te voir rapport qu'y' est trop p'tit? Pis le pire, avec ta maudite idée de fou, c'est que c'est encore moé qui vas passer pour un pas fin. Maudit calvaire!

Et pour une fois, Marcel n'aurait probablement pas tort.

Adrien soupira longuement, déçu. Puis il déposa sa boîte de conserve sur le sable rougeâtre, se servit un café et reprit sa pause, accroupi près du feu.

Et, tout doucement, d'Antoine il passa à Bernadette.

Il lui arrivait régulièrement de penser à sa jeune belle-sœur, surtout ces derniers temps, quand il se retrouvait seul, sans le moindre témoin susceptible de lire sur ses traits le reflet de ses pensées les plus intimes.

Il se l'imaginait dans sa cuisine, fricotant quelque bon petit plat, discutant de tout et de rien comme elle seule pouvait le faire, passant du coq à l'âne avec une assurance désarmante et une logique implacable.

Combien de fois avait-il fermé les yeux simplement pour essayer de se rappeler son rire de petite fille qui résonnait comme une cascade au printemps?

Combien de fois avait-il dû se faire violence pour effacer le souvenir de ces quelques heures passées trop vite, seul avec elle, dans l'intimité de sa chambre?

Jamais il ne pourrait considérer Bernadette comme une simple belle-sœur. Les souvenirs qu'il gardait d'elle étaient ceux d'une tendre complicité qui aurait pu évoluer autrement si la vie avait permis de...

Adrien se releva, en colère contre lui-même, sans même se donner le temps de terminer sa pensée. S'il avait fui le ranch, ce n'était pas pour penser à Bernadette, mais bien à Maureen.

Bernadette était la femme de son frère, et entre eux, il n'y aurait jamais rien d'autre qu'une belle amitié. C'était la réalité, sa réalité. La femme qu'il avait choisie comme compagne, c'était Maureen. Même dans les moments difficiles comme ceux qu'il traversait présentement, il ne devait pas l'oublier.

Il était ici pour penser à Maureen et à lui. Pour penser à leur vie à deux.

Il fit quelques pas afin de se calmer, avant de revenir auprès du feu pour ranger ses ustensiles et se servir un second café. Tout là-haut, les étoiles s'allumaient les unes après les autres, éclaboussures scintillantes sur la couverture indigo du ciel. Une brise légère froissait les foins, et de la vallée s'élevaient les appels striduleux des criquets.

Adrien resta un long moment debout à scruter la vallée envahie par la noirceur grandissante. Un animal beugla, un autre lui répondit puis le calme revint tandis que sur l'horizon montait une lueur orangée de plus en plus intense. La lune se levait, immense, éclairant le paysage comme un soleil de nuit.

Maintenant, la rivière se détachait comme un ruban lumineux se faufilant entre les ombres, et Adrien pouvait percevoir le lent mouvement de vague façonné, modelé par le troupeau qui paissait paisiblement.

Ce bout du monde était devenu le sien. Par choix, par attirance, comme un aimant attire le métal.

Adrien ne pourrait plus vivre ailleurs.

Il inspira profondément, tournant et retournant sa tasse entre ses mains. Lentement, presque imperceptiblement, la lune vira de l'orangé au jaune puis au blanc crémeux. Bien accrochée au-dessus de l'horizon, elle jetait maintenant une clarté laiteuse sur la vallée dont on pouvait deviner les moindres replis. C'était magnifique, paisible, serein, et soudain, devant tant de beauté, Adrien eut envie d'avoir Maureen auprès de lui.

Parce que le Texas, c'est à Maureen qu'il le devait. À Maureen et à sa famille.

Curieusement, à cette dernière pensée, il eut l'impression que l'horizon s'estompait, que la transparence du ciel se voilait, que les étoiles se ternissaient.

Parce que Maureen, c'était aussi toute la famille Prescott, incroyablement présente. Trop présente.

Et c'est là que résidait tout le problème entre Maureen et lui, Adrien en était convaincu. Jamais ils n'avaient d'intimité, jamais ils n'avaient de vie à eux.

Adrien revint s'asseoir près du feu, qui n'était plus que braises incandescentes.

Chuck et Lysie menaient leur famille d'une main de fer.

En se disant ces mots, une lueur moqueuse traversa le regard d'Adrien. Évangéline aussi menait sa famille tambour battant! Elle avait l'œil à tout, les oreilles grandes ouvertes et la langue bien pendue. Et pourtant...

Adrien poussa un long soupir d'ennui. Sa mère lui manquait, car malgré ce qu'il venait de penser, il y avait une grande différence entre Évangéline, qui voyait consciencieusement à ses affaires et critiquait celles des autres, et l'attitude des parents Prescott, qui, eux, cherchaient à tout contrôler.

Ils voyaient à chacun de leurs enfants comme s'ils étaient encore des gamins. Malgré le fait que Mark et Brandon habitaient avec leurs épouses dans de petits pavillons un peu en retrait de la demeure principale, tous les soirs, la famille se réunissait autour de la table des parents pour le repas.

Aucune excuse n'était acceptée pour se soustraire à ce rituel familial où l'on discutait de la journée qui se terminait et des projets à venir de chacun.

Brandon, Mark et leurs épouses s'y prêtaient de bonne grâce, alors qu'Adrien trouvait cette habitude ridicule. Comme il trouvait insensé que Maureen n'ait rien à faire de ses journées.

Maria et sa jeune sœur Augusta, les servantes, voyaient à tout dans la maison sous la gouverne de Lysie: ménage, lavage, préparation et service des repas...

Maureen s'adonnait bien à l'entretien du potager et des plates-bandes, elle s'occupait à faire des conserves en compagnie de ses belles-sœurs quand venait l'automne et consacrait une partie de son temps aux œuvres de la paroisse, mais Adrien ne pouvait faire autrement que de considérer ces activités comme des passe-temps.

On ne bâtit pas une vie sur les bonnes œuvres à moins d'être missionnaire, se disait-il parfois avec humeur quand il entendait Maureen faire de petits gâteaux au chocolat l'enjeu de toute une semaine!

Pourtant, avant son mariage, ce genre de vie ne l'agaçait pas. Alors, pourquoi maintenant n'y trouvait-il plus l'agrément déjà rencontré?

Adrien passa une grande partie de la nuit à tenter de trouver des réponses à ses interrogations. Une seule constatation revenait en rengaine: c'était depuis la récente perte de leur bébé que tout avait changé pour lui. Pourquoi? Il ne savait pas, ne pouvait que spéculer. Était-ce parce qu'il n'avait pas eu la chance de vivre sa déception avec Maureen comme il l'aurait dû? Il ne voyait pas autre chose. Lysie avait envahi leur vie sous prétexte qu'une fille avait besoin de sa mère en de telles occasions et son attitude étouffait Adrien.

— Balivernes que de croire qu'elle seule peut aider sa fille, murmura-t-il en remontant la couverture de laine piquante qu'il avait jetée sur ses épaules.

Se sentir inutile auprès de sa propre femme...

Quoi de pire pour un homme tel que lui?

Quand il y repensait, Adrien voyait bien que c'était à ce moment-là qu'il avait commencé à étudier, décortiquer, critiquer des habitudes familiales qui, pourtant, l'avaient laissé plutôt indifférent depuis qu'il habitait avec les Prescott.

Aujourd'hui, malgré la meilleure volonté du monde, un rien le hérissait, l'impatientait, l'exaspérait.

Bien sûr, au moment de leur mariage, il avait tenté de savoir si Maureen et lui auraient droit à un pavillon comme Mark et Brandon. Il l'espérait. Cependant, la réponse avait été évasive: on y verrait plus tard, rien ne pressait. En attendant, ils pouvaient facilement continuer à vivre sous le toit des parents, la maison était si grande!

Vue sous cet angle, cette proposition se tenait et Adrien n'avait rien trouvé à répondre devant une telle logique. En effet, pourquoi se presser? Maureen et lui vivaient dans cette maison-là depuis maintenant douze ans et tout allait pour le mieux.

Deux mois plus tard, Maureen faisait une première fausse couche et s'il voulait être honnête jusqu'au bout, Adrien n'avait pas été déçu outre mesure, ayant à peine eu le temps de se faire à l'idée qu'ils auraient un enfant. Et puis, le médecin avait été rassurant. Ça arrivait régulièrement, des fausses couches en début de grossesse. Ils auraient bien le temps de se reprendre. Alors, la présence de Lysie avait été plutôt la bienvenue aux yeux d'Adrien, qui ne trouvait pas vraiment les mots de réconfort que Maureen souhaitait peut-être entendre. Pour lui, ce n'était qu'un incident de parcours et dans quelques mois, quand Maureen se retrouverait enceinte, ils l'auraient totalement oublié.

Mais en octobre dernier, quand, après plus de cinq mois d'une maternité difficile, Maureen perdait un second bébé, ce ne fut plus du tout pareil. Cet enfant, ils avaient eu le temps de l'attendre, d'en parler, d'y penser et de s'émouvoir quand, parfois, ils croisaient d'heureux parents poussant un carrosse. Adrien avait été vraiment déçu et il l'était toujours. Il aurait voulu partager sa peine avec Maureen. Mais le médecin avait à peine tourné les talons que Lysie entrait dans la chambre, demandant à Adrien de se retirer. Depuis cette nuit-là, elle tenait leur vie entre ses mains, jugeant et décidant de ce qui était bon pour sa fille, et donc pour lui par la même occasion.

Adrien n'en pouvait plus de cette ingérence de tous les instants et il avait l'intuition qu'il en était de même pour Maureen même si elle ne disait rien, même s'ils n'en avaient jamais discuté.

Maureen n'était plus que l'ombre d'elle-même et rien, dans son attitude présente, ne laissait entrevoir qu'au moment où Adrien l'avait connue, à Paris, durant la guerre, Maureen Prescott était une jeune femme vive et active, capable de décisions d'importance puisqu'elle était infirmière. Elle parlait même de poursuivre sa carrière dans un hôpital de sa région quand la guerre serait finie. C'était sans compter avec Lysie, qui avait tôt fait de convaincre sa fille de rester à la maison.

Adrien voulait retrouver la femme qu'il avait connue et pour ce faire, il devrait la soustraire à l'influence malsaine de Lysie. Non que sa belle-mère soit méchante, mais parfois, la bonne volonté ne suffit pas à dicter la bonne conduite.

D'autant plus que d'ici deux mois, Diana, l'épouse de Brandon, donnerait naissance au premier petit-fils de la famille. Ils en parlaient déjà tous comme d'un garçon. Chez les Prescott, le premier-né était toujours un garçon.

De tout l'amour qu'Adrien ressentait pour Maureen, il savait qu'il serait préférable que celle-ci ne soit pas à la maison à ce moment-là. Lysie devrait s'y faire, il était le mari de Maureen et c'est lui qui prendrait la décision.

Par contre, dans l'état actuel des choses, il ne pouvait reparler du projet d'avoir une maison à eux. Sa requête serait mal reçue.

Ne restait donc plus qu'un voyage.

Adrien esquissa un sourire. L'idée paraissait suffisamment irrésistible pour séduire Maureen qui parlait souvent de découvrir le monde.

Ils partiraient bientôt. Tous les deux, enfin seuls, ils allaient profiter de cette liberté imposée par la vie pour visiter le Canada. Au printemps et en été, quand la température serait à son plus beau. Lysie pousserait probablement de hauts cris de désaccord, mais Adrien avait le pressentiment que Chuck lui donnerait sa bénédiction et qu'il ne rechignerait pas à l'idée d'engager un bon ouvrier pour le remplacer, le temps de son absence.

Adrien se contenta des premières lueurs de l'aube pour plier bagages. Il lui tardait maintenant de tenir Maureen dans ses bras, de partager avec elle ses projets d'escapade. Sa longue nuit de réflexion l'avait convaincu que leur union tenait à la réussite de ce voyage.

Il revint lentement vers la ferme, maintenant son cheval au pas. Il ne voulait pas arriver trop tôt. À ce rythme, cela prendrait deux heures pour arriver à la maison, à temps pour retrouver Maureen, seule à la cuisine en train de prendre son déjeuner puisque le samedi matin, beau temps mauvais temps, Lysie se rendait religieusement chez son coiffeur sur le coup de neuf heures. Quant aux hommes, ils auraient quitté la maison depuis un bon moment déjà.

Adrien sentait la chaleur des premiers rayons sur ses épaules et devant lui, le soleil levant étirait les ombres comme de longues épines sombres sur l'ocre brillant de la terre sablonneuse. Il ferait connaître sa ville natale à Maureen et ensuite, ils reviendraient ici parce que désormais, son pays, c'était le Texas.

S'il le fallait, Adrien se ferait enjôleur, persuasif. De toute façon, Maureen ne lui avait-elle pas dit, après le départ d'Évangéline lors de leur mariage, qu'elle aimerait visiter Montréal? Sa mère en avait parlé avec tellement d'enthousiasme qu'elle avait piqué sa curiosité. Adrien se servirait de ce prétexte pour la convaincre.

Tel qu'espéré, il trouva Maureen à la cuisine, grignotant passivement un bout de pain grillé. Le regard alangui qu'elle posa sur lui ne montrait ni surprise ni enthousiasme quand elle demanda:

— *Back so soon?*

Adrien resta immobile un instant, sans répondre. Depuis l'automne, l'étincelle qui brillait en permanence dans le regard de Maureen s'était éteinte. Il jugea que Lysie avait eu amplement le temps pour aider sa fille à se reprendre en mains. Elle avait échoué. À son tour, maintenant, d'essayer.

— *I've been missing you.*

Maureen se mit à rougir comme si ces mots étaient inconvenants.

— *Me too*, répondit-elle faiblement en baissant les yeux.

Puis brusquement, elle se releva en repoussant bruyamment sa chaise et fit demi-tour comme pour quitter précipitamment la pièce.

— *Please, wait.*

Adrien avait fait un pas vers Maureen.

— *Wait*, répéta-t-il, espérant qu'elle tournerait les yeux vers lui.

C'est ce qu'elle fit, hésitante malgré tout, au bout d'un long silence qui pesa lourd sur la cuisine. Dehors, un oiseau lança un trille et au loin, le glapissement d'un aigle lui répondit.

— *I love you, Maureen. So much.*

Jamais Adrien n'avait été aussi sincère qu'en prononçant ces quelques mots, douloureusement conscient qu'on pouvait aimer deux femmes à la fois. Puis, lentement, Bernadette s'estompa dans les brumes de la nuit qu'il venait de passer. Bernadette appartenait à une autre vie, une vie qui n'avait jamais vraiment existé.

Bernadette n'appartenait surtout pas à la vie qui se dessinait devant lui.

Pourtant, à quelques pas de lui, la femme qui se tenait de biais, indécise, c'est à peine s'il la reconnaissait. Presque une étrangère. Malgré cela, la femme qui leva le regard vers lui, négligée, les cheveux hirsutes et les yeux cernés, était la sienne. Dans cette fragilité devenue quotidienne, jamais Maureen ne lui parut aussi belle qu'en ce moment. Il ouvrit les bras.

— *I love you.*

Cette fois-ci, Maureen n'hésita pas le moins du monde. Elle se précipita dans les bras d'Adrien en pleurant.

* * *

Le printemps était tardif. Mi-avril, et il restait encore quelques traces du passage de l'hiver sous forme de bancs de neige noircie, vestiges récalcitrants qui refusaient de disparaître. Pourtant, ce matin, la douceur de l'air avait un petit quelque chose de différent qui invitait à délaisser les cuisines et les salons.

Les enfants avaient envahi la rue et se chamaillaient à qui serait Maurice Richard, Jacques Plante ou Doug Harvey. Même si les cris des enfants lui montaient à la tête et l'irritaient, Évangéline avait renoncé à sa fenêtre au profit de son balcon. Elle y avait traîné une chaise de cuisine en attendant de pouvoir sortir les deux berceuses du hangar, dont la porte était toujours coincée par la neige, au fond de la cour. Les deux bras bien appuyés sur la rampe de fer forgé, rouillé par l'hiver, Évangéline détaillait ce paysage dont elle ne se lasserait probablement jamais.

Les arbres squelettiques commençaient à bourgeonner, mais de façon si discrète encore qu'ils n'empêchaient pas le soleil d'inonder la rue.

À quelques maisons de là, Gérard Veilleux attaquait à grands coups de pelle le monticule de neige durcie qui persistait sur la langue de gazon qui ornait le devant de sa maison. Assis dans les marches de l'escalier, les deux coudes sur les genoux et la tête dans ses mains, le petit Daniel surveillait attentivement son père.

Évangéline sourit.

Elle aimait bien cette belle famille qui lui faisait penser à ses jeunes années. Marie était une femme qui avait la tête sur les épaules et leur enfant était bien élevé.

— On peut pas en dire autant de tout le monde, murmura-t-elle en détournant les yeux.

De l'autre côté de la rue, en diagonale, Pierre-Paul Gariépy, lui, râtelait les dernières feuilles mortes tombées à la fin de l'automne. Il n'y avait plus de neige sur ce côté de la rue. Robert, son fils aîné, passa en coup de vent, saluant son père d'un tonitruant «Bonjour, là!». Puis, il se dirigea vers la rue principale à grandes enjambées. S'il fallait croire tous les potinages de Laura qui avait souvent quelque chose à dire sur la famille Gariépy, Bébert devait probablement s'en aller travailler au garage de Jos Morin, à l'autre bout du quartier.

Évangéline grimaça.

Les années avaient beau passer et passer, elle n'arrivait pas à pardonner. Les Gariépy seraient toujours une engeance qu'elle vouerait au Diable.

Elle soupira bruyamment, détailla Pierre-Paul qu'elle voyait de dos, plutôt petit, vêtu d'une veste rapiécée et d'un pantalon visiblement trop grand pour lui, chaussé de bottes pour la pêche. Évangéline dessina une moue de dédain avant de tourner la tête.

Dans une plate-bande, un peu plus loin, elle aperçut un petit bosquet de crocus jaunes et blancs. Évangéline obligea son regard à fixer ces quelques fleurs pour ne plus être tentée d'observer Pierre-Paul, celui qu'elle appelait avec mépris le «frère de l'autre».

— Les Gariépy sont toujours ben pas pour me gâcher un aussi beau samedi, marmonna-t-elle d'une voix colérique. Viarge, que je peux les haïr, ceux-là.

C'est à cet instant qu'elle remarqua un camion blanc, à la

benne fermée, stationné en parallèle devant la maison de la veuve Sicotte. Elle fronça les sourcils. Il y avait bien quelques mots écrits en noir sur le flanc rebondi de la benne et un dessin tout en fioritures, mais elle ne pouvait les déchiffrer d'où elle était. À son avis, ce n'était pas un camion de livraison comme on en voyait de plus en plus souvent. Il était trop long et trop large.

De toute façon, qui viendrait livrer quelque chose à une maison inhabitée? Et ça ne pouvait être un camion de déménagement non plus, puisque hier encore la pancarte était toujours accrochée à la rampe de la galerie et que c'était toujours écrit *À vendre*. Là-dessus, Évangéline ne pouvait se tromper, elle était passée elle-même devant la maison.

Alors?

Il n'en fallut pas plus pour attiser sa curiosité.

Que se passait-il donc chez la veuve Sicotte?

Évangéline détestait ne pas savoir. Depuis novembre, personne n'habitait la maison. Rosanna Sicotte avait eu une attaque et depuis sa sortie de l'hôpital, elle vivait dans un foyer pour les personnes âgées, incapable de subvenir seule à ses besoins les plus élémentaires.

— Faudrait surtout pas que ça m'arrive, avait-elle souligné à Bernadette quand elle avait appris que sa voisine de toujours ne reviendrait plus habiter dans la rue. Y' paraît qu'est même pus capable de manger tuseule. C'est pas des maudites farces! Pas difficile d'imaginer ce que ça doit être pour le reste... C'est Noëlla qui m'a raconté ça, rapport que sa sœur Léontine a' connaît bien la veuve Sicotte. Moé, c'est pas pareil. Je la connaissais pas ben ben, la veuve Sicotte. Est quand même plus vieille que moé pis était déjà veuve quand chus arrivée icitte: son mari est mort durant la Grande Guerre. Pis faut dire avec qu'a' sortait quasiment jamais de chez eux. Mais quand même... Veuve à veuve, si a' l'avait été un peu plus jasante, petête qu'on aurait pu s'entendre, elle pis moé. Astheure, y' est trop tard pour savoir.

Évangéline avait eu un moment de silence, les yeux fermés comme pour une prière. Puis, revenant à Bernadette, elle avait poursuivi:

— Non, c'est pas drôle pantoute de se retrouver dépendante de tout un chacun comme ça. Laisse-moé te dire, Bernadette, que je prie le bon Dieu tous les soirs de venir me chercher avant de retomber en enfance. Ouais... N'empêche que je me demande ben qui c'est qui va venir demeurer dans sa maison, par exemple. Si y a une pancarte, c'est comme rien que son neveu y' est pas intéressé à reprendre la maison. Pis je le comprends. On peut pas dire qu'a' l'a ben entretenue, sa maison. J'ai pour mon dire que ça va prendre des jeunes qui ont pas peur de la grosse ouvrage pour acheter c'te maison-là. Ça doit faire au moins dix ans qu'y a pas eu une goutte de peinture sur les cadres de fenêtres pis sur la galerie. C'est pas mon genre, ça. Pas mon genre pantoute. Moé, mon bien, je l'entretiens comme y' faut. Là-dessus, Marcel y' me ressemble pis c'est une bonne affaire. Regarde comment c'est qu'y' prend soin de son char. Ça fait quatre ans qu'y' l'a pis y' est encore comme neuf!

Autre silence, ponctué de quelques hochements de tête, puis Évangéline avait conclu, d'une voix pensive:

— Je me demande ben de quoi c'est que ça a l'air en dedans de c'te maison-là. Si on se fie au dehors, ça doit pas être vargeux! Par contre, a' vivait seule là-dedans, la veuve Sicotte. Jamais je croirai que c'est magané!

C'est pourquoi, les yeux mi-clos et la curiosité à vif, Évangéline examinait avec attention ce camion blanc qu'elle n'avait jamais vu auparavant. Sans négliger le fait qu'à la curiosité de savoir qui avait stationné son camion devant la maison de la veuve Sicotte se greffait celle de voir la maison d'un peu plus près et, pourquoi pas, de jeter un coup d'œil à l'intérieur si l'occasion se présentait. Après tout, maintenant que la veuve Sicotte n'était plus là, le titre de doyenne de la rue lui revenait de plein droit et à ce titre, justement, quoi de plus normal que de voir à ce que personne ne fouille chez son ancienne voisine.

Évangéline se leva sans hésiter, attrapa son chandail par une manche et descendit l'escalier aussi vite que le permettaient ses genoux douloureux. Il n'était pas dit que des étrangers fouineraient autour d'une maison qui ne leur appartenait pas!

Pendant ce temps, une jeune femme était sortie du camion et, sans hésiter, elle se dirigeait vers la maison.

— Tu parles d'un culot!

Évangéline fulminait.

— Pis en plus, y' font ça en plein jour... On aura tout vu, viarge! Y' veulent-tu vider la maison ou quoi?

Évangéline passa au pas de charge devant Gérard Veilleux et se contenta d'un bref signe de la main pour répondre à sa salutation. Ce dernier, prompt à la moquerie comme toujours, ne put s'empêcher de la relancer.

— Cré maudit! Où c'est que vous allez de même, à matin, madame Lacaille? Y a-tu le feu en quelque part?

— Le feu, non, mon jeune, mais des curieux, oui, fit-elle en pointant la maison de la veuve Sicotte du doigt, sans ralentir l'allure pour autant. Pis chus pas sûre pantoute que j'aime ça avoir des seineux sur notre rue! ajouta-t-elle par-dessus son épaule. Veux-tu ben me dire que c'est qu'y' font avec ce truck-là devant une maison quasiment abandonnée? Tu le sais-tu, toé?

Sans attendre de réponse, Évangéline poursuivit son chemin. Elle arriva devant la maison à l'instant où la jeune femme, parvenue sur la galerie, essayait de voir par la fenêtre.

— Hé! Vous, là!

Évangéline secouait son chandail devant elle comme une vieille guenille, courroucée de voir autant de sans-gêne.

— Que c'est que vous faites icitte? Y a pas personne pour le moment dans c'te maison-là pis vous avez pas d'affaire à écornifler par les fenêtres!

La jeune femme se retourna vivement et Évangéline constata qu'elle était encore plus jeune qu'elle ne l'avait cru. Longs cheveux bruns, regard perçant; elle lui fit penser à Laura, avec quelques années en plus.

— J'ai rendez-vous pour visiter la maison, rétorqua la jeune femme sans se laisser intimider par le ton sec d'Évangéline.

— La belle excuse! Puisque je viens de vous dire qu'y a pas personne pour astheure, je pense que ça serait mieux de descendre en bas de la galerie.

L'étrangère poussa un soupir qui ressemblait à de l'exaspération. Elle plongea une main dans la poche de son manteau et en sortit un papier où une adresse et quelques mots étaient inscrits.

— J'ai rendez-vous, répéta-t-elle tout en lisant, avec... avec monsieur Sicotte. Il doit nous rencon...

Évangéline échappa un rire bref, aussi rauque que sa voix, interrompant cavalièrement l'inconnue.

— Ça tient pas, votre affaire. Me semblait aussi... Y' est mort depuis belle lurette monsieur Sicotte. Même moé, je l'ai pas connu pis ça fait un bail que je reste icitte.

— Ah oui? Regardez vous-même! répliqua la jeune femme manifestement agacée, mais sans pour autant perdre son calme. C'est monsieur Sicotte en personne qui m'a donné ce papier-là avec l'adresse, et je vous assure qu'il était bien vivant! Monsieur... Monsieur Benjamin Sicotte, compléta-t-elle en lisant sur le bout de papier tout en descendant sur la première marche de l'escalier. Tenez, regardez!

Benjamin Sicotte, le neveu de la veuve!

Évangéline l'avait oublié, celui-là. Mortifiée, elle détourna le regard un instant pour reprendre sur elle. Mais il ne lui fallut qu'une longue inspiration pour reprendre son attaque. Négligeant le papier tendu, elle fit néanmoins un pas de plus en direction de l'escalier.

— Benjamin ou pas Benjamin, ça change rien au fait que vous avez pas d'affaire à écornifler par les fenêtres!

Pour elle, et c'était d'une évidence incontestable, le droit d'épier ses voisins venait avec le temps ou l'âge, c'était selon... Ceci étant admis, cette étrangère n'avait aucune raison valable de se trouver sur la galerie de la veuve Sicotte à regarder par ses fenêtres. Elle n'avait ni l'âge ni l'ancienneté pour le faire.

Rendez-vous ou pas rendez-vous avec Benjamin!

— Pauvre Rosanna!

C'était bien la première fois qu'Évangéline appelait cette voisine par son prénom. Mais l'intimité suggérée par cette appellation convenait parfaitement au ton qu'elle souhaitait donner à son intervention.

— Vous saurez, ma p'tite, fit-elle en regardant l'étrangère droit dans les yeux, vous saurez que c'est pas drôle pour une vieille femme de se retrouver à l'hospice. Pis c'est justement là qu'a'l'est, la veuve Sicotte, à l'hospice. Pauvre elle! Si en plus, y a du monde que personne connaît par icitte qui s'amuse à écornifler chez eux pendant qu'est pas là, je me demande ben...

— Je n'écornifle pas, comme vous dites, je vérifie, inter-rompit la jeune femme. À mes yeux, ce n'est pas du tout la même chose! Si on est pour acheter la maison, mon mari et moi, c'est peut-être justifiable de vérifier, vous ne pensez pas?

— Quelque chose ne va pas?

Évangéline et l'étrangère tournèrent la tête avec symétrie. Sur le trottoir, un homme entre deux âges les regardait avec une lueur d'interrogation dans les yeux.

— Si monsieur Sicotte peut arriver, ça devrait aller, lança la jeune femme avec humeur. Madame, ici présente, n'aime pas nous voir examiner la maison que nous allons peut-être acheter. C'est un comble, tu ne trouves pas?

— C'est pas ce que j'ai dit, interrompit Évangéline sans laisser à l'homme grisonnant le temps de répondre. J'ai juste dit que je vous connais pas. Pis comme la veuve Sicotte est pas là pour vérifier par elle-même en personne, ben chus venue voir ce que vous aviez à tourner autour de sa maison. C'est toute!

— Alors maintenant que vous savez ce qu'on est venus faire, mon mari et moi, vous pouvez nous laisser. On ne volera rien et on ne brisera rien, n'ayez crainte. On va sage-ment attendre que monsieur Sicotte arrive sans rien prendre.

Son mari? Évangéline jeta un regard en coin à l'homme qui attendait sur le trottoir et elle sentit la moutarde lui monter au nez. Pourquoi cette jeune femme parlait-elle de son mari alors que, de toute évidence, elle était accompagnée de son père ou peut-être même de son grand-père?

Évangéline eut la nette impression qu'on se moquait d'elle.

— Vous voulez acheter la maison? Avec votre mari?

reprit-elle plus emportée que jamais. Ben y' est où d'abord, votre mari? Vous voyez ben, viarge, que ça tient pas deboute, votre affaire.

La jeune femme se contenta de soupirer, visiblement exaspérée. Soupir qu'Évangéline prit pour un aveu de culpabilité.

— Ça vous en bouche un coin, pas vrai? Chus pas née de la dernière pluie, moé, madame. Si ce que vous dites est vrai, vous seriez icitte avec votre mari, pas avec votre père. Moé, quand j'ai acheté le terrain pour construire notre maison, ben j'étais avec mon mari Alphonse, pas avec mon père. Alors? Y' est où votre mari, si c'est vrai que vous êtes icitte pour visiter la maison avec lui?

— Juste derrière vous!

— Derrière moé?

Évangéline tourna lentement la tête pour regarder de nouveau l'homme grisonnant qui se tenait toujours sur le trottoir. La jeune femme devait avoir mal compris sa question ou alors elle continuait de se moquer d'elle! L'homme qui lui faisait face avait à peu près le même âge qu'elle!

— Votre mari? C'est lui, votre mari?

C'est à ce moment que la jeune dame éclata de rire.

— Eh oui! C'est lui, mon mari. Mais ne vous en faites pas, j'ai l'habitude qu'on le prenne pour mon père et je vous assure que ça ne nous dérange pas.

Évangéline était à court de mots.

— Ben ça alors, murmura-t-elle. J'aurais jamais cru...

Évangéline s'était rarement sentie aussi mal à l'aise. Elle détestait peut-être que l'on se moque d'elle, mais elle détestait encore plus perdre la face et c'est exactement ce qui était en train de se produire. Elle chercha désespérément la phrase, le mot qui lui permettrait de sauver sa respectabilité.

Il y allait de son honneur, surtout si ce couple était pour être de ses nouveaux voisins. Son regard tomba alors sur le camion. Un mince rictus releva le coin de ses lèvres. N'était-ce pas lui, l'unique responsable de ce malentendu en train de virer à la confusion? S'il n'avait pas été là, ce fichu camion, jamais Évangéline ne serait venue voir ce qui se passait chez la veuve Sicotte.

— Ben justement, fit-elle enfin comme si l'étrangère avait pu suivre le cours de sa pensée, si vous étiez arrivés dans un char comme tout le monde au lieu d'un truck, petête ben que je me serais pas inquiétée. Surtout un truck gros de même. On dirait qu'y' est faite pour déménager, votre truck!

— Vous n'avez pas tort, c'est effectivement pour déménager que nous avons un camion. Déménager et livrer des instruments de musique. Mon mari et moi, nous sommes musiciens et propriétaires d'une procure de musique. Et comme nous ne sommes pas millionnaires, on se sert aussi du camion pour nos besoins personnels.

— Musiciens?

Comme si le fait d'être musiciens pouvait changer la donne du problème, les sourcils d'Évangéline semblèrent un peu moins crispés.

— Vous êtes musiciens? C'est ben vrai ça?

— Vous n'avez qu'à regarder ce qui est écrit sur le camion. Vous allez bien voir!

Évangéline leva les yeux. Pas de doute. Il était écrit: «Robert Canuel, procure de musique». À moins que ce camion n'appartienne à quelqu'un d'autre, l'homme aux cheveux gris s'appelait Robert Canuel. Elle revint face à la jeune femme qui attendait toujours sur la première marche de l'escalier.

— Musiciens... Vous êtes ben chanceux de savoir jouer de la musique, avoua-t-elle avec une pointe d'envie dans la voix, subitement à des lieux de la curiosité qui l'habitait quelques instants plus tôt. J'aime ben ça, moé, le chant pis la musique, mais j'ai pas une voix pour chanter pis j'sais pas jouer d'aucun instrument. Vous, c'est quoi votre instrument?

— Le piano. Mais mon mari, lui, sait jouer de plusieurs instruments.

— Ah ouais? Votre mari... eh! ben... Plusieurs instruments, vous dites...Y' est ben chanceux...

Évangéline resta songeuse un moment, ayant définitivement oublié ce qui l'avait amenée à se déplacer jusqu'au bout de la rue.

— Pis vous dites que c'est lui, votre mari? demanda-t-elle encore une fois pour être certaine d'avoir bien compris.

Du pouce, par-dessus son épaule et sans le regarder, Évangéline montrait l'homme sur le trottoir.

— Effectivement, c'est lui mon mari.

— Eh ben!

Pour une des rares fois de sa vie, Évangéline était vraiment à court de mots.

— Eh ben! répéta-t-elle, ébahie. C'est pas tous les jours qu'on peut parler à un vrai musicien qui joue pas juste du piano... C'est pas que j'aime pas le piano, reprit-elle précipitamment, comprenant que ses mots pouvaient prêter à confusion. Pis j'ai pas dit non plus que ceux qui jouent juste du piano sont pas des vrais musiciens. C'est juste que jouer de plusieurs instruments, pour une seule personne, c'est plus rare. Vous comprenez ce que j'veux dire, hein?

— Tout à fait.

Maintenant, la jeune femme semblait s'amuser de la

situation, tout hostilité disparue. Même que cette femme autoritaire lui plaisait bien. Descendant l'escalier, elle fit signe à son mari de s'approcher.

— Comme vous devez vous en doutez, mon mari s'appelle Robert Canuel. C'est écrit sur le camion. Et moi, c'est Anne. Anne Deblois.

Évangéline ravala son ébauche de sourire et ses sourcils revinrent former une forêt d'incompréhension au-dessus de son regard perçant.

— Canuel? Deblois? C'est drôle ça.

Évangéline fixait Anne Deblois.

— Vous portez pas le même nom que votre mari, vous? Me semble, d'habitude, que les femmes prennent le nom de leur mari, non? Ça serait-tu là une nouvelle mode que je connaîtrais pas?

À entendre le timbre de voix d'Évangéline, il était aisé de comprendre qu'il restait un fond de méfiance dans son esprit. C'est Robert Canuel qui prit la parole pour lui répondre.

— Pas du tout. Si mon épouse a gardé son nom de jeune fille, c'est pour la simple et bonne raison qu'elle donne des concerts et que c'est sous le nom d'Anne Deblois qu'elle est connue comme pianiste.

C'est à peine si l'on voyait les yeux d'Évangéline tant ses sourcils étaient froncés sur sa réflexion. Anne Deblois... Était-ce là le nom d'une musicienne célèbre qu'elle aurait dû connaître et reconnaître? Pourtant, habituellement, elle avait une excellente mémoire des noms et des visages. Mais là, ni le nom ni le visage ne lui disaient quoi que ce soit. Pourtant, si c'était vrai qu'elle donnait des concerts, elle était sûrement connue.

— Anne Deblois...

Évangéline secouait la tête, le regard vague, plongée au cœur de ses souvenirs.

— J'ai petête l'air bête de même, mais ça me dit rien en toute, lança-t-elle finalement, décidée à s'en tenir à la vérité.

Malgré cela, elle tendit la main à cette Anne Deblois qu'elle ne connaissait pas. Aussi bien se laisser en bons termes si jamais ils étaient pour devenir voisins.

— Moé, c'est Évangéline Lacaille.

Anne Deblois descendit la dernière marche de l'escalier. Elle avait de longs doigts fins et une poignée de main ferme, ce qui plut aussitôt à Évangéline. Cette jeune femme semblait savoir ce qu'elle voulait.

— Je demeure dans la grosse maison grise au bout de la rue, expliqua alors Évangéline, question de briser la glace et de faire oublier son arrivée intempestive. Au deuxième plancher, pasque je veux pas entendre quèqu'un me piocher sur la tête, mais la maison est à moé. Je reste là avec mon gars Marcel, pis sa femme Bernadette, pis leurs trois enfants, comme de raison. Mes p'tits-enfants. Pis justement, là, va falloir que je retourne à maison rapport que j'ai promis à Antoine, mon p'tit-fils, d'y faire des hot-dogs avant qu'y' parte à son cours. Sa mère, elle, est partie faire sa commande su' Steinberg pis c'est comme rien qu'y' doit être pas loin de midi.

Sur ce, elle tourna les talons, passa rapidement devant Robert Canuel, fit quelques pas avant de s'arrêter brusquement et de pivoter sur elle-même.

— C'est pas que vous avez pas l'air d'être du bon monde, expliqua-t-elle sans la moindre hésitation, mais j'aimerais mieux quand même que vous restiez en bas de la galerie pour attendre le neveu de la veuve Sicotte, de Rosanna, je veux dire! On sait jamais! Le monde pourrait penser que

vous êtes juste des seineux. Surtout à cause de votre truck!
Lui, gros comme il est, c'est sûr qu'y' pourrait faire jaser! Ça
serait plate pour vous autres que le monde s'imagine des
choses. Surtout si vous êtes pour venir vous installer sur notre
rue. Bon, ben... Astheure, je m'en vas.

Évangéline fit de nouveau quelques pas, ralentit, hésita
puis s'arrêta avant de se retourner encore une fois.

— Si jamais le neveu de la veu... de Rosanna vous dit
qu'a' l'a vécu seule dans c'te maison-là pis qu'à cause de ça
la maison est pas trop usée, ben c'est vrai. Quand chus arrivée
icitte sur la rue, était déjà là, avec son père qui était encore
vivant. Une femme seule, surtout de la grosseur de Rosanna,
ça doit pas user ben gros les planchers. Bon... Astheure, je
pense que j'ai toute dit ce que j'avais à dire. Bonne chance
dans votre visite pis à betôt petête.

Et cette fois-ci, la tête haute, Évangéline regagna le trottoir et se dirigea vers l'autre bout de la rue, l'esprit en paix,
sous l'œil amusé de Gérard Veilleux qui n'avait pas perdu
grand-chose de la conversation.

Avec Évangéline Lacaille pour surveiller les environs, la
maison de la veuve Sicotte pouvait attendre ses acheteurs
tranquille.

Quand elle arriva au pied de l'escalier menant à son logement, Évangéline se retourna. Benjamin Sicotte venait d'arriver.

— Tant mieux, murmura-t-elle, rassurée. Des étrangers,
même si y' font de la musique, ça restera toujours ben des
étrangers! Astheure, les hot-dogs!

Agrippant la rampe d'une main ferme, Évangéline
monta chez elle en soufflant bruyamment, espérant, malgré
ce qu'elle venait de dire, que la maison plairait à ce drôle de
couple.

— Des musiciens qui font des concerts! On rit pus! Ça serait ben agréable que la maison leur plaise. Ouais, ben agréable.

Elle entra chez elle sans même détourner les yeux, plongée dans ses pensées.

CHAPITRE 5

Donnez-moi des roses, mad'moiselle
Car j'ai rendez-vous, c'est très important
Choisissez-les-moi parmi les plus belles
Donnez-moi des roses, elle les aime tant

Donnez-moi des roses
PAROLES ET MUSIQUE DE JEAN-PIERRE MOTTIER, 1958
CHANTÉ PAR FERNAND GIGNAC

Jeudi 1ᵉʳ mai 1958

De tous les jours de l'année, le premier mai était, sans contredit, le préféré d'Évangéline. Plus que le jour de l'An ou la fête de Pâques, il symbolisait à ses yeux le renouveau des alliances ou la pérennité des amitiés.

Demain, comme elle le faisait habituellement chaque année depuis fort longtemps, Évangéline prendrait un café au casse-croûte Chez Albert avec quelques amies et on commenterait allègrement les changements survenus dans le quartier. On supputerait alors à qui se joindrait au noyau des régulières des Dames de Sainte-Anne ou à celui des Filles d'Isabelle.

Mais ce petit plaisir renouvelé chaque année n'arriverait que demain pour autant qu'on ait surveillé les allées et venues d'aujourd'hui.

Donc, pour l'instant, pas question de manquer le moindre moment de ce spectacle annuel si attendu.

Levée tôt, Évangéline ne quitterait définitivement son poste d'observation qu'à l'heure des dévotions, mois de Marie oblige! Elle savait qu'à quelques rues de là Noëlla était, elle aussi, au poste de garde, et de l'autre côté de la rue principale, sur un bout d'avenue ombragée par les arbres, c'était sa grande amie Angélique qui faisait le guet.

La vigie s'effectuerait comme chaque année à partir de la fenêtre du salon. S'installer sur le balcon serait trop ostentatoire et le geste risquait de susciter des commérages indésirables, lesquels étaient, depuis maintenant bien des années, la chasse gardée d'Évangéline.

Un café à portée de la main, elle tenait le rideau entrouvert du bout des doigts. Dès que le soleil serait plus haut, elle soulèverait la fenêtre qui restait ouverte tant bien que mal grâce au bout de bois récupéré au sous-sol. Malgré ses demandes répétées et insistantes, Marcel n'avait toujours pas réparé le châssis et Bernadette s'était butée à une tâche qui dépassait ses compétences.

La journée s'annonçait relativement belle. Malgré une brise assez fraîche qui avait fait frissonner Évangéline quand elle avait rentré la pinte de lait, le soleil frôlait maintenant l'arête des toits et on pouvait espérer qu'à midi, il ferait presque chaud. Les quelques nuages floconneux qui flottaient un peu plus loin vers l'est, ronds et blancs, n'étaient pas menaçants.

Ses voisins, de nationalité juive, dont elle n'avait pas réussi à apprendre le nom en quatre ans et qu'elle avait toujours appelés les couettes, s'activaient déjà dans l'escalier. Évangéline n'avait aucune idée de qui les remplacerait. Le vieux Gamache, propriétaire de l'immeuble, n'habitait plus le quartier depuis belle lurette et il se moquait bien de son ancienne voisine.

— Me semble que ça serait plus poli de venir m'avertir à qui y' a loué ce logement-là, marmonna Évangéline tout en suivant des yeux le ballet incessant des commodes, lits et autres meubles qui descendaient l'escalier des voisins. Question de savoir à quoi m'attendre, rapport que leur balcon touche quasiment au mien. Pauvre Gamache! Depuis que sa femme est morte, on dirait qu'y' sait pus vivre! Pourtant, dans le temps, y' s'entendait ben avec Alphonse... Je dirais même qu'y' était pas mal gentil pis ses enfants étaient ben élevés.

Dans le temps...

Évangéline plongea dans ses souvenirs.

Depuis quelques mois, il lui arrivait de plus en plus souvent de retourner dans le passé à l'époque où son mari était toujours vivant. Ces quelques années à deux avaient été les plus belles de sa vie. Pourtant, c'est à cette même époque qu'elle avait perdu deux petites filles à la naissance, pertes qu'elle avait longuement pleurées. Mais au moins, Alphonse était à ses côtés.

Évangéline soupira bruyamment.

Personne ne pouvait se douter à quel point son mari lui manquait toujours autant. À son décès, elle avait commencé à en vouloir terriblement à la vie et s'obligeant à cacher sa peine devant ses fils, elle était devenue de plus en plus revêche. Elle n'était pas idiote. Elle savait l'image qu'elle projetait et l'opinion que l'on se faisait d'elle. Mais cette carapace lui avait paru essentielle à l'époque. D'autant plus que Marcel, alors âgé de trois ans, commençait déjà à montrer les stigmates de son caractère déplaisant et comme il n'y avait plus de père pour le prendre en mains, Évangéline avait durci son attitude, croyant que c'était la seule chose à faire.

Puis, Estelle, sa jeune sœur, exaspérée par la vie qu'elle

menait à la campagne auprès de parents vieillissants, exigeants et grincheux, avait demandé si elle pouvait venir habiter chez elle. Malgré le tollé de protestations de ses frères et sœurs, Évangéline avait accepté, car elle se rappelait fort bien qu'elle aussi, quelques années auparavant, avait senti l'appel irrésistible de la grande ville, fatiguée d'être la servante de ses parents et des aînés de sa famille. Tenant tête à ses frères et sœurs, elle avait donc ouvert toute grande sa porte à Estelle qui n'avait alors que dix-sept ans. Évangéline avait sincèrement cru que sa vie prenait un nouvel essor. Bien sûr, Estelle ne pourrait jamais remplacer Alphonse, mais au moins, elle se sentirait moins seule.

L'eldorado n'avait duré que six mois avant qu'Évangéline comprenne que son calvaire était loin d'être terminé.

En fait, il ne faisait que commencer.

— Pis tout ça, viarge, à cause des maudits Gariépy, murmura-t-elle en expirant longuement, jetant un regard vitriolique sur la maison brune et beige qu'elle devinait derrière un gros érable.

Du jour au lendemain, celle qu'elle considérait comme une très bonne amie, Arthémise Gariépy, avait montré son vrai visage et ce qui aurait pu être l'occasion de se réjouir en famille s'était transformé en véritable cauchemar.

— Une maudite langue sale, Arthémise Gariépy, une maudite menteuse, grommela Évangéline comme si l'incident datait de la veille. Dans le fond, c'est juste une bonne affaire qu'a' soye déménagée.

Malgré le passage des années, la douleur au cœur était toujours aussi vive et Évangéline soupira longuement. Heureusement, ce fut à cet instant que Marcel arriva sur le trottoir, prêt à partir pour l'ouvrage, l'extirpant de ses mauvais souvenirs.

Le temps de s'installer au volant puis il démarra en faisant gronder son moteur à grands coups de pédale à gaz, pour être bien certain que tout le monde puisse l'entendre.

— Un vrai bebé, observa Évangéline en haussant les épaules, suivant l'auto de son fils du regard. Comme si ce char-là était neuf pis qu'y' voulait le faire savoir à toute la rue! Le pire, c'est qu'y' va juste à deux coins d'icitte pis qu'y' va le laisser dans ruelle pour toute la journée. Bernadette a raison quand a' dit que ça serait ben plus utile de garder le char icitte pour nous autres. Mais jamais que Marcel va vouloir ça.

Évangéline secoua vigoureusement la tête et, parodiant la voix de son fils, elle ajouta:

— Y as-tu pensé? Mon beau char!

À ces mots, elle fronça les sourcils. Au coin de la rue, l'auto de Marcel n'avançait plus malgré le fait que le feu de circulation venait de virer au vert. Évangéline s'étira le cou en plissant les paupières pour mieux voir.

— Coudon, que c'est qui se passe encore? Ben regarde donc ça, le v'là qui revient à reculons, astheure... Y' aurait-tu oublié sa boîte à lunch?

Mais Marcel ne recula pas longtemps et il s'arrêta devant la maison de la veuve Sicotte.

Il y resta un long moment puis il repartit, tourna au coin de la rue et disparut derrière le casse-croûte Chez Albert.

Depuis la visite de ce drôle de couple, deux semaines auparavant, rien n'avait bougé chez la veuve Sicotte. Hier encore, la pancarte *À vendre* était toujours là, ce qui faisait dire à Évangéline que les visiteurs de l'autre jour n'avaient pas aimé la maison.

— Remarque que je comprends ça, avait-elle analysé en compagnie de Bernadette. C'est pas la plus belle maison de la rue. Est pas mal défraîchie.

— Peut-être, oui, mais moé, chus comme Antoine. Je la trouve belle avec ses lucarnes comme on voit en campagne.

— Tu trouves? Eh ben! Moé, j'aime mieux ma maison. Ça fait plus ville, justement. Mais je trouve ça décevant que les gens que je t'ai parlé l'ayent pas achetée, par exemple. Je pense que ça nous aurait faite des maudits bons voisins même si sont ben différents de nous autres. Des musiciens! Des vrais qui font des spectacles, pas juste des joueurs de ruine-babines! On rit pus!

Et au timbre de sa voix, un peu plus rauque qu'à l'accoutumée, Bernadette avait senti que la déception d'Évangéline était sincère.

Par contre, curieuse comme toujours, Évangéline ne s'était pas contentée d'une affiche accrochée à une galerie pour tirer ses conclusions. Elle avait tenté de savoir, par le biais de la sœur de Noëlla, celle qui connaissait bien la veuve Sicotte, si la maison était vendue. Mais la vieille dame n'avait jamais voulu répondre à cette question.

— Ça regarde personne, c't'affaire-là. Quand la maison sera habitée par d'autres personnes, y' verront ben qu'est vendue!

Du moins, c'étaient là les propos que Noëlla avait rapportés à Évangéline qui, à son tour, les avait répétés à Bernadette alors que les deux femmes préparaient le souper:

— A' changera ben jamais, la veuve Sicotte. Toujours aussi renfermée! Une vraie taupe. A' l'a toujours été de même, gardant tout par devers elle! On aurait pu croire que de se voir internée dans un hospice, avec d'autre monde pour parler, ça l'aurait améliorée un brin. Ben non, viarge! Voir que ça changerait de quoi dans sa vie de nous dire si a' l'a vendue ou ben si a' l'a pas vendue, sa maison. Après toute, c'est nous autres qui continuent de vivre icitte, pas elle.

Et de ce jour, «la pauvre Rosanna pognée à l'hospice» était redevenue, dans le vocabulaire d'Évangéline, «la vieille désagréable du coin de la rue».

Et ce matin, l'incertitude entourant la vente l'amenait à se demander ce que son fils pouvait bien vouloir à cette maison.

De la cuisine, elle entendit les cris du petit Charles qui réclamait ses céréales et le rire de Laura qui s'amusait avec lui. Quelques instants plus tard, la porte claqua et Évangéline vit Antoine et Laura remonter la rue ensemble en direction de l'école. Il y a un an à peine, un tel spectacle aurait été impossible. Jamais Laura n'aurait toléré que son frère l'accompagne aussi souvent, la suivant comme un petit chien de poche. Elle ne jurait que par Francine. Mais depuis quelques mois, il y avait eu un changement sensible dans les relations qui unissaient le frère et la sœur, et de plus en plus régulièrement, on pouvait les voir ensemble même si ce fait ne rendait pas Antoine plus enjoué pour autant. Sitôt entré dans la maison, il n'avait pas perdu sa nouvelle habitude de se barricader dans sa chambre sans dire un mot.

— Tiens! Y' ressemble à la veuve Sicotte! Aussi renfermé qu'elle, murmura Évangéline, surprise d'une telle comparaison.

Mais alors qu'une semblable attitude l'avait fait râler une bonne partie de sa vie quand elle concernait son ancienne voisine, depuis quelque temps, elle soulevait inquiétude et tristesse quand elle pensait à Antoine.

Sauf ce matin!

Évangéline n'avait surtout pas le temps de penser à Antoine aujourd'hui.

Comme elle venait de prononcer le nom de la veuve Sicotte, son regard se déplaça naturellement vers le bout de la rue à l'instant précis où un gros camion dégingandé reculait devant sa maison.

— Ben regarde donc ça! On dirait ben que ça va bouger par là avec, se dit-elle toute ragaillardie!

Deux hommes plutôt costauds sortaient à l'instant du camion et sans hésiter, ils se dirigèrent vers la maison. Ils devaient sûrement avoir la clé, car en moins d'une minute, ils étaient entrés.

Curieux...

Évangéline esquissa l'ombre d'un sourire.

Un premier mai quand un camion s'arrêtait devant une maison, ce n'était pas pour y livrer l'épicerie!

Évangéline détourna alors vivement la tête et lança en direction de la cuisine:

— Viens donc voir ça, Bernadette. Je pense qu'y' va y avoir du changement dans le boutte. Du gros changement! Finalement, je serais pas surprise que les musiciens ayent acheté la maison. Je vois pas d'autre chose, y a pas personne d'autre qui est venu visiter.

Puis, pour elle-même, Évangéline ajouta à voix basse:

— À moins que ça soye arrivé pendant que j'étais pas là.

Au même instant, Bernadette lui répondit à partir de l'autre bout du logement.

— Deux menutes! Je lave la face de Charles pis j'arrive.

Tout en parlant, Évangéline avait reporté les yeux sur la maison. Les deux hommes sortirent un divan, puis une table, puis...

— C'est ben ce que je pensais, cria alors Évangéline, tout excitée, la tête à moitié tournée vers la cuisine et un œil scrutant toujours le bout de la rue. Y a deux déménageurs, deux moyennes armoires à glace, qui sont en train de vider la maison de la veuve Sicotte.

Puis, après une brève hésitation, elle ajouta, toujours à vive voix, tout en se relevant de sa chaise, un pan du rideau encore soutenu dans sa main pour ne rien perdre de ce qui se passait chez son ancienne voisine:

— Pis, tant qu'à y être, fais pas juste y laver la face, au p'tit. Mets-le donc swell! On pourrait peut-être aller le promener ensemble? Que c'est t'en penses? On dirait qu'y' fait beau sans bon sens, à matin!

À cet instant, Bernadette montra un visage ambigu dans l'encadrement de la porte du salon. Derrière elle, on entendait les pas du petit Charles qui trottinait dans le couloir pour rejoindre sa mère.

— Évangéline!

Cette dernière sursauta violemment avant de tourner la tête vers sa belle-fille, une main sur la poitrine.

— Viarge, que tu m'as fait peur, toé là!

Levant les yeux, Évangéline aperçut le visage énigmatique de Bernadette. Elle fronça les sourcils avant d'ajouter:

— T'as ben une drôle de face! Que c'est t'as pas compris?

— Oh! Rien.

Visiblement, Bernadette n'était pas à l'aise. Pourtant, après quelques instants d'indécision, elle demanda:

— C'est à propos de la promenade... Je me demandais... En fait, dans toute ce que vous venez de dire pendant que j'étais dans cuisine, c'est la maison de la veuve Sicotte que vous voulez aller voir, hein? Sans vouloir être indiscrète, ben entendu. Pis si je me suis trompée, soyez ben à l'aise pour me le dire. Parce que des fois, je le sais que je me mêle pas de mes affaires...

Bernadette patinait, embarrassée, regrettant d'une part ce qu'elle venait de dire alors que d'autre part, elle était fermement décidée à comprendre ce qui trottait dans l'esprit de sa belle-mère depuis quelque temps.

Bien que ses relations avec Évangéline se soient grandement améliorées au cours des dernières années, Bernadette n'arrivait pas toujours à comprendre les réactions de cette femme autoritaire.

À certains égards, surtout depuis quelques semaines, Évangéline Lacaille restait toujours un mystère à ses yeux.

Ainsi, tel qu'elle venait de le suggérer, elle se doutait bien qu'Évangéline voulait vérifier, mine de rien, ce qui se passait chez la veuve Sicotte. Le beau temps n'avait rien à voir dans cette subite envie d'aller se promener. Jusque là, rien de bien surprenant, Évangéline pouvait se transformer en véritable garde-chiourme quand il était question de sa rue. Méfiance, vigilance et suspicion faisaient partie de son comportement habituel devant les nouveautés et les étrangers.

Et c'était là, justement, où le bât blessait!

Depuis qu'Évangéline parlait de ce drôle de couple qui avait visité la maison le mois dernier, il n'y avait aucune suspicion dans sa voix.

Bien au contraire!

Comme elle venait de le faire quelques instants auparavant, quand Évangéline parlait de ces gens, c'était de l'enthousiasme qui modulait sa voix et ses propos. Cette attitude, à tout le moins déconcertante chez une femme comme Évangéline, laissait Bernadette perplexe. D'où son interrogation, espérant que cela la conduirait vers le début d'une explication.

À des lieues de toute cette réflexion, Évangéline esquissa un petit sourire en coin, question de montrer à sa belle-fille que ses interrogations ne l'offusquaient pas.

— T'es pas plus curieuse qu'une autre, fit-elle sur un ton

bon enfant, pis t'as ben compris. J'ai envie d'aller voir ce qui se passe chez mon ancienne voisine, pas de doute là-dessus. Je veux pas juste aller me promener pour me promener. Tu le sais, ça serait pas mon genre.

Bernadette retint un soupir qui aurait pu être mal interprété et elle enchaîna rapidement, soulagée de voir que la discussion n'ennuyait pas Évangéline.

— Ça, c'est correct. Vous venez de le dire: je vous connais assez pour savoir que ce qui se passe chez la veuve Sicotte, ben ça vous tracasse. Je peux comprendre ça.

— Ben c'est quoi alors? J'ai de la misère à te suivre.

Bernadette prit une longue inspiration.

— C'est quand vous parlez de ceux qui pourraient venir habiter là que je vous comprends pus.

Évangéline regardait Bernadette les yeux écarquillés sans saisir où elle voulait en venir.

— Pis que c'est qu'y aurait à comprendre, selon toé?

Les sourcils d'Évangéline se fronçaient de plus en plus jusqu'à former cette forêt touffue de poils qu'elle arborait au-dessus de ses yeux quand quelque chose la tracassait ou l'indisposait.

Cette fois-ci, Bernadette n'arriva pas à retenir le long soupir d'embarras qui lui gonflait la poitrine. Heureusement, Charles s'agrippa à sa jupe à ce même instant et Bernadette en profita pour se soustraire au regard curieux qu'Évangéline posait sur elle. Elle se pencha pour prendre son fils dans ses bras tout en demandant après un court silence:

— Pourquoi c'est faire que vous avez l'air contente quand vous parlez de ceux qui ont visité la maison? C'est ben la première fois que je vous vois de même. D'habitude, les étrangers, vous aimez pas tellement ça. Mais là, c'est pas pareil. On dirait que vous les connaissez, ces gens-là. Pis pas juste depuis hier, à part de ça.

Ce fut au tour d'Évangéline de rester silencieuse un moment. Puis lentement, ses sourcils se détendirent et elle regarda Bernadette bien en face.

— C'est drôle ce que tu dis là... Comme ça, tu t'en es rendu compte? Moé avec je me suis posé la même question. Pourquoi c'est faire que cette jeune femme-là, quasiment une enfant encore, une inconnue pis une effrontée en plus de ça, pourquoi c'est faire qu'a' m'a pas énervée quand je l'ai rencontrée? J'en revenais pas! Pourtant, a' l'avait toute pour me taper sur les nerfs! Pis c'était pas le fait qu'a' joue de la musique qui aurait pu m'enfirouaper à c'te point-là, ça j'en étais sûre. C'était autre chose, mais j'arrivais pas à dire quoi. C'est à force de penser que j'ai fini par comprendre. Tu vas voir, c'est pas tellement compliqué. C'est parce qu'a' me ressemble, viarge! Tu sauras me le dire quand tu vas la rencontrer. Même manière de regarder le monde en face, même manière de dire les choses comme a' les pense. C'est pour ça que j'en parle avec plaisir pis que j'ai l'impression d'être à l'aise avec elle. C'est parce qu'a' me fait penser à moé au même âge. Attends de voir! Tu vas comprendre ce que je veux dire. Pis en plus, son mari, le Robert Canuel qui joue toutes sortes d'instruments de musique, ben y' me fait penser à mon Alphonse. Pas trop jasant comme lui, réservé comme y' disent... C'est ben certain qu'Alphonse pis moé, on était pas comme ces deux-là pis on avait le même âge. Mais pour le reste...

Évangéline observa un moment de silence, hochant la tête, perdue dans ses souvenirs. Un silence que Bernadette se garda bien d'interrompre. De toute façon, qu'aurait-elle pu ajouter?

— Tu vois, Bernadette, reprit alors Évangéline, songeuse, si j'avais eu la chance d'avoir une fille, ben je pense qu'a' l'aurait ressemblé à c'te jeune femme-là... Ouais, a' l'aurait ressemblé à Anne Deblois, musique ou pas musique. Pis si je pense de même, ben c'est parce qu'Anne Deblois, ben a' me ressemble. Je la connais pour ainsi dire pas pantoute mais chus sûre de pas me tromper.

— Ah bon! Je vois, oui.

La réponse de Bernadette ne fut qu'un souffle. Un murmure qui fit s'approcher Évangéline, incertaine d'avoir bien compris.

— Tu me comprends, hein?

Tout en parlant, Évangéline avait tendu les bras à Charles. Ce fut au geste possessif de Bernadette, refermant son étreinte sur son fils, qu'elle comprit sa tristesse.

— Que c'est qui se passe, Bernadette? On dirait que t'es malheureuse de ce que je viens de dire?

Bernadette haussa les épaules. Évangéline avait vu juste. Sans être malheureuse, elle était triste. Triste de voir qu'une étrangère avait réussi à briser la barrière de la carapace d'Évangéline aussi facilement, alors qu'elle-même s'était sentie une indésirable durant de longues années avant d'arriver à s'entendre avec sa belle-mère.

En quinze ans, jamais Évangéline n'avait eu de mots aussi gentils à son égard. Pourtant, depuis quelque temps, la relation était assez bonne entre elles.

Comme si elle avait deviné ce qui chagrinait Bernadette, Évangéline posa la main sur le bras de celle-ci et se mit à le tapoter gentiment.

— Ben voyons donc! Que c'est ça, c'te face-là, à matin? T'as rien à voir là-dedans, ma pauvre p'tite fille! Rien à voir pantoute. Toé, t'es ma bru. T'es la femme de mon fils pis la mère de mes p'tits enfants. Pis ça, tu sauras, ça vaut plus que toutes les voisines du monde. Même si je dis que la jeune femme me ressemble dans sa manière d'être, ça veut pas dire que je vivrais avec elle! Probablement qu'on s'entendrait même pas, elle pis moé, parce qu'on serait trop pareilles, tandis que nous deux, toé pis moé, on fait une bonne paire, je pense. C'est juste que j'ai vu une sorte de ressemblance qui m'a fait penser à ce qui aurait pu arriver si... Pis assez parlé! Va habiller le p'tit qu'on aille voir de proche ce qui se passe chez la veuve Sicotte. Peut-être ben que les déménageurs savent le nom de ceux qui vont demeurer là? Que c'est t'en penses? Pis peut-être ben, avec, que les deux musiciens ont rien à voir là-dedans. T'es trop sensible, ma pauvre Bernadette. Faut pas s'en faire avec des niaiseries de même!

Évangéline était déjà dans le couloir en direction de sa chambre.

— Dis-moé plutôt, lança-t-elle par-dessus son épaule, tu le sais-tu, toé, ce que Marcel faisait, arrêté en char devant la maison de la veuve? Je l'ai vu, t'à l'heure pendant qu'y' s'en allait à boucherie... Je me demande ben...

*   *   *

Jamais Évangéline n'aurait pu avoir la moindre idée de ce que Marcel faisait ce matin-là devant la maison de la veuve Sicotte. Et c'était uniquement parce que, de coutume, elle n'était jamais devant sa fenêtre à l'heure où son fils quittait pour le travail. Sinon, elle aurait su que, depuis quelques mois, Marcel s'arrêtait là régulièrement, songeur, la tête remplie de projets et de tentations, et elle lui aurait sûrement demandé le but de cet arrêt.

En effet, depuis que la pancarte avait pris place accrochée

à la galerie, en novembre dernier, une drôle d'idée travaillait Marcel jusqu'à lui faire perdre le sommeil.

L'idée s'était imposée, à son corps défendant, le soir où, triomphalement comme s'il y était pour quelque chose, Antoine avait annoncé en grande pompe que la maison avec des lucarnes au coin de la rue était à vendre. Tous les regards avaient alors convergé vers lui, tant à cause de la nouvelle qu'à sa voix, qui avait une intonation qu'ils auraient tous aimé entendre plus souvent, Marcel y compris!

Antoine était survolté!

— Chus même allé voir de proche pour être ben certain! Pis c'est ben ça. La maison est à vendre. Y a une pancarte d'accrochée sur la rampe de la galerie avec les mots *À vendre* pis un numéro de téléphone.

Le lundi matin, Marcel prenait le numéro en note. Il se doutait qu'il devait être celui du neveu de la vieille dame, un gringalet qu'il n'avait pratiquement jamais croisé et dont sa mère disait qu'il était aussi drabe que la veuve elle-même.

S'ensuivit une période d'opérations mathématiques, d'élaborations quasi géométriques, de vérifications comptables. Tous les jours, caché dans la chambre réfrigérée, avant l'heure d'ouverture de l'épicerie, Marcel reprenait ses calculs, ajustait des chiffres, modifiait des prévisions, accommodait des paiements.

Il lui fallait savoir!

Et il sut...

Et il fut soulagé...

Ce matin-là, Marcel Lacaille afficha une humeur exubérante qui surprit ses habituelles clientes même si, pour elles, Marcel se montrait plutôt avenant.

Ce matin-là, le sourire de Marcel était aussi large que ses colonnes de chiffres étaient longues.

Sans l'ombre d'un doute, Marcel Lacaille, ci-devant boucher de l'épicerie Perrette, avait les moyens de s'offrir cette maison, à la condition, bien entendu, que le prix soit celui qui ait servi de base à tous ses calculs. Mais comme la bicoque n'était pas de la toute première fraîcheur...

Le jambon fut offert à prix spécial durant une longue semaine.

Semaine durant laquelle Marcel se prépara à affronter sa mère. Maintenant que les calculs étaient faits, Marcel enlignait sur l'endos des vieilles commandes les raisons qui le poussaient à vouloir acheter la maison

En quinze ans de mariage, jamais il n'avait pensé à sa famille avec autant de ferveur qu'en cette semaine où il tentait de trouver les arguments susceptibles d'expliquer à sa mère l'importance pour eux d'avoir leur propre maison.

Malheureusement, tout ce qui lui venait, c'étaient des considérations tout à fait personnelles qu'il se plaisait à répertorier. Il n'y avait rien là pour impressionner Évangéline.

Mais Marcel en rêvait tellement, de cette maison, qu'il ne s'y arrêta pas.

Enfin, être seul maître à bord!

Finies les connivences entre sa mère et Bernadette! Depuis les visites d'Adrien, la vie était devenue intenable. Bernadette lui tenait tête de plus en plus souvent, sachant pouvoir compter sur l'appui d'Évangéline en cas de besoin. Ni les menaces ni les intimidations ne l'effrayaient désormais.

Marcel se promettait bien d'y mettre de l'ordre quand il serait chez lui.

Finies aussi les complaisances à l'égard d'Antoine. À dix ans, il était temps d'en faire un homme. Et s'il fallait employer la manière forte pour y arriver, Marcel emploierait la manière forte.

Il n'aurait plus à justifier tous ses gestes quand il serait chez lui.

Par contre, pour ne pas contrarier sa mère outre mesure, le règlement concernant les Gariépy s'appliquerait aussi chez lui. Pas question que Laura invite son amie Francine à la maison.

Quand Marcel serait chez lui, il ferait les règlements, choisirait les interdits, accorderait les permissions, établirait les horaires. Et gare à celui ou celle qui ne les respecterait pas!

Une semaine, deux semaines, un mois...

Marcel se faisait son cinéma. Chaque matin, religieusement, il relisait tous ses bouts de papier, rectifiait un calcul, ajoutait un argument. Il y croyait vraiment. Il la voulait tellement, cette maison à lucarnes, comme le disait Antoine.

Ne manquait, finalement, qu'une bonne raison pour convaincre sa mère qu'il n'agissait pas contre elle, mais pour le bien de sa famille.

Mais il eut beau se creuser la cervelle, Marcel ne trouva rien.

Et le temps passa.

À trois reprises, Marcel signala le numéro de téléphone qu'il trimbalait partout au fond de sa poche. Il faudrait peut-être savoir exactement combien elle valait, cette maison! À trois reprises, il raccrocha avant même d'entendre la sonnerie. Et si elle était trop chère pour ses moyens?

La déception serait trop grande. Marcel reprit donc ses calculs. À trois reprises, avec trois montants différents. En coupant ici et là, ça pouvait encore aller.

Quand sa mère parla des gens qui avaient visité la maison, Marcel avala sa bouchée de steak tout croche et dut quitter la table en maugréant.

— Maudit calvaire, Bernadette! Ta viande est trop cuite, chus pas capable de la mâcher comme faut!

Pas sa maison! Personne n'avait le droit de visiter sa maison.

C'est à peine s'il dormit cette nuit-là.

Mais la pancarte était toujours là le lendemain, puis le surlendemain et après... Marcel finit par se convaincre que la maison n'était toujours pas vendue.

Et ce matin, premier mai, la pancarte était encore à sa place!

— Calvaire que chus content!

Marcel fit reculer son auto pour être certain d'avoir bien vu. Pas de doute, la maison était toujours à vendre, la pancarte en faisait foi. Il eut l'impression que la vie lui donnait un dernier sursis, l'ultime chance de mener ce projet à terme. Il reprit le numéro de téléphone en note, ayant perdu son ancien papier.

Et cette fois-ci, juré, il allait téléphoner... dès qu'il aurait trouvé la bonne raison à servir à sa mère.

Ce fut en tournant au coin de la rue, alors qu'il croisait un camion plein à rebord de meubles et autres boîtes que l'idée lui vint à l'esprit. Une idée si simple qu'il s'en voulut de ne pas y avoir pensé avant.

— Mais c'est vrai que le fait d'être rendu au premier mai, ça me donne encore plus de chance pour que ça marche, marmonna-t-il tout en manœuvrant pour stationner son auto dans la ruelle adjacente à l'épicerie.

Sa réflexion était d'une simplicité enfantine.

Il allait présenter ce projet comme un investissement. Quoi de mieux qu'un investissement pour amadouer Évangéline Lacaille?

Il y pensa sans arrêt durant l'avant-midi.

L'idée mûrit entre six côtelettes de veau et une longe de porc, se précisa entre deux poulets à rôtir et trois livres de steak haché pour prendre une forme définitive emmêlée au baloney, qu'il devait trancher à l'avance parce qu'on était jeudi et que c'était un jeune commis qui le remplaçait pour la soirée.

Marcel dut se retenir pour ne pas se précipiter chez lui pour dîner. Il en profita, assis dans le réfrigérateur de la boucherie, à l'abri des regards indiscrets, pour mettre ses idées par écrit en mangeant son sandwich au jambon. Quand il eut fini, il regarda la feuille en redressant les épaules de fierté.

Ainsi présenté, le projet avait même fière allure.

— Un investissement, calvaire! Ça, c'est une raison que la mère va comprendre. Une maudite bonne raison à part ça! Comment ça se fait que j'ai pas pensé à ça avant?

Il se réconforta en se répétant que si la maison n'était pas encore vendue au premier mai, cela devrait leur laisser une marge de manœuvre pour faire baisser le prix.

— J'vas même demander à la mère de bargainer le prix d'achat, murmura-t-il. Comme je la connais, a' va aimer ça. Si je l'embarque dans mon projet, a' va marcher avec moé, c'est comme rien. Après ça, on rénove la maison pis on la revend!

Marcel se pencha encore une fois sur ses calculs, sourcils froncés comme le faisait sa mère quand elle était dans une intense réflexion. Rassuré, le visage de Marcel reprit sa froideur coutumière quand il lança avec véhémence:

— C'est sûr que la mère va embarquer! Chus même prêt à partager une partie des profits, calvaire! Ça devrait y faire plaisir...

Ce que Marcel n'osa exprimer à haute voix, par contre,

c'est qu'il comptait bien habiter la maison le temps d'entreprendre, d'effectuer et de compléter les travaux.

— Dans le temps comme dans le temps, analysa-t-il en s'étirant longuement, épuisé d'avoir tant réfléchi. Pour astheure, j'ai des clients à servir. Pis pour ben faire, j'vas même attendre d'avoir parlé à la mère pour appeler le neveu de la veuve Sicotte. J'ai-tu hâte un peu de voir ce que la mère va penser de c'te projet-là! Me semble que ça serait pas son genre de cracher sur de l'argent aussi facilement fait!

Finalement, Marcel ne put se libérer qu'en début de soirée, le jeune commis ayant appelé pour dire qu'il serait en retard.

— Maudit calvaire! Les jeunes d'aujourd'hui sont pus fiables.

Quand il arriva enfin chez lui, impatient, nerveux, Évangéline était au salon. Elle venait d'arriver du mois de Marie et s'était aussitôt installée devant la télévision. Si elle préférait toujours écouter la radio, il y avait cependant quelques émissions de télévision qu'Évangéline n'aurait voulu rater pour tout l'or du monde. Dédaignant l'assiette que Bernadette avait gardée pour lui, Marcel se dirigea aussitôt vers le salon et, sans porter attention à l'émission en cours, il annonça:

— La mère, faut que je vous parle. Je pense que j'ai...

Évangéline ne se donna même pas la peine de lever les yeux vers lui. D'un geste autoritaire de la main, elle fit taire Marcel qui fourrageait dans la poche de son pantalon pour y prendre la feuille de ses prédictions si laborieusement élaborées.

— Tu vois ben que chus occupée! C'est *Point de mire* pis j'aime ça. C'te jeune journaliste-là, y' arrive à me faire comprendre des affaires compliquées que je comprendrais pas autrement pis j'ai l'impression d'être moins niaiseuse quand je l'écoute.

— Mais la mère, pour une fois, je pense que ce que j'ai à vous dire est plus important que ce...

— Tais-toé! Tu devrais t'assire pis écouter c'te programme-là avec moé au lieu de me déranger. Ça te ferait pas de tort! Le journaliste, y' s'appelle René Lévesque pis y' est ben bon. Des fois, je me dis qu'y' devrait faire de la politique, cet homme-là. Là-dedans avec, me semble qu'y' serait pas pire. Ça nous changerait de Maurice Duplessis que je commence à être tannée d'entendre. Pis en plus, tu sauras, c'te journaliste-là, y' a fait la guerre. Comme ton frère Adrien. C'est pas rien ça! Astheure, laisse-moé tranquille. Tu reviendras t'à l'heure.

À la mention du nom de son frère, Marcel ferma les yeux d'exaspération. C'était de l'Évangéline tout craché que de faire une comparaison entre son frère Adrien et ce journaliste inconnu et surtout d'imaginer que cette comparaison avait une certaine logique à cause de la dernière guerre!

Sachant qu'il ne servirait à rien d'insister, Marcel fit demi-tour en soupirant.

Finalement, il allait manger ce que Bernadette avait gardé pour lui et il reviendrait voir sa mère plus tard.

Ce fut Évangéline qui le rappela au salon.

— Pis? C'est quoi la nouvelle qui était si importante à me dire? Là, c'est le temps d'en parler.

Marcel avait déjà sa feuille de calculs à la main, fébrile.

— C'est à propos de la maison de la veuve Sicotte, fit-il en tendant son papier à sa mère. Ça fait six mois qu'est à vendre pis on dirait ben que personne en veut... Ce qui est pas surprenant dans l'état qu'a' l'est. C'est pour ça que je me suis dit que nous deux ensemble, on pourrait peut-être...

Marcel parla d'une traite, sans reprendre son souffle et sans remarquer que sa mère le regardait avec une lueur frondeuse au fond des yeux. Puis, elle pencha la tête et détailla le papier que Marcel lui avait remis. Elle dut reconnaître que son fils avait tout prévu, sauf peut-être qu'à force d'attendre, son beau projet de maison ne serait qu'un château en Espagne. Pourtant, elle entra dans son jeu et demanda:

— Pis tu comptes acheter ça avec quel argent, c'te maison-là?

— Avec l'argent que j'ai pus besoin de donner tous les mois pour le char, rapport qu'y' est fini de payer depuis novembre dernier. Pis comme je l'ai ben entretenu, y' devrait me toffer encore pour ben des années. Ça fait que je devrais pas avoir de trouble à payer la maison le temps que je la retape pour la remettre en vente...

Tout en parlant, Marcel avait redressé les épaules et bombé le torse, fier de lui. Son projet avait sûrement de l'allure puisque sa mère y portait attention.

— Pis, la mère, que c'est vous pensez de mon idée? Me semble que ça serait une belle manière de faire de l'argent facile.

— Ah! ça, mon Marcel, pour être un beau projet, c'est un beau projet. Pis tes espoirs de faire de la belle argent sont pas si bêtes que ça. Y a juste un p'tit problème.

— Un problème?

Marcel reprit sa feuille de calculs, y jeta un rapide coup d'œil. À première vue, tout lui parut correct. Ces chiffres-là, il les avait tellement brassés de toutes les manières, dans tous les sens, qu'ils ne pouvaient lui réserver la moindre surprise. Alors, il leva les yeux vers Évangéline.

— Quel problème? Moé, je vois pas ce qui cloche dans mon affaire. J'ai ben l'impression d'avoir toute prévu.

Évangéline ne savait peut-être pas très bien lire, mais pour ce qui était des chiffres, elle était passée maître en la matière et ce qu'elle avait pu constater des calculs de Marcel était rassurant. Tout se tenait à la perfection, pas de doute là-dessus.

— Y a rien qui cloche pis chus ben surprise de voir comment t'as l'air d'avoir pensé à toute...

— Ben c'est quoi d'abord, si j'ai pensé à toute?

— Juste un p'tit détail, mon Marcel. Mais c'est justement le genre de détail qui fait toute la différence. C'est ben beau laisser le temps passer dans l'espoir de voir le prix de la maison baisser, comme tu m'as expliqué t'à l'heure, mais tu risquais gros de te frapper le nez sur une maison déjà vendue et c'est justement ce qui s'est passé.

— Vendue? Comment ça, vendue?

Ce n'était que ça? Probablement que sa mère croyait la maison vendue puisqu'on était le premier mai, mais que, dans le fond, il n'en était rien. Marcel poussa un soupir de soulagement. Si c'était là la seule objection qu'elle apportait contre son projet, l'affaire était dans le sac!

— Vous vous trompez sûrement, la mère, pasque la pancarte est encore là, vous saurez. J'ai vérifié encore à soir en passant devant. D'habitude quand une maison est vendue, on enlève la pancarte, calvaire!

Évangéline se leva et se dirigea vers la télévision pour l'éteindre.

— Faut pas toujours se fier aux apparences! fit-elle en se retournant face à Marcel.

— Mais la pancarte...

— La pancarte, la pancarte... On dirait que t'es bouché, toé des fois! Quand ben même y en aurait trois pancartes, ça change rien au fait que la maison est vendue. Si je te le dis, c'est que c'est vrai. J'ai pas l'habitude de mentir ou de parler à travers mon chapeau. Chus allée la voir à matin, la maison, pis j'ai rencontré des déménageurs en train de vider les affaires de la veuve Sicotte. Imagine-toé donc qu'a' donne toute aux bonnes œuvres des sœurs du couvent. Les meubles, la vaisselle, les guenilles... Les déménageurs m'ont dit que le neveu voulait rien garder. C'est ben la première fois que je vois ça. Si la pancarte est encore là, c'est juste que le neveu demeure à l'autre boutte d'la ville pis que ça y tentait pas de venir jusqu'icitte pour l'enlever. C'est toute. Pis ton projet, même si sur papier toute a l'air ben correct, tu penses pas que la première chose à faire aurait été d'appeler pour savoir le prix? Ton affaire, c'est un peu comme de mettre la charrue devant les bœufs!

— Je vous l'ai dit t'à l'heure pourquoi j'ai pas appelé. J'aimerais mieux que ça soye vous qui parliez de prix avec le nev...

— Ben t'aurais dû m'en parler avant, coupa sèchement Évangéline. Parce que là, est vendue.

— Ben voyons donc!

Marcel ne s'était jamais senti aussi dépité qu'en ce moment. D'un geste rageur, il chiffonna son papier et lança la boule à l'autre bout du salon. Toutes ces heures à se creuser la cervelle pour rien! Évangéline soupira. Le petit garçon colérique n'était jamais très loin et ce trait de caractère l'agaça prodigieusement. Néanmoins, elle vint jusqu'à Marcel, l'obligeant à lever la tête vers elle.

— Pis de toute façon...

Évangéline tapota le bras de son fils.

— Pourquoi vouloir acheter une maison? On n'est pas ben icitte?

À ces mots, Marcel comprit que sa mère avait su lire entre

les lignes. Son histoire d'investissement ne l'avait pas leurrée. Pourtant, Évangéline poursuivait son boniment comme si de rien n'était.

— Pis tu le sais ben que ma maison, un jour, a' va être à toé parce que ton frère, lui, y' reviendra pus jamais vivre par icitte. Jamais...

Ce genre de phrase aurait dû mettre un baume sur la désolation de Marcel. Mais pas ce soir. Il était beaucoup trop déçu pour cela!

— Par contre, Marcel, si t'as un peu d'argent à placer, tu viendras me voir. Les bons du gouvernement, c'est plus sûr qu'une vieille bicoque pas très propre pis ça demande moins d'ouvrage. En attendant, dis-toé ben que de l'argent, ça se fait pas en criant lapin! C'est pas magique c't'affaire-là. Astheure, tu vas m'excuser, mais chus fatiguée. Je m'en vas dans ma chambre pour me coucher.

Marcel ne répliqua rien. Il se contenta de regarder autour de lui comme s'il voyait le salon pour la première fois.

— Ah oui! j'allais oublier...

Évangéline se retourna.

— C'est ben les musiciens qui ont acheté la maison. Ceux que je t'ai parlé l'autre jour, le drôle de couple. Je pense que ça va nous faire de bons voisins. Astheure, je te laisse. Bonne nuit, mon gars.

CHAPITRE 6

Amor, Amor, Amor
Doux chant d'espoir
Qui dans le soir
Vers toi s'élève
Amor, Amor, Amor
C'est mon amour
Qui jusqu'au jour
Berce ton rêve

Amor, amor, amor
PAROLES DE JACQUES LARUE
MUSIQUE DE GABRIEL RUIZ, 1944
CHANTÉ PAR TINO ROSSI

Mardi 6 mai 1958

À quelques jours de là, dans la ville de Québec, Cécile était tout aussi déçue que Marcel, mais pour une tout autre raison. La jeune fille qu'elle avait engagée pour la seconder auprès de Denis, le petit garçon que son mari et elle avaient adopté l'an dernier, venait de lui signifier qu'elle quitterait son emploi vers la fin du mois de juin pour des raisons familiales.

— Mais qu'est-ce qu'on va faire, Charles? Je n'ai pas ça dans le coin d'une armoire, moi, une gardienne de remplacement pour Denis! Surtout une gardienne en qui je peux mettre toute ma confiance.

Charles leva les yeux au-dessus du journal qu'il était en train de lire en esquissant un petit sourire moqueur. Il savait que tout ce qui touchait Denis, de près ou de loin, prenait des proportions catastrophiques quand Cécile n'obtenait pas exactement ce qu'elle recherchait.

— Et cette Gaétane que tu as rencontrée quand tu passais des entrevues pour trouver la perle rare? suggéra-t-il, brusquement inspiré par le souvenir de cette période un peu échevelée qu'ils avaient traversée l'an dernier au moment de l'adoption. Tu sais bien, Gaétane! Tu avais longuement hésité entre elle et Marjolaine, l'automne dernier. Peut-être que si tu la rappelais...

— Allons donc! Ça fait presque un an, tout ça! C'est certain qu'elle a dû se trouver un autre travail.

Charles insista, malgré qu'il soit probable que Cécile ait raison et que la jeune fille se soit trouvé autre chose.

— Essaie! Il n'y a rien à perdre à tenter ta chance.

Cécile se contenta de soupirer en guise de réponse, bousculée par les événements.

Elle trouvait difficile de concilier son travail de médecin et ce rôle de mère qu'elle avait tant espéré. Pourtant, jamais elle ne remettrait en question le fait d'avoir été chercher Denis à la crèche. Le petit garçon de quatre ans avait métamorphosé l'ambiance de la maison, éclaboussant les murs trop silencieux de ses rires et de ses jeux.

Maintenant, il y avait des sourires de connivence entre Charles et elle. Là aussi, le petit Denis avait apporté sa touche magique. Une relation qui s'étiolait était en train de s'épanouir à nouveau. Cécile était on ne peut plus sincère quand elle disait que sa vie avait enfin pris tout son sens auprès de Denis.

Mais, pour l'instant, ça ne réglait en rien son problème de gardienne!

Voyant à quel point Cécile semblait perturbée par l'annonce du départ prochain de celle qu'elle appelait la «perle des perles», Charles retira ses lunettes de lecture et, déposant le journal sur le tapis, il se leva et vint retrouver sa femme assise sur le divan.

— On va essayer de trouver ensemble, proposa-t-il gentiment.

Il fit mine de chercher puis revint à la charge. Pour le chercheur qu'il était, tant qu'on n'était pas allé au bout d'une probabilité, la question restait entière.

— Je reste persuadé, fit-il en resserrant son étreinte autour des épaules de Cécile, que tu devrais d'abord téléphoner à cette Gaétane. Si jamais ça ne donnait pas les résultats escomptés, promis, on va chercher à deux.

Cécile gonfla ses joues puis expira bruyamment.

— Moyenne corvée, oui! Petite misère! Pourquoi est-ce que la mère de Marjolaine ne peut-elle plus, subitement, se passer de sa fille? Si je m'écoutais, je l'appellerais pour lui dire que moi non plus, je ne peux pas me passer de sa fille! Et puis, j'ai tellement peur de me tromper en choisissant une nouvelle gardienne. S'il fallait que Denis soit malheureux à cause de mes choix!

— Allons donc! Toi? Te tromper face à Denis? C'est impossible.

— C'est ça! Moque-toi de moi! N'empêche que tu as peut-être raison. Je vais vérifier si j'ai gardé le numéro de Gaétane et si oui...

Tout en parlant, Cécile avait consulté sa montre.

— ... et si oui, je l'appelle tout de suite. Comme ça, on va en avoir le cœur net et je ne passerai pas la nuit à me faire un sang d'encre au lieu de dormir.

Dix minutes plus tard, Cécile revenait au salon au

moment précis où la grosse horloge grand-père du couloir sonnait huit heures.

— Un coup d'épée dans l'eau, annonça-t-elle en se laissant tomber sur le divan. Pour le moment du moins. Gaétane travaille présentement dans une boutique. Elle m'a dit qu'elle essaierait de se libérer pour le mois d'août après les vacances de sa patronne.

— Bon! Tu vois!

— Qu'est-ce que je suis supposée voir? Je sais bien qu'au mois d'août, le problème pourrait être réglé, oui.

Charles la regarda avec un petit air narquois. Finalement, le problème était en partie résolu. S'il ne restait que l'été à combler, ça ne devrait pas être trop difficile. Alors, se relevant, il regagna sa place, reprit ses lunettes et se cacha derrière son journal comme si la question était réglée.

— Tu avais raison, admit Cécile, réticente, mais en partie seulement, compléta-t-elle d'une voix plus ferme. Pour l'instant, de la fin du mois de juin jusqu'au début du mois d'août, je n'ai personne.

Charles resta silencieux un moment, réfugié derrière le paravent de son journal. Puis, sentant que Cécile attendait une réponse de sa part, il jeta un regard par-dessus une feuille repliée.

— Tu ne peux pas prendre congé?

Cécile leva les yeux au ciel.

— Prendre congé! En plein été! Je te ferais remarquer que nos vacances sont déjà prévues pour le milieu du mois d'août. En attendant, non, je ne peux pas prendre congé. Peut-être une journée par-ci, par-là, à la rigueur, et en cas de grande nécessité, mais pas plus. Tu le sais comme moi qu'en été, tout l'hôpital fonctionne avec du personnel réduit parce que tout le monde veut prendre des vacances. Et c'est normal, tu ne crois pas?

Cécile ferma les yeux un instant pour les rouvrir précipitamment.

— J'imagine le visage de mère Saint-Joachim si je lui annonçais que je ne serais pas là de l'été... Non, c'est impossible.

À ces mots, Cécile se tourna vers Charles et se heurta à une grande feuille de papier journal déployée. Elle eut alors l'impression d'avoir parlé dans le vide. Elle soupira de mécontentement.

— Hé! Tu m'écoutes au moins?

— Je t'écoute. Tu viens de dire qu'il n'était pas question de congé pour toi, car notre bonne directrice, mère Saint-Joachim, n'y survivrait pas.

Effectivement, Charles écoutait même s'il se moquait encore d'elle. Cependant, la réponse lui était parvenue de derrière le journal, encore et toujours, ce qui agaça Cécile. C'est donc ainsi que Charles comptait s'y prendre pour l'aider?

— Et si c'était toi qui prenais congé? improvisa-t-elle, narquoise à son tour. Dans le fond, toi, tu travailles dans un laboratoire. Si tu prenais quelques semaines de congé, ça ne devrait déranger personne à part tes microbes, analysa Cécile d'une voix suave, cherchant à rendre la monnaie de sa pièce à Charles.

Malheureusement pour elle, Charles ne mordit pas à l'hameçon et ne daigna même pas répondre. N'empêche que quelques instants plus tard, il proposait:

— Et si tu demandais à ta tante Gisèle? Elle n'habite pas tellement loin d'ici. Elle pourrait choisir si elle préfère venir ici ou...

— Es-tu malade?

Cécile était découragée. Si c'était là toute l'aide que

Charles comptait lui apporter, aussi bien dire qu'elle allait devoir se débrouiller toute seule. Les idées de son mari étaient toutes plus mauvaises les unes que les autres.

— Matante Gisèle? reprit-elle d'un ton impatient. Tu en as combien, des idées comme celle-là? Matante Gisèle n'a plus l'âge pour s'occuper d'un gamin comme Denis, voyons donc!

— Si tu le dis.

— Je le dis.

Un autre silence ponctué du tic tac de l'horloge s'abattit sur le salon. Cécile remua sur son siège, inconfortable, essayant de réfléchir malgré la chaleur accablante qui perdurait depuis quelques jours. Elle soupira encore une fois, leva les yeux pour se heurter au journal déplié, se leva, vint à la fenêtre pour en ouvrir les battants encore un peu plus grand puis regagna sa place. Elle attendit quelques instants puis, n'en pouvant plus, elle demanda:

— Alors?

— Alors quoi?

— Qu'est-ce qu'on fait?

— Comment, qu'est-ce qu'on fait? Pour l'instant, moi, je lis mon journal. Doit-on absolument trouver quelqu'un ce soir?

Cette fois-ci, Charles avait rabattu la grande feuille de papier pour s'adresser à Cécile. Un simple regard sur sa femme, par-dessus ses lunettes de lecture, et il s'empressait de répondre lui-même à la question.

— Oui, il faut trouver quelqu'un ce soir, sinon je ne donne pas cher de ma peau.

— Arrête de te moquer ou je ne réponds plus de rien.

— C'est en plein ce que je viens de dire.

— Bonté divine, Charles! On dirait que tu n'es pas conscient de tout ce que ça implique, de trouver une gardienne. Je t'en prie, arrête de prendre ça à la légère! Une chance que demain je ne travaille pas avant midi. Je vais en profiter pour préparer une petite annonce pour le journal en espérant que...

— Et si tu appelais Marie?

Cécile regarda son mari comme s'il tombait des nues, incapable de suivre sa logique.

— Marie? Notre belle-sœur Marie, la femme de Gérard?

— Exactement.

— Et que veux-tu que Marie fasse pour moi? Elle habite Montréal et nous, Québec. Jamais je n'irai conduire Denis chez elle pour plus d'un mois. Allons donc! Vraiment, toi, ce soir...

— Est-ce que j'ai dit d'aller conduire Denis à Montréal?

— Non, mais...

— Laisse-moi finir, je crois que j'ai une idée. Une bonne idée! Si tu demandais à Laura de venir chez nous pour quelques semaines avant que Gaétane puisse se libérer?

— Laura? La Laura de Montréal qui garde Daniel à l'occasion?

— Pourquoi pas? Marie ne jure que par elle. À l'entendre parler, cette gamine-là est merveilleuse avec les enfants.

Charles chercha dans ses souvenirs en fronçant les sourcils.

— Elle est *dépareillée*, pour employer le langage de Marie, précisa-t-il enfin.

— Laura...

Cécile resta songeuse un moment. Pour elle, Laura était tellement plus qu'une simple gardienne. Elle détourna la tête, persuadée que son ambivalence devait se lire sur son visage.

— Laura, redit-elle comme si répéter le nom à moult reprises permettrait d'apprivoiser l'idée.

Puis, elle revint face à Charles.

— C'est peut-être une idée, admit-elle enfin. Je vais y penser.

— Tu vois? Quand je disais que je t'aiderais! J'ai même trouvé!

Cécile ne put s'empêcher de sourire devant la conviction désarmante de Charles.

— Minute, papillon! C'est peut-être une excellente suggestion, mais attends au moins d'avoir sa réponse pour te reposer sur tes lauriers. Et à propos... qu'est-ce que Marie venait faire là-dedans?

— Marie? Ce n'était que pour le numéro de téléphone. Elle doit bien avoir le numéro de Laura, non? Si j'étais toi, je l'appellerais tout de suite. Je te connais! Comme tu le disais si bien tout à l'heure, tu vas mieux dormir si tu en as le cœur net. Et maintenant, si tu le permets, j'aimerais terminer la lecture de mon journal.

D'une chiquenaude, Charles replaça ses lunettes et replongea avec un plaisir évident dans la lecture de ses nouvelles. Cécile en profita pour quitter la pièce. De toute évidence, aux yeux de son mari, le sujet de leur discussion serait épuisé tant et aussi longtemps qu'elle n'aurait pas appelé à Montréal. Mais au lieu de se diriger vers la cuisine pour téléphoner à sa belle-sœur et avoir une petite idée de ce qui pourrait peut-être arriver, Cécile monta directement à sa chambre.

Si l'idée avait du bon, et même du très bon, Cécile devait sonder son cœur avant de la mettre en application.

Laura... Laura ici, chez elle, pour de longues semaines...

Elle savait fort bien que si Laura acceptait de venir, Denis ne manquerait de rien. Laura, malgré son jeune âge, était une fille responsable. Marie ne tarissait pas d'éloges à son égard.

Le problème n'était pas là.

Il était dans le cœur de Cécile, le problème, pas ailleurs.

Comment elle, Cécile Veilleux, mère d'une fille qu'elle avait dû céder à l'adoption, et ce, dès la naissance à cause des pressions de son père, comment pourrait-elle vivre cinq longues semaines aux côtés d'une autre fille ayant sensiblement le même âge? Ne risquait-elle pas de trop s'attacher? Ne risquait-elle pas de voir son secret divulgué par ses gestes ou ses paroles?

Assise dans la bergère de sa chambre, Cécile fixait sans les voir les lampadaires de la rue, qui s'allumaient les uns après les autres. Prostrée, indécise, elle était incapable de comprendre réellement ce qui faisait débattre son cœur. Machinalement, elle grignotait le coin de sa lèvre inférieure, le cœur et l'esprit tournés vers le passé.

Elle repoussa machinalement une mèche de cheveux qui s'entêtait à lui retomber sur le front. La nuit serait lourde d'humidité et de chaleur. Des plates-bandes montait le chant striduleux des criquets. La saison était encore jeune, à peine au début de mai, et pourtant on se serait crus en plein été. Les rideaux pendaient, avachis, sans la moindre brise pour les gonfler, et cette chaleur inhabituelle lui fit penser à un autre printemps où, inquiète, elle venait de comprendre qu'elle était enceinte. Cette année-là aussi, il faisait très beau et très chaud.

Fermant les yeux, Cécile crut même percevoir la senteur des pommiers qui embaumaient le verger de la ferme familiale où elle se plaisait à se réfugier. Elle n'avait que dix-huit ans.

C'était presque hier et en même temps, c'était si loin déjà.

Cécile poussa un long soupir et ouvrit les yeux sur cette chambre qui était la sienne et celle de Charles. Charles, qui ne savait rien de ce passé que Cécile préservait farouchement.

Cécile regarda encore une fois tout autour d'elle. Que de chemin parcouru depuis ce printemps 1942!

Était-ce la chaleur oppressante de cette nuit de printemps qui lui fit courber les épaules ou les souvenirs encore si lourds à porter? Brusquement, Cécile eut l'impression d'avoir vécu cent vies et pas nécessairement les plus faciles.

Et que dire de l'été à venir?

Cécile ne savait trop si c'était la possibilité d'un refus ou celle d'accueillir Laura chez elle qui lui faisait le plus peur.

Réussirait-elle surtout à endiguer les élans de son cœur qui se mettait à battre comme un fou chaque fois qu'elle rencontrait Laura?

Cécile ne savait pas.

La perspective de toutes ces semaines dans l'intimité d'une jeune fille de quatorze ans l'angoissait tout autant que celle de se voir refuser ce plaisir.

Cette nuit-là, Cécile dormit très mal, se tournant et se retournant entre ses draps, ce qui fit dire à son mari, quand il la rejoignit à la cuisine, le lendemain matin:

— Ça suffit, essayer de bien dormir avec toute cette chaleur! Tu n'arrêtais pas de bouger la nuit dernière et je ne devais être guère mieux quand j'arrivais à fermer l'œil. Cet après-midi, dès que je quitte l'hôpital, je passe chez Chinic pour acheter des ventilateurs de plafond. Et toi, appelle monsieur Langevin pour qu'il vienne les installer le plus rapidement possible.

Cécile acquiesça, se gardant bien de préciser la cause de sa nuit agitée. Bien sûr, la chaleur était pour quelque chose dans cette nuit mouvementée qu'elle venait de connaître, mais il y avait plus. Tellement plus.

Cécile passa un long moment de son avant-midi à tourner en rond dans la maison, incapable de fixer son esprit sur quoi que ce soit. Elle n'arrivait pas à se décider d'appeler Marie, pas plus qu'elle n'arrivait à écrire le petit message à faire paraître dans le journal de la ville.

Alors, dès que Denis partit faire les courses avec Marjolaine, tout excité parce qu'il aurait droit à un cornet de crème glacée, Cécile fit ce qu'elle avait toujours fait quand elle était désemparée. Elle quitta la maison et, marchant d'un bon pas, se dirigea vers la rue Saint-Olivier.

Quand plus rien n'allait, il n'y avait que sa tante Gisèle pour l'aider à voir clair dans sa vie.

Cécile entra sans frapper, comme elle l'avait si souvent fait du temps qu'elle habitait avec sa tante et son oncle Napoléon.

— Matante? C'est moi.

Il y eut un bref silence puis une voix bourrue s'exclama:

— Cécile? C'est ben toi?

— Eh oui! C'est moi!

— Ben tu parles d'une belle surprise, ça, à matin! Chus dans cuisine. Va m'attendre dans le salon, j'arrive!

Le salon, à l'avant de la maison, était inondé de soleil et la porte donnant sur le balcon était grande ouverte. Si la chaleur persistait, il y avait en ce moment une petite brise qu'il faisait bon sentir au moment où elle effleurait la sueur qui coulait sur les visages. Cécile s'approcha de la porte en attendant sa tante et respira profondément la senteur de lilas, qui montait du gros arbre planté dans le petit coin de verdure, devant la maison. Machinalement, comme elle l'avait si souvent fait par le passé, Cécile offrit son front au soleil et au vent doux qui entraient librement dans la pièce.

— Me v'là!

Cécile se retourna vivement. Debout sur le seuil du salon, Gisèle Veilleux, la sœur de son père, la regardait par-dessus ses lunettes avec son air habituel, revêche et bourru. Mais Cécile savait qu'il ne fallait pas s'y fier. La tante Gisèle avait le cœur sur la main et n'eût été d'elle, Cécile ne sait vraiment pas comment elle aurait pu passer au-travers des pires années de sa vie.

Gisèle la détaillait avec une lueur de tendresse dans le regard qui n'échappa nullement à Cécile. Elle fit alors les quelques pas qui les séparaient l'une de l'autre et vint se serrer tout contre cette femme qui semblait ne pas vouloir vieillir. Depuis bientôt seize ans que Cécile connaissait bien sa tante, et celle-ci n'avait pas vraiment changé. Même ses cheveux poivre et sel de l'époque étaient encore aujourd'hui de la même nuance.

Gisèle se laissa embrasser un court moment puis elle repoussa sa nièce.

— Arrête-moi ça, à matin, tu m'étouffes. Y' fait assez chaud de même, on n'a pas besoin de se coller. Pis? Que c'est qui t'amène? Tu travailles pas aujourd'hui? Pis le p'tit Denis? Comment c'est qu'y' va?

Tout en parlant, la vieille dame s'était assise dans un fauteuil.

— Reste pas plantée de même, Cécile, assis-toi dans le Chesterfield. Y' est pas ben neuf, je le sais, mais y' est encore ben confortable, tu vas voir. C'est pour ça que Napoléon pis moi, on arrive pas à se décider de le changer. Pis? T'as toujours pas répondu à ma question... Que c'est qui t'amène chez nous à matin?

Fidèle à elle-même, Gisèle menait la conversation, passait d'un sujet à l'autre, revenait sur ses idées.

— Qu'est-ce qui m'amène chez vous, reprit Cécile en écho, songeuse.

Sur ce, elle leva la tête et planta fermement son regard dans celui de sa tante.

— Je ne le sais pas moi-même, ce qui m'amène ici. J'ai l'impression d'être toute mélangée. Laisse-moi t'expliquer...

Et Cécile de raconter le départ prochain de sa gardienne, l'obligation pressante de se trouver quelqu'un pour quelques semaines et la suggestion de Charles de faire appel à Laura.

— Pourtant, je sais très bien que Laura ferait une excellente gardienne, estima Cécile en terminant. Marie n'arrête pas de dire à quel point son petit Daniel l'aime. Mais je ne sais pas... J'ai peur.

— Peur? Et de quoi?

Autant Gisèle Veilleux pouvait être un véritable moulin à paroles en temps normal, autant elle pouvait se montrer fine psychologue au besoin. En quelques mots à peine, elle arrivait toujours à faire parler son monde. Et en ce moment, nul besoin d'un dessin pour comprendre ce qui empêchait Cécile de se réjouir. Gisèle connaissait Laura: Cécile lui en avait déjà parlé.

— Pis? De quoi t'as peur, ma poulette, répéta-t-elle, voyant que Cécile s'enlisait dans son mutisme.

Ma poulette...

C'était le mot d'affection que Gisèle employait jadis quand Cécile vivait sa grossesse ici, loin de son village où les gens auraient pu jaser, ce qui était la hantise de son père. Ces deux mots furent suffisants pour que Cécile oublie tout le temps écoulé depuis, et se remette à parler comme elle le faisait librement jadis.

— J'ai peur de trop m'attacher, matante, avoua-t-elle

bien simplement. J'ai peur aussi que Charles se rende compte de quelque chose. Il n'y a qu'à toi que j'en ai parlé et s'il fallait que Charles apprenne que j'ai déjà eu un enfant, ce qui viendrait confirmer sa stérilité, je crois bien qu'il ne s'en remettrait jamais. Il est bien gentil, mon mari, mais c'est aussi un fameux orgueilleux!

Gisèle balaya l'appréciation que Cécile faisait de son mari en chassant du bout des doigts une invisible poussière sur le bras de son fauteuil.

— Charles? Tu trouves que ton mari Charles est orgueil-leux? Y' est pas plus orgueilleux qu'un autre. Tous les hommes sont comme ça, tu sauras m'en parler un jour! En attendant, pourquoi veux-tu que ton mari apprenne ton passé si Laura va chez vous?

— Je viens de le dire, matante. S'il fallait que je m'attache trop à Laura, il me semble que ça serait suffisant pour lui mettre la puce à l'oreille, non?

— Ben voyons donc!

Gisèle savait fort bien que ce n'était qu'un paravent, cette histoire de Charles. La peur de Cécile allait beaucoup plus loin que ça.

— T'as surtout peur d'avoir mal à cause de tous tes sou-venirs, hein, Cécile?

Cette dernière se mit à rougir comme une pivoine, sans répondre. Elle savait qu'en venant ici, il n'y aurait pas de faux-fuyants, il n'y aurait que des vérités, même si elles étaient parfois difficiles à entendre.

— C'est vrai que j'ai peur de souffrir, avoua-t-elle dans un souffle. S'il fallait que Laura vienne bouleverser toute ma vie en ramenant justement des souvenirs qu'il vaudrait mieux garder enfouis? Je ne sais pas ce que je dois faire.

Ce fut au tour de Gisèle de rester silencieuse un moment.

Elle comprenait ce que Cécile ressentait, mais elle jugeait que ses peurs étaient exagérées. Bien sûr, la présence de Laura allait raviver certaines émotions, c'était normal, prévisible. Mais au-delà des souvenirs, il y avait aussi les bons moments qu'elle allait passer avec cette jeune fille qui avait sensiblement le même âge que celle qu'elle avait fait adopter et qu'elle avait toujours appelée Juliette.

— Et si tu laissais la vie te faire ce petit cadeau? suggéra-t-elle d'une voix douce qu'elle n'employait que dans les moments de confidence. Pourquoi t'empêcher de vivre quelque chose qui te sera peut-être toujours refusé autrement?

— Tu crois?

— C'est ben certain, ma belle! Je te l'ai déjà dit, me semble, laisse ton cœur parler, c'est lui qui a toujours raison. Et là, que c'est qu'il dit, ton cœur?

L'hésitation de Cécile fut de courte durée.

— Il dit que j'ai envie d'avoir Laura avec moi, murmura-t-elle en levant les yeux vers sa tante. J'ai envie de vivre quelques semaines auprès d'une fille comme j'aurais pu le faire avec Juliette si... si... Je n'ai pas besoin de te donner tous les détails, n'est-ce pas?

Les yeux de Cécile étaient brillants des larmes qu'elle tentait désespérément de contenir. D'un geste machinal, elle essuya son visage avant de respirer un bon coup. Discrète, Gisèle avait détourné les yeux un moment. Elle revint face à Cécile dès que celle-ci eut terminé de parler.

— Ben y' est où, le problème, d'abord?

— Mais après, quand elle va s'en aller?

— Elle ne sera pas morte! Tu vas pouvoir la revoir! C'est comme quand un enfant quitte la maison pour vivre sa vie. C'est normal, des séparations, dans l'existence. On peut pas toujours garder avec soi les gens qu'on aime.

— Et Charles...

— Laisse donc faire ton mari, s'impatienta la tante Gisèle, ayant retrouvé son timbre de voix coutumier, un peu rauque et autoritaire. Boyenne, Cécile, tu changeras jamais! Pense à toi, pour une fois! D'accord? Pis chus sûre que Charles verra rien en toute. C'est juste normal que deux femmes s'entendent entre elles, voyons donc! Quand t'es venue t'installer icitte, Napoléon pis les gars, y' ont vite compris qu'on s'adonnait ben, toi pis moi. Pis y' ont pas faite de cas avec ça. C'est normal des affaires de même. Chus sûre que ça va être la même chose avec ton Charles.

Cécile tenta d'imaginer son mari, le soir, avec Laura et elle dans le salon, et subitement, elle sut que sa tante avait raison. Charles ne demanderait pas mieux que d'avoir la paix pour lire son journal ou alors, il irait jouer avec Denis en se plaignant, moqueur, que les femmes ne sont bonnes qu'à parler chiffons.

— Tu as probablement raison.

— Et comment, que j'ai raison!

De nouveau, Cécile resta un moment silencieuse. Puis, comme si elle ne parlait que pour elle-même, elle ajouta:

— Maintenant que j'ai admis ça, si jamais Laura ne pouvait pas venir chez nous, je crois que...

— Si jamais ta Laura pouvait pas venir, coupa vivement la tante Gisèle, voyant très bien où Cécile voulait en venir, tu te diras que c'est la vie qui veut ça de même! Y en a ben, des choses comme ça qu'on peut pas contrôler. Me semble que t'es ben placée pour le savoir, non? Tu te diras qu'y en a un, en haut, qui voit plus loin que nous autres pis tu Y feras confiance, c'est toute...

— C'est vrai.

— Pis tu te dépêcheras de faire passer une p'tite annonce

dans gazette pour trouver quèqu'un qui va remplacer Marjolaine. Le mois de juin, c'est quand même pas ben loin, ajouta la tante Gisèle, se permettant d'être taquine.

Cécile répondit au sourire de sa tante. Elle savait qu'en venant ici, les hésitations ne perdureraient pas. Elle s'étira longuement avant de tourner la tête vers la fenêtre. Le soleil, tout à l'heure si présent, ne dessinait plus qu'un quartier de lumière sur le plancher. Cécile sauta sur ses pieds en regardant sa montre.

— Bonté divine, onze heures! Il faut que je me sauve. Je travaille à midi... Merci, matante. Merci d'avoir pris le temps de m'écouter. Je ne sais pas pourquoi je suis si compliquée, mais avec toi...

— Comment, compliquée? T'es pas compliquée pantoute, ma belle, c'est juste que t'as trop peur de faire de la peine au monde. C'est ça qui complique les affaires... Je te le répète: quand tu sauras pas quoi faire, écoute ton cœur. Lui, y' va toujours te dire les bonnes affaires. Astheure, file avant d'être en retard. Pis oublie pas de venir me la présenter, ta Laura. J'ai ben hâte de la connaître!

* * *

Seule à la maison, assise à la table de cuisine, Évangéline dégustait un bon thé en même temps qu'elle savourait la magnifique nouvelle que le facteur venait de lui apporter. Dans un peu plus d'un mois, son fils Adrien serait avec elle. Venu pour l'été avec son épouse, Maureen, il disait vouloir loger à l'hôtel pour ne pas déranger.

— J'vas y en faire un hôtel, moé! Voir que j'vas laisser mon gars pis sa femme s'installer à l'hôtel! lança-t-elle avec détermination, prenant les murs à témoin, tout en lisant les dernières lignes de la lettre. Y' est absolument pas question qu'Adrien s'en aille à l'hôtel. C'est icitte qu'y' vont rester, lui pis sa Maureen. C'est pas parce qu'on est moins riches qu'eux autres qu'on sait pas recevoir notre monde!

Elle relut la lettre au complet, souriante, son pied chaussé d'une pantoufle suivant inconsciemment la mesure de *La mer* que diffusait la radio. Puis elle plia soigneusement les deux feuilles, les remit dans l'enveloppe et glissa le tout dans la poche de son tablier pour les montrer à Bernadette dès qu'elle reviendrait de faire les commissions.

Ensuite, le cœur léger, Évangéline se leva pour commencer à préparer le dîner. Les mains occupées à peler les légumes, elle passa un long moment à jouer à la chaise musicale avec les lits et les gens de la maison pour finalement prendre la décision de laisser sa propre chambre à son fils.

— Moé, au moins, j'ai un lit assez grand pour deux, analysa-t-elle à haute voix. Pendant qu'y' vont être icitte, j'vas prendre la chambre de Laura pis elle..., ben, on va y installer un lit dans la chambre des garçons comme l'autre fois même si avec Charles dans bassinette, y a moins de place qu'avant. Pour un mois, c'est pas la fin du monde pis comme je connais Laura, a' va comprendre. De toute façon, a' l'aime tellement son mononcle que je pense pas qu'a' va chialer. Pis Bernadette non plus, pis Antoine encore moins pis Charles, ben...

Évangéline ne poursuivit pas sa réflexion à voix haute. Ce que Charles allait découvrir en la personne de son oncle, nul n'avait besoin de l'entendre. Même Bernadette n'avait pas à savoir qu'Évangéline avait tout deviné concernant la naissance du petit Charles. Avec le temps qui se calculait maintenant en années, Évangéline se demandait si Bernadette elle-même y pensait encore, tant Marcel prenait son rôle à cœur, cette fois-ci. S'il fallait que la vérité éclate...

Évangéline se dépêcha de penser à autre chose. Comme au fait qu'ici, dans sa maison, Marcel serait probablement le seul à mal prendre la nouvelle. Cinq semaines en compagnie de son frère, c'était beaucoup lui demander. D'autant plus que depuis la malheureuse histoire de l'achat raté de la maison de la veuve Sicotte, Marcel n'était pas à prendre avec des pincettes.

Sa bonne humeur, il la gardait pour la boucherie, et encore!

Alors, Évangéline employa les minutes suivantes à essayer d'imaginer un plan lui permettant d'annoncer la nouvelle à son fils sans provoquer trop d'étincelles. Ne trouvant rien de probant, elle haussa les épaules avec désinvolture. Tant pis pour Marcel! Elle n'allait toujours pas mettre un éteignoir à sa joie à cause de lui. Et qui sait? La présence de Maureen arrondirait peut-être les angles.

— Astheure, une nappe sur la table! Une bonne nouvelle de même, ça se fête!

Quand elle entendit les pas de Bernadette montant l'escalier, Évangéline se sentit excitée comme une enfant. Enfin, elle allait pouvoir partager son enthousiasme avec quelqu'un! Elle plongea aussitôt la main dans sa poche. Mais quand elle aperçut le visage de sa belle-fille, visiblement préoccupée, elle retira sa main sans la lettre.

— Veux-tu ben me dire ce qui se passe? T'as pas l'air ben ben d'adon, ma fille. Pas une mauvaise nouvelle, toujours?

Bernadette hocha la tête.

— Mauvaise, non. Pas vraiment. C'est juste que j'ai reçu un drôle de coup de téléphone, pis que je sais pas quoi en penser.

— Le téléphône? Quand ça? Je l'ai pas entendu sonner.

— Pas icitte. Chez Marie.

— Tu reçois des coups de téléphône chez Marie, astheure? Comment ça? T'aurais-tu des choses à cacher?

Bernadette esquissa un sourire malicieux qui contrasta avec le tiraillement que l'on pouvait lire dans son regard.

— Ben non, voyons! Pis vous le savez, à part de ça. Vous me faites étriver, vous là! Mais vous avez quand même un peu raison, ça fait bizarre, recevoir un coup de téléphone chez sa voisine. En fait, l'appel était pas pour moé, mais Marie m'a passé le téléphone rapport que... Laissez-moé installer Charles dans sa chaise haute. J'vas y donner une couple de biscuits soda pour le faire patienter un peu pis j'vas toute vous raconter ça.

Évangéline s'activait déjà, curieuse, ayant momentané-ment relégué la lettre de son fils aîné au second plan. Il serait toujours temps d'en parler plus tard. Elle ouvrit le tiroir, prit les ustensiles, les déposa bruyamment au milieu de la table et tendit la main à Bernadette.

— Ben passe-moé donc le steak haché que tu viens d'acheter pour que je fasse les boulettes. On va les mettre dans poêlonne le temps que tu me racontes ton histoire. Comme ça, on va pouvoir manger tusuite quand les jeunes vont arriver de l'école. Sont toujours ben affamés, surtout Antoine. C'est fou comment y' peut manger, cet enfant-là, depuis un boutte! Pis après, moé avec, j'ai une nouvelle, fit-elle énigmatique. Une ben bonne nouvelle à t'apprendre.

Tout en parlant, Évangéline tapotait la poche de son tablier, qui faisait un bruit de papier froissé.

En quelques mots, Bernadette raconta la dernière heure. Alors qu'elle était chez Marie, rencontrée par hasard chez Perrette, le téléphone avait sonné.

— C'était Cécile.

— Cécile?

— Ben oui! Vous l'avez même déjà vue. C'est la belle-sœur à Marie, celle qui est docteur.

D'un signe de tête, Évangéline signifia qu'elle la replaçait tandis que Bernadette poursuivait.

— Imaginez-vous donc qu'a' téléphonait chez Marie pour avoir notre numéro de téléphone à nous autres pour m'appeler. C'est comme ça que Marie me l'a passée pis que j'y ai parlé.

Sur ces mots, Bernadette observa un moment de silence, sourcils froncés, comme si elle avait besoin de réflexion avant de poursuivre. Évangéline en profita pour se tourner vers la cuisinière. Elle retira les boulettes du poêlon, ajouta un peu de thé pour faire la sauce, remit les boulettes et se retourna vers Bernadette. La voyant prostrée comme pour la prière, elle demanda avec impatience:

— Pis? Ça s'arrête sûrement pas là, ton affaire!

Bernadette sursauta, poussa un grand soupir et reporta les yeux sur sa belle-mère.

— Non, ça s'arrête pas là, mais c'est à partir de là que je sais pus trop quoi penser, par exemple. La docteur, ben a' voudrait que Laura aille passer cinq semaines à Québec pour l'aider à prendre soin de son p'tit gars. Une histoire de gardienne qui s'en va. Son fils, à Cécile, y' a quatre ans. C'est le p'tit qu'a' l'a pris pour élever à crèche de Québec, l'an dernier. Marie m'en avait parlé pis moé, après, je vous l'avais dit.

— Ouais, je m'en rappelle rapport que j'ai jamais compris ça, qu'on puisse avoir envie d'élever l'enfant d'une autre... Mais ça a rien à voir avec ton histoire. Pis après?

— Après? Y a pus rien après. J'ai juste dit que j'allais y penser pis que j'allais la rappeler demain. C'est toute.

— C'est toute? Me semble que t'aurais pu y dire, à la docteur, que t'allais en parler à Laura.

Bernadette secoua vigoureusement la tête.

— Non, lança-t-elle, déterminée. J'avais pas envie d'y dire ça parce que chus même pas sûre encore que j'vas en parler à ma fille. Pourquoi y en parler si moé, je trouve que c'est pas une bonne idée? J'aime mieux me faire une opinion là-dessus avant d'en parler. Je voudrais pas que Laura soye déçue. Pis y a pas juste moé là-dedans. Y a son père. Pis là, chus pas sûre pantoute que Marcel va être d'accord.

Au même instant, les cloches de l'église se firent entendre et Évangéline prit conscience que l'émission *Les joyeux troubadours* tirait à sa fin. Ils entonnaient leur ritournelle de conclusion sans qu'Évangéline n'ait entendu le moindre mot de l'émission.

— Ben que c'est qui se passe à midi? questionna-t-elle en fixant Bernadette. J'ai rien entendu du programme que j'aime quasiment le plus pis les cloches sont en avance, on dirait ben. D'habitude, ça sonne à midi tapant en même temps que le radio.

Quelques instants plus tard, on montait vivement l'escalier qui menait au balcon arrière.

— Les enfants arrivent! Que c'est tu dirais qu'on en parle pas tusuite, de ton téléphône, Bernadette? proposa Évangéline, une idée lui trottant derrière la tête, ayant complètement oublié les cloches en avance. Donne-toé un p'tit bout de temps pour y penser ben comme faut.

— C'est ben l'intention que j'avais. On dit rien pour astheure pis on en reparlera ensemble après dîner pendant que le p'tit fera sa sieste. Passez-moé le chaudron, m'en vas égoutter les légumes pis on va servir les assiettes.

Les deux femmes reprirent leur discussion dès que

Charles fut dans sa chambre pour la sieste. D'un commun accord, elles s'installèrent sur le balcon avant de la maison, à l'abri du soleil qui tapait fort. Évangéline jeta son habituel regard sur la rue, détaillant les maisons, s'arrêtant un instant sur chacune des portes. Quand elle arriva devant la petite maison à lucarnes, elle ne put s'empêcher de murmurer:

— Y' est ben fini le temps où j'appelais c'te maison-là la maison de la veuve Sicotte. Ouais, ben fini. Astheure, c'est la maison des musiciens.

Puis, se tournant vers Bernadette, elle ajouta avec une pointe de nostalgie dans la voix:

— Ça a pas d'allure comment c'est que le temps passe vite! Me semble que c'était hier que moé pis Alphonse, mon défunt mari, on venait s'installer icitte... Me v'là rendue une vieille!

— Ben voyons donc, vous!

— Ouais, une vieille, pas autant que la veuve Sicotte, c'est sûr, mais une vieille quand même, faut pas avoir peur des mots, Bernadette. J'espère juste de pas finir mes jours dans un hospice comme elle. Ça, je pense que je le prendrais pas.

Bernadette regardait sa belle-mère avec une tendresse toute filiale dans le regard.

— Chus là, moé, constata-t-elle gentiment en posant sa main sur le bras flétri d'Évangéline. Pis tant que j'vas être là, jamais je vous laisserai aller dans un hospice. Faudrait me passer sur le corps avant!

Les deux femmes restèrent silencieuses un moment. Puis Bernadette reprit, regardant en direction de la petite maison, elle aussi.

— Voulez-vous que je vous dise quèque chose, la belle-mère? Chus ben contente que les musiciens ayent acheté la maison de la veuve Sicotte. Ouais, ben contente. L'idée de

Marcel, c'était pas une bonne idée. On est ben icitte avec vous pis comme je connais Marcel, l'idée d'acheter la maison, c'était pas juste pour faire une passe d'argent. J'en mettrais ma main au feu! Y' voulait s'installer là avec moé pis les enfants pour jouer au p'tit boss. Mais moé, ça me tente pas pantoute de partir d'icitte. Pantoute. Marcel pensera ben ce qu'y' voudra, les enfants pis moé, on est ben avec vous.

Évangéline glissa un regard rapide sur Bernadette, émue sans vouloir le montrer. Plus les années passaient et plus elle appréciait la présence de sa belle-fille. Et dire qu'avant, elle la trouvait insignifiante! À entendre ses derniers mots, elle avait surtout saisi que Bernadette avait vu la même chose qu'elle dans les intentions de Marcel. S'il voulait acheter la maison, c'était bien plus pour s'éloigner de sa mère que pour faire «de la belle argent», comme il l'avait fait miroiter aux yeux d'Évangéline. Cette dernière tapota le bras de Bernadette, heureuse de voir qu'elles n'avaient pas nécessairement besoin de parler pour se comprendre.

— Merci, dit-elle enfin, la voix plus rauque que jamais. C'est ben gentil, ce que tu viens de dire là. Moé avec, j'aime ça vous avoir icitte. J'aime ben ça.

Second petit silence pour finir d'évacuer ses émotions, puis Évangéline se redressa sur sa chaise.

— Astheure, tu vas me reprendre ça depuis le début, ton histoire avec la docteur, ordonna-t-elle. J'veux être ben certaine d'avoir toute compris. Après, si tu veux, je te ferai savoir ce que j'en pense.

Au bout du compte, quand Bernadette eut fini de tout raconter encore une fois, ajoutant certains détails, Évangéline n'en pensait que de bonnes choses, de cette proposition venant de Québec, d'autant plus que ça réglait le problème des chambres quand Adrien et Maureen viendraient les visiter. Mais cela, Bernadette ne le savait pas encore et Évangéline estima qu'il était trop tôt pour en parler.

— J'irai pas par quatre chemins, Bernadette, pis j'vas te donner le fond de ma pensée. Cette demande-là, ben c'est une verrat de belle chance qu'on offre à ta Laura.

— Vous trouvez? Me semble que j'vas m'ennuyer sans bon sens pis qu'est encore ben jeune pour s'en aller comme ça.

— Je te crois quand tu dis que tu vas t'ennuyer, c'est juste normal. Mais c'est pas une raison suffisante pour retenir Laura icitte, par exemple. Pour une fille comme la tienne, pas trop portée sur les choses usuelles, comme y' disent à l'école, c'est une saprée belle occasion d'apprendre à tenir maison pis à s'occuper d'un enfant. Remarque qu'à ce sujet-là, ta fille en vaut ben d'autres! A' l'aime les enfants, ta Laura, pis ça se voit. En plus, si j'ai ben compris, a' l'aurait cinquante piasses par semaine? Si c'est vrai, je pense que t'as pas le droit d'y refuser ça. T'as-tu une idée de toutes les records qu'a' va pouvoir s'acheter avec ça? Les records pis le linge. Non, t'as pas le droit d'empêcher Laura d'aller à Québec. Pis quatorze ans, pratiquement quinze, c'est pas trop jeune. Ça, c'est mon idée. Si ça y tente, comme de raison.

— Ouais...

Bernadette était à moitié convaincue. Plus d'un mois d'été sans sa fille lui paraissait fort long.

— Si c'était à côté, je dis pas, mais Québec... C'est loin sans bon sens, Québec!

— C'est vrai que c'est pas la porte d'à côté, mais quand on dit loin, c'est juste une manière de parler... C'est pas si pire que ça! Chus ben allée à Sainte-Anne-de-Beaupré pis j'en suis revenue dans même journée, y a quèques années. Rappelle-toé, pour le pèlerinage! Pis en plus, Laura s'en va pas chez des inconnus. A' s'en va chez la belle-sœur de Marie Veilleux, la femme avec qui tu t'entends le mieux sur la rue. Pis cette belle-sœur-là, c'est une docteur, en plus. On rit pus.

— Justement.

— Comment ça, justement? En quoi le fait d'être une docteur peut être un empêchement à accepter la proposition?

— Oh! Pas pour moé, c'est ben certain. Mais pour Marcel...

— Marcel? Je te suis pas. Pourquoi c'est faire que Marcel trouverait à redire que Cécile, la belle-sœur de Marie, ta meilleure amie ou presque, soye une docteur? Ça a pas d'allure, ce que tu dis là!

— Non? Pas sûre, moé. Rappelez-vous quand Adrien a donné ses cadeaux aux enfants... Rappelez-vous la chicane que ça a faite dans le salon durant la nuit de Noël parce que Marcel disait que des cadeaux comme ceux d'Adrien, ça avait pas d'allure, que c'était trop beau pour ses enfants pis qu'après y' voudraient pus se contenter de notre ordinaire. Si pour vous le souvenir s'est effacé, moé, y' est encore là, fit-elle en se pointant le front avec l'index. J'ai pas oublié une miette de c'te nuit-là! Ça fait que de savoir que sa fille va passer cinq semaines de son été chez deux docteurs, parce que vous saurez que le mari de Cécile, y' est docteur, lui avec, ben je pense que ça fera pas son affaire, à Marcel. Je pense..., non, chus sûre qu'y' va trouver à redire.

— Ouais... J'avais pas vu ça de même. Petête ben que t'as raison, mais encore là, c'est pas une raison pour refuser c't'occasion-là à Laura. Surtout que...

Tout en parlant, Évangéline avait glissé la main dans la poche de son tablier, incapable de poursuivre la discussion sans au moins glisser un mot à propos d'Adrien.

— Surtout qu'Adrien s'en vient passer l'été icitte, avec nous autres, lança-t-elle en exhibant l'enveloppe sous le nez de Bernadette. Comme ça, on va avoir une chambre pour Adrien pis en plus, si tu t'ennuies trop de ta Laura, ben lui, y' va sûrement accepter d'aller à Québec pour que tu puisses la voir. C'est-tu une bonne nouvelle, ça, ou ben c'est pas une bonne nouvelle?

Bernadette se demanda en une fraction de seconde si l'empressement de sa belle-mère ne tenait pas à cette visite. Elle venait de le dire: le départ de Laura tombait à point pour les chambres. Elle eut un moment d'hésitation, mais, devant le bel enthousiasme d'Évangéline, elle ne put que lui emboîter le pas en demandant:

— Adrien? Chez nous?

Évangéline secoua la tête positivement, toute souriante, et du coup, Bernadette en oublia Laura et Marcel.

Adrien serait ici.

Pour tout l'été!

Sans préavis, son cœur s'était mis à battre un peu plus vite. Elle porta les yeux au loin, là où leur rue rejoignait l'artère principale et elle inspira profondément afin de calmer son cœur au galop.

Que la vie ait fait en sorte qu'Adrien et elle soient éloignés l'un de l'autre, et qu'ils le seraient probablement jusqu'à la fin de leurs jours, n'empêchait pas Bernadette d'avoir gardé au fond de son cœur un coin particulier et privilégié pour Adrien. Puis elle pensa à Maureen et se mit à rougir. Comment se sentirait-elle devant elle?

— Pis, que c'est qu'y' fait de sa femme, lui, coudon? demanda-t-elle un peu brusquement pour reprendre le contrôle sur ses émotions et question de vérifier si elle aurait la chance de connaître sa belle-sœur. Pis les vaches, là-bas? Me semblait que l'été, c'était le temps le plus occupé sur leur ferme.

Évangéline haussa les épaules en signe d'ignorance. Puis, ouvrant l'enveloppe, elle en tira la lettre qu'elle tendit à Bernadette.

— Pour la ferme, j'sais pas pantoute ce qui se passe, Adrien en a pas parlé dans sa lettre. Mais pour sa femme, y' l'amène avec lui!

— Ah oui? Icitte? Pour l'été?

Comme si Bernadette ne s'en doutait pas malgré l'espoir inavouable de voir Adrien arriver seul! Puis subitement, elle comprit l'implication d'une telle visite.

— Êtes-vous en train de me dire, vous là, qu'une Anglaise des États qui dit pas un verrat de mot en français s'en vient s'installer icitte avec nous autres, dans notre maison? Ça va être le fun encore!

Évangéline balaya l'objection du revers de la main.

— T'auras juste à faire comme moé pis tu y parleras par signes, à ta belle-sœur. C'est de même que je faisais quand j'étais chez eux pis ça a ben marché. Dans le pire des cas, Adrien sera là pour traduire si jamais on en avait besoin. Tu vas voir, Bernadette, est fine, Maureen. Pas fine comme toé, est trop différente, mais est fine pareille. D'une autre manière, disons!

— Ah! ouais... est fine... Probablement, sinon Adrien l'aurait pas mariée. Fine... j'ai ben hâte de voir ça...

Bernadette marmonnait plus qu'elle ne parlait. Puis elle se tourna brusquement vers Évangéline sans même avoir lu la lettre qu'elle tenait encore du bout des doigts comme si elle était brûlante, et qu'elle secouait à présent comme un plumeau.

— Comment c'est qu'on va toute annoncer ça à Marcel?

Bâtard! Déjà que l'histoire de la docteur m'énervait, je me vois pas en train de rajouter Adrien sur le tas! Pensez-y juste une minute, la belle-mère!

— T'auras rien à y dire pantoute.

Bernadette cessa brusquement de secouer la lettre, ce qui ne l'empêcha pas de continuer de s'affoler.

— Comment ça, rien y dire pantoute? C'est pas parce qu'y' a un caractère épouvantable pis qu'y' va probablement nous piquer une de ses crises qu'y' a pas le droit de savoir ce qui...

— Énerve-toé donc pas, Bernadette. J'ai pas dit qu'on parlerait pas à Marcel, j'ai juste dit que toé, t'aurais pas besoin d'y parler rapport que c'est moé qui va le faire. C'est pas pareil. M'en vas toute y dire, crains pas, mais d'une manière qu'y' aura pas le choix de toute accepter. Toé, Bernadette, occupe-toé de parler à Laura pour voir si est d'adon pour aller à Québec. Tu viendras m'avertir pour que je sache quoi dire à Marcel pis quoi pas dire. Pour le reste, fie-toé sur moé, je connais mon gars. On va passer un bel été!

— Ah ouais? Un bel été? Pas sûre moé...

Voyant les sourcils d'Évangéline se froncer, Bernadette se tut brusquement avant de se hâter d'ajouter:

— Mais si vous le dites, j'veux ben vous croire.

Sa voix manquait cependant de conviction!

Selon ses nouvelles habitudes, Marcel parut pour le souper avec cette mine renfrognée qu'il affichait un peu partout depuis quelques jours.

— Calvaire qu'y' fait chaud!

Il jeta un coup d'œil sur la cuisine, la trouva déprimante, à l'avenant de tout l'appartement qu'il disait, à répétition depuis ces derniers jours, trop sombre, trop chaud, trop petit. Pourtant, le logement d'Évangéline était au moins aussi grand que la maison du bout de la rue, sinon plus!

— J'ai faim, lança-t-il en se dirigeant vers sa chambre pour se changer. J'espère que le souper est prêt, j'ai quèque chose à faire à soir.

Cela faisait maintenant des années que Bernadette ne posait plus de questions sur les sorties de Marcel. Tant qu'à se faire mentir...

— On mange dans quinze minutes, le temps de faire cuire le spaghatti. J'attendais que t'arrives pour qu'y' soye pas trop pâteux. Je le sais que t'hais ça. Pis tu vas trouver tes chemises d'été dans le garde-robe de notre chambre. Je les ai toutes repassées, après-midi.

Un éclat de moquerie traversa le regard de Marcel quand il le posa sur Bernadette.

— Après-midi? Repasser? Eh! ben...

Pourquoi ce ton de moquerie? Bernadette ne comprenait pas. Elle s'attendait à ce que Marcel soit content, espérant ainsi paver la voie à Évangéline qui avait promis de lui parler au cours du souper. Bernadette se retourna sans comprendre, mais se heurta à une cuisine vide. Marcel était déjà dans le corridor. Néanmoins, il ajouta, au moment où il passait le seuil de leur chambre:

— Je savais que t'étais niaiseuse, mais à ce point-là... Voir que ça a de l'allure de repasser par une chaleur pareille. Tu changeras jamais, ma pauvre Bernadette. J'aurais pu mettre une chemise d'hiver pis rouler les manches. Ça aurait faite pareil! Tu te donnes toujours du trouble pour rien! En attendant, j'vas prendre une douche. Arrange-toé pour que le souper soye prêt quand j'vas avoir fini.

Un long frisson secoua les épaules de Bernadette et elle eut l'impression qu'un gros nuage noir passait devant le soleil qui, quelques instants auparavant, éclaboussait les murs de la cuisine. Elle avait beau s'y attendre et essayer de se convaincre que l'attitude de Marcel ne la touchait plus, chaque fois qu'il se moquait d'elle, une pointe acérée, chauffée à blanc, lui égratignait le cœur.

Quand Marcel se présenta à la table, son humeur n'avait pas changé. À un point tel que Bernadette se demanda comment Évangéline allait s'y prendre pour lui faire accepter le fait qu'Adrien venait passer l'été ici et que leur fille Laura, elle, s'en allait vivre chez deux médecins. Elle jongla avec les deux nouvelles durant un moment. Laura ou Adrien? Par qui sa belle-mère déciderait-elle de commencer?

Bernadette ne put retenir le regard scrutateur qu'elle posa bien involontairement sur Évangéline alors qu'elle déposait l'assiette de spaghetti devant son mari.

Comme si de rien n'était, Évangéline mangeait de bon appétit. En fait, pour l'instant, seule Laura avait un petit quelque chose de différent. Son regard brillait d'une étrange façon, mais comme Marcel s'intéressait fort peu aux états d'âme de sa fille, il n'avait rien remarqué.

Évangéline attendit d'avoir mangé une bonne partie de son repas avant de demander, innocemment:

— Pis, mon Marcel? La journée as-tu été à ton goût?

L'interpellé leva un regard surpris.

— Ouais... Si on veut. Depuis quand, la mère, ça vous intéresse ce que je fais durant ma journée?

— Depuis toujours, Marcel. C'est pas parce que je te demande pas à tous les soirs comment ça va que ça m'intéresse pas.

— Ah! bon... Disons que c'était une journée comme les autres, mais vu que j'aime ma job, ben ça a été une bonne journée. Ça vous va-tu comme réponse?

— C'est ben correct de même. Icitte avec, ça a été une pas

pire journée. Surtout pour ta fille Laura.

Marcel dévisagea sa fille en fronçant les sourcils.

— Que c'est qu'a' l'a encore fait, ma fille?

— Rien en toute. C'est pas dans ses habitudes de faire des choses pas correctes. C'est juste qu'a' l'a eu une invitation un peu spéciale pis que ça y tente ben gros de dire oui. Mais comme c'est une bonne fille, ben a' veut avoir la permission de son père avant d'accepter.

— Pis c'est quoi son invitation?

Marcel parlait la bouche pleine, pressé d'aller rejoindre ses amis à la taverne. Ce soir, on fêtait pour la xième fois le succès des Canadiens de Montréal. C'est à peine s'il avait levé les yeux vers sa mère quand il avait répondu.

— Tu connais Gérard Veilleux qui demeure sur notre rue?

— Prenez-moé pas pour un imbécile, la mère. C'est sûr que je le connais. Laura va garder chez eux au moins trois fois par mois depuis un an.

— Comme ça, tu sais que les Veilleux, c'est du bon monde.

— Probablement. Mais y' est où le rapport avec l'invitation de Laura?

— Laisse-moé finir... Savais-tu avec que Gérard Veilleux a une sœur? A' s'appelle Cécile pis a' demeure à Québec. C'est une femme docteur.

— Ah! ouais... Ça existe ça, une femme docteur? Ben laissez-moé vous dire que j'aimerais mieux crever que d'être soigné par une femme... Mais que c'est qu'a' vient faire dans l'invitation de Laura, la femme docteur? Là, je vous suis pus pantoute.

— C'est ben simple, mon Marcel. Cécile, la femme docteur, ben c'est elle qui a invité ta fille à passer un boutte d'été chez eux pour s'occuper de son p'tit gars. A' l'aurait besoin d'elle pour cinq semaines.

Si la nouvelle prit un certain temps à se frayer un chemin à travers l'esprit de Marcel, trop occupé à manger pour réfléchir, il en fut tout autrement pour Antoine. À peine quelques mots et la perspective de son été venait de changer du tout au tout. Il leva la tête vers sa sœur, inquiet, presque tremblant. Il comprit tout de suite que sa grand-mère n'avait dit que la vérité et que sa sœur, elle, se mourait d'envie d'accepter l'invitation.

Cinq semaines. Sa sœur allait partir pour cinq semaines.

À la manière dont sa grand-mère en parlait, Antoine savait que ce serait elle, finalement, qui prendrait la décision. Donc, c'était comme si l'invitation était déjà acceptée. Antoine ne se faisait aucune illusion.

Un véritable vent de panique lui souleva le cœur. L'odeur de la sauce tomate lui sembla tout à coup répugnante.

Repoussant son assiette, Antoine marmonna une vague excuse, disant qu'il n'avait plus faim, et repoussant bruyamment sa chaise, il quitta la cuisine en courant. Le claquement de la porte avant de la maison fit sursauter Marcel.

— Que c'est ça, ces manières-là?

Il tourna son impatience vers Bernadette, qui, sur le point de se lever pour suivre son fils, retomba lourdement sur sa chaise.

— Comment c'est que tu l'élèves, celui-là, coudon? C'est pas la première fois que je te le dis, Bernadette. Faudrait petête que quèqu'un m'écoute quand...

— Laisse faire Antoine pour astheure.

Évangéline avait usé de son ton le plus autoritaire pour reprendre le contrôle de la conversation. Même si l'attitude d'Antoine s'ajoutait aux habituelles inquiétudes qu'elle entretenait à son égard, elle y reviendrait une autre fois. Pour l'instant, elle avait deux choses à dire à son fils et il n'était pas question de les remettre à plus tard.

— On parlait de Laura.

Marcel ramena et les yeux et son attention sur sa mère.

— Ouais... Laura. C'est vrai, on parlait de Laura... Si j'ai ben compris, ce que vous avez essayé de me dire, la mère, c'est que ma fille s'en irait faire la bonne pour une femme docteur que je connais pas comme si j'étais pas capable de la faire vivre? C'est ben ça, hein? J'ai ben compris? Ben y' en est pas question, calvaire! Chus capable de faire vivre ma famille. Pis en plus, c'est pas du monde comme nous autres. Des docteurs! Voir que d'habitude on se tient avec du monde de même! Laura va nous revenir toute changée pis ça me tente pas pantoute.

À ces mots, Bernadette coula un regard convenu vers sa belle-mère. Marcel réagissait exactement comme elle l'avait prévu. Pourtant, Évangéline, habituellement prompte à la riposte, se contenta de nettoyer son assiette avec un bout de pain. Puis elle poussa un profond soupir de contentement.

— J'ai ben mangé. C'était ben bon, Bernadette. Comme d'habitude.

Posant les mains à plat sur la table de chaque côté de son assiette, Évangéline leva alors les yeux vers son fils.

— Pis, mon Marcel, que c'est tu penses de c'te proposition-là?

Sa voix avait un petit côté suave qui n'échappa à personne. Marcel parut déstabilisé durant un bref moment.

— Ben... Me semble que je viens de vous le dire. Je vous l'ai donnée, ma réponse.

Évangéline regarda autour d'elle comme si elle cherchait quelque chose qui lui avait échappé.

— Moé, ce que j'ai entendu, c'est une réponse qui a pas d'allure. Voir que le monde va penser que tu fais pas ben vivre ta famille si Laura s'en va passer quèques semaines à Québec! Regarde-nous, Marcel! On est toutes habillés dans le sens du monde. On a toujours du manger sur la table pis du bon manger à part de ça. On a une tivi dans le salon pis un char à porte. Que c'est tu veux de plus, Marcel? Y a-tu quèque chose là-dedans pour faire dire au monde que t'es un pas capable? Non! Y a pas personne icitte pis sur notre rue qui peut dire que Marcel Lacaille fait pas ben vivre sa famille. Va falloir que tu trouves autre chose que ça pour me convaincre que Laura peut pas aller chez Cécile Veilleux. Si t'as vraiment peur des placoteux pis des faiseux de marde, t'auras juste à dire que ta fille prend des vacances, c'est toute. Ça paraît toujours ben de dire qu'on prend des vacances. Je le sais, je l'ai vu dans les yeux de ben du monde quand chus allée au Texas pour les noces d'Adrien. Pis? Ta réponse est-tu toujours la même?

Marcel se sentit coincé et il détesta aussitôt cette sensation. Il tenta un dernier assaut, question de sauver la face parce qu'au fond de lui, il aurait été embêté de donner une réponse valable. Pourquoi ne voulait-il pas que sa fille aille à Québec? Il ne le savait pas lui-même. Probablement par esprit de con-tradiction, une habitude, un réflexe, qui le menait depuis toujours.

Le temps que dura cette réflexion, devant le silence de son père, Laura commençait à se réjouir. Mais au moment où elle allait sourire à sa grand-mère, Marcel lâcha:

— Est trop jeune. Laura est bien que trop jeune pour partir à Québec tuseule.

Évangéline attendait cette excuse depuis le début de la conversation. Elle répondit du tac au tac.

— Comme toé, t'étais probablement trop jeune pour lâcher l'école à seize ans ben juste. Pourtant, ça t'a pas empêché de réussir ta vie. Aujourd'hui, t'as une bonne job, meilleure que ben du monde, pis une belle famille de trois enfants. C'est pour ça que je pense que c'est là une occasion que Laura a pas le droit de manquer.

— Une occasion? C'est de même que vous appelez ça, vous? Une occasion?

— Ouais. Pis ça serait ben dommage que ça soye à cause de toé, son père, qu'a' manque la chance d'aller à Québec, une belle ville de même! Pis en plus, a' manquerait la chance de se faire assez d'argent pour voir à ses petites dépenses l'hiver prochain.

Marcel avait compris depuis un bon moment déjà qu'il ne gagnerait pas la partie face à sa mère. Ces derniers mots avaient fini de le convaincre. La déception de ne pas avoir acheté la maison de la veuve Sicotte lui monta à la bouche, amère comme un reflux de bile. S'il avait été chez lui, personne n'aurait pu lui dicter la tenue à suivre, même s'il n'aurait pas eu nécessairement raison de se mettre en travers des désirs de sa fille. À ses yeux, c'était une question de principe. Un père, un mari, devrait toujours avoir le dernier mot, alors que ce soir...

Sans trop savoir à qui il devait cette sensation de défaite qu'il sentait battre en lui au même rythme que son cœur, Marcel tourna sa colère face à Laura et, la menaçant de l'index, il aboya, faute de mieux:

— T'es mieux de pas nous faire honte, Laura Lacaille. J'veux pas entendre dire par les Veilleux que notre fille sait pas vivre. M'as-tu ben compris, Laura?

— Ouais, popa.

Laura aurait promis la lune pour pouvoir aller à Québec.

— Pis même si tu t'ennuies, pas question de revenir avant le temps. Quand on donne sa parole, on la tient jusqu'au boutte. Y en a trop, aujourd'hui, des jeunes qui font juste à leur tête. J'veux pas entendre parler de ça à propos d'un de mes enfants. Surtout toi, la plus vieille. C'est-tu clair?

— Ouais, popa.

— O.K. Tu peux y aller.

Laura retint le soupir de soulagement qu'elle avait envie de pousser. Elle connaissait suffisamment son père pour savoir qu'il serait fort probablement interprété comme une effronterie.

— Merci. Merci, ben gros, popa.

Évangéline tapa des deux mains sur la table tout en repoussant sa chaise pour se relever, avant de changer d'idée, comme si elle venait de se rappeler qu'elle avait autre chose à dire. Elle appuya ses coudes sur la table et, sans hésiter, elle joignit sa voix à celle de Laura.

— Ouais, merci, Marcel. C'est gentil de dire oui à ta fille. Un jour, chus sûre que toé avec, tu vas comprendre toute le bien que ça peut faire à Laura d'aller à Québec. Pis t'as bien fait, avec, d'y dire que quand on donne sa parole, faut aller jusqu'au boutte. C'est de même qu'un bon père de famille doit faire.

Marcel commençait déjà à se rengorger. Tant mieux s'il retirait quelque gloriole d'une situation qui aurait pu tourner facilement à son désavantage. Il reprit sa fourchette pour terminer son repas tandis que Bernadette commençait à retirer les assiettes sales. Évangéline avait toujours les avant-bras et les coudes appuyés sur la table. Ce qu'elle venait de dire, elle le pensait sincèrement. Quand il le voulait, Marcel était un bon père à sa façon. Elle esquissa son sourire particulier qui ne retroussait qu'un coin de ses lèvres, mi-affection, mi-moquerie. C'est alors qu'elle repensa à Adrien. Il lui fallait aussi parler d'Adrien.

— Pis pour nous autres, reprit-elle d'un ton nonchalant, ça va nous donner une chambre de plus pour l'été. On va en avoir de besoin.

Encore une fois, la fourchette de Marcel s'arrêta à mi-chemin entre l'assiette et sa bouche.

— Une chambre? Pourquoi on aurait besoin d'une...

Marcel ne termina pas sa phrase, comprenant brusquement où sa mère voulait en venir. La famille avait toutes les chambres dont elle avait besoin sauf quand Adrien venait les visiter.

Marcel eut alors la sensation fugitive et subtile, mais ô combien désagréable! d'avoir été dupé. Il respira bruyamment, oscillant entre la colère et une apparente indifférence.

Le demi-sourire que Bernadette affichait bien malgré elle scella son attitude. En une fraction de seconde, les yeux de Marcel ne furent plus que deux brèches orageuses. Il s'était fait avoir comme un enfant d'école!

Reproduisant inconsciemment les gestes reprochés à Antoine quelques minutes auparavant, Marcel repoussa son assiette, maugréant qu'il n'avait plus faim. Il recula sa chaise en écorchant le plancher et sortit de la maison en claquant la porte.

Il dévala l'escalier et s'engouffra dans la ruelle en martelant les gravillons de ses talons, incapable de la moindre réflexion sensée.

Son auto beige et brune l'attendait placidement devant la maison.

Marcel tourna la clé et fit gronder le moteur. Si cette auto était le signe de sa réussite, tous les résidants de la rue allaient apprendre, ce soir, que Marcel Lacaille avait fort bien réussi dans la vie! Le moteur emballé grondait à ses oreilles comme celui d'une auto de course.

Il partit en trombe, pressé de mettre la plus grande distance possible entre sa mère et lui, des larmes de rage lui embrouillant la vue.

Pourquoi avait-il cherché à ménager sa mère au moment où il voulait acheter la maison de la veuve Sicotte? L'avait-elle ménagé, elle, ce soir?

C'était toujours comme ça. Marcel finissait toujours par se sentir ridicule devant sa mère.

Il donna un coup de poing à son volant.

Avoir voulu être attentif à la susceptibilité d'Évangéline lui avait probablement coûté la chance de sa vie de se libérer d'elle.

— Maudit calvaire! Ça m'apprendra aussi à vouloir être gentil.

Il tourna le coin de la rue en faisant crisser ses pneus.

Par chance, les Canadiens avaient gagné encore une fois la coupe Stanley. Marcel ne voyait plus autre chose pour se réjouir. Parce que pour le reste, il était en train de vivre le pire printemps de toute sa vie. Il entra à la taverne Chez Phil avec la ferme intention de vider quelques pots.

— Icitte, au moins, y a pas personne pour me dire quoi faire, calvaire!

Il prit sa place habituelle, taciturne, blessé. Levant la main, il fit alors signe qu'il voulait deux bières. Ce soir, il avait l'intention de se saouler.

Pendant ce temps, à défaut d'une auto, Antoine avait pris les jambes à son cou pour fuir une maison où sa seule consolation, son unique sécurité, venait d'annoncer sa désertion.

Cinq semaines!

Laura serait absente durant cinq longues semaines. Aussi bien dire l'éternité!

Hors d'haleine, Antoine se terra derrière la poubelle de fer blanc, sous l'escalier de l'école des filles.

C'était son refuge quand, le samedi, Laura ne pouvait venir le chercher chez monsieur Romain. Ces jours-là, Antoine y restait tapi le temps de se calmer. Il attendait que le feu qui embrasait ses joues se soit éteint. Après, quand il avait retrouvé ses moyens, que ses mains ne tremblaient plus et que ses jambes le portaient normalement, à pas lents et traînant son barda, il rentrait chez lui.

Pourtant, ce soir, ce n'était pas la honte habituelle qui l'avait amené à se cacher, c'était le désespoir.

Antoine se laissa glisser contre le mur de béton rugueux. Il releva ses jambes, les entoura de ses deux bras puis il appuya le menton sur ses genoux, dans cette dérisoire attitude de protection, le regard vif, à l'affût de tout mouvement, l'oreille tendue, aux aguets de tout bruit suspect.

Malheureusement, cette cachette était si bien associée à la gêne et à la peur que ce geste de protection, maintes fois répété, suffit pour ranimer en lui tout ce qu'il cherchait désespérément à fuir.

Antoine ferma les yeux pour faire mourir certaines images qui, au contraire, en profitèrent pour s'intensifier avec une précision qui lui donna un long frisson le long du dos.

Les images de ce dernier samedi, les sensations de ce dernier samedi, de plus en plus troublantes, remontaient en vagues lentes.

Images inventées parce qu'il avait fermé les yeux sur la main de monsieur Romain se refermant sur son sexe. L'imagination, depuis, n'avait aucune difficulté à composer et recomposer l'histoire de ces quelques minutes arrachées au cours d'un samedi après-midi autrement banal. En quelques jours, c'était devenu une obsession.

L'habituel dégoût avait rapidement été remplacé par quelque chose de nouveau. Comme une absence, comme un vertige presque douloureux, qui l'avait emporté loin de la salle à manger de monsieur Romain, loin de monsieur Romain, loin de lui-même. Plus rien n'avait d'importance hormis ce tourbillon de plus en plus rapide, de plus en plus grisant. Puis il y avait eu un feu d'artifice dans sa tête, dans tout son corps, et Antoine avait dû se tenir sur le bord de la table tant ses jambes étaient flageolantes.

Que s'était-il passé?

Quand il avait ouvert les yeux sur sa peur d'être grondé parce qu'il s'était échappé comme un bébé, monsieur Romain le regardait avec un drôle de sourire.

Et il n'était pas fâché. Alors, à l'inévitable dégoût que ressentait Antoine s'était mêlé un indicible soulagement.

— Tiens, lui avait dit monsieur Romain en lui tendant un mouchoir de lin propre, tiré de la poche de son pantalon. Essuie-toi. Te voilà devenu un homme maintenant. Pour aujourd'hui, on va s'en contenter. Et à l'avenir, on sera prudents.

Antoine n'avait pas compris ce que son professeur avait voulu dire par ces quelques mots. Il s'était cependant contenté de remettre de l'ordre dans sa tenue sans articuler le moindre mot.

Ensuite, quand Antoine avait eu remonté son pantalon, monsieur Romain l'avait serré tout contre lui en répétant:

— Grâce à moi, te voilà devenu un homme.

Quelques instants plus tard, Antoine s'était sauvé encore plus vite que d'habitude, refusant toute collation.

Il s'était caché derrière la poubelle de fer blanc sous

l'escalier de l'école des filles et il avait longtemps pleuré.

C'était donc ça, devenir un homme? Ce mélange de dégoût et de plaisir, si inextricablement enchevêtrés qu'on en restait avec de la tristesse dans le cœur parce qu'on ne comprenait pas ce qui nous arrivait?

Antoine était terriblement déçu. Devenir un homme ne ressemblait pas du tout à ce qu'il s'était imaginé.

C'est à ce moment-là, se répétant que malgré tout ce qu'il pouvait en penser, il était devenu un homme, c'est à ce moment très précis qu'une incroyable certitude s'était alors emparée de lui: il savait que malgré la peur et le dégoût, malgré la haine qu'il vouait à monsieur Romain, il voudrait encore ressentir ce tourbillon vertigineux.

Ses larmes avaient alors redoublé. Il devait être marqué du courroux de Dieu, comme le disait parfois le curé Ferland, car il ne ressentait aucune fierté, aucun changement à être un homme sinon que la peur, qui n'avait eu jusqu'à présent qu'un seul visage, en avait maintenant deux. Celui de monsieur Romain et le sien.

Quand les larmes avaient disparu, quand le souvenir de la dernière heure avait rejoint tous les autres souvenirs avec monsieur Romain, bien malgré lui, Antoine avait observé ses mains, ses jambes, ses bras, comme s'il les voyait pour la première fois.

Un homme. On avait dit de lui qu'il était un homme maintenant.

Pourtant, Antoine n'avait rien aperçu de nouveau. Il était lui, le même que ce matin et le même que demain, fort probablement. Comment se faisait-il qu'il ne ressentait rien de plus que ce qu'il ressentait depuis toujours?

Incapable de répondre à cette question, il s'était relevé pour rentrer à la maison avant que sa mère ne s'inquiète.

Mais jamais, oh! non, jamais, son attirail de peinture n'avait été aussi lourd qu'en ce samedi où il était retourné chez lui le cœur et la tête débordant de questions sans réponses.

Ce soir, il en était toujours au même point.

Comment se faisait-il, s'il était un homme, comment se faisait-il qu'il n'ait pas grandi? Pour lui, devenir un homme, c'était regarder son père droit dans les yeux sans avoir à lever la tête. Malheureusement, ce n'était toujours pas le cas.

Antoine soupira.

Si, au moins, il y avait quelqu'un pour répondre à toutes ces interrogations qui lui encombraient le crâne à lui donner mal à la tête parfois…

Et voilà qu'en plus, il allait devoir recommencer à s'inventer des tas de stratagèmes pour éviter monsieur Romain.

À moins de trouver quelqu'un qui, tout comme Laura, pourrait venir le chercher le plus souvent possible sans qu'il ait à donner d'explications.

Il pensa alors à Ti-Paul. Quoi de plus normal que d'avoir envie de jouer ensemble quand on est deux amis et que c'est l'été?

C'est à son ami Ti-Paul qu'il allait demander de venir le chercher quand Laura serait absente.

Il rejeta aussitôt cette idée complètement ridicule.

S'il fallait que monsieur Romain fasse entrer Ti-Paul! S'il fallait qu'il décide d'en faire un homme tout comme il avait fait avec lui!

Antoine était catastrophé.

Qui donc pourrait l'aider cet été?

Ce fut quand il leva les yeux pour les porter vers le fond de la cour d'école, comme s'il espérait que les réponses à toutes ses interrogations allaient apparaître en lettres de feu sur la clôture, qu'Antoine prit conscience que la noirceur était en train de tomber. Il se leva d'un bond. Il n'avait plus le choix: il devait rentrer avant que sa mère ne parte à sa recherche comme elle l'avait déjà fait.

Pour expliquer son départ précipité à l'heure du souper, il dirait qu'il s'était subitement rappelé avoir promis à Ti-Paul et quelques amis de les retrouver pour jouer au ballon. Comme le souper s'étirait en longueur et que la discussion tournait autour d'un projet pour le moins inusité, il avait oublié sa promesse. Il s'excuserait d'être parti si vite sans donner d'explication.

Tout en courant, Antoine esquissa un sourire, fier de sa trouvaille.

Jouer au ballon...

Voilà une excuse susceptible de plaire à son père si jamais il était à la maison.

Mais curieusement, l'appartement était vide. À la fois surpris et soulagé, Antoine regagna sa chambre en faisant de la lumière un peu partout. Il détestait se retrouver seul dans le noir.

Ce fut quand il alluma la lampe de sa table de travail, qu'il aperçut la marque pour indiquer sa taille qu'il avait tracée l'été dernier quand il s'était mis à manger comme un ogre. Un petit trait discret, à la plume, pour être bien certain qu'aucun ménage ne viendrait l'effacer. Pour pouvoir comparer.

Antoine fixa la minuscule ligne bleue un moment puis il haussa les épaules. C'était ridicule de vouloir comparer. S'il avait grandi, il le saurait. Quelqu'un lui en aurait fait la remarque...

N'empêche que...

Ce fut plus fort que lui.

Antoine ouvrit son sac d'école pour y prendre sa règle et s'appuyant bien droit contre le mur, vis-à-vis de l'ancienne marque, il plaça sa règle sur sa tête afin d'y appuyer son crayon pour faire une seconde marque.

Ce fut ainsi que Bernadette le retrouva. Entrée sans faire de bruit parce que Charles s'était endormi dans ses bras, Antoine ne l'avait pas entendue arriver. Il sursauta violemment, puis figea sur place, règle et crayon à la main.

— Mais que c'est que tu fais là? murmura Bernadette en l'apercevant, et veux-tu ben me dire où tu t'es sauvé comme ça durant le souper?

Le temps de déposer Charles dans son lit et elle s'approcha d'Antoine qui n'avait pas bougé d'un poil.

— Alors? Où c'est que t'étais, bâtard? J'étais inquiète.

La question, posée sur un ton sévère, dégela Antoine. Déposant sa règle et son crayon sur sa table de travail, évitant le regard de sa mère, il murmura pour ne pas éveiller son petit frère:

— Chus parti jouer au ballon avec Ti-Paul pis quèques amis.

— Eh! ben... Pis fallait que tu partes vite de même sans dire un mot pis sans finir ton assiette?

— Ouais... Avec l'histoire de Laura, j'avais oublié l'heure. C'est toute. Je savais que mes amis m'attendaient.

Le mensonge avait coulé avec une facilité qui déconcertait Antoine chaque fois qu'il usait d'un subterfuge. À croire qu'il avait aussi un talent particulier dans l'art de mentir!

Pourtant, il devait être convaincant puisque sa mère se contenta de hocher la tête sans poursuivre l'interrogatoire.

Puis, toujours à voix basse, en pointant le crayon du doigt, elle demanda:

— Pis ça, c'est quoi? Tu voulais te mesurer?

Cette fois-ci, Antoine sentit qu'il rougissait comme une tomate.

— Je... Ouais... J'ai l'impression que je grandis pus depuis un boutte! Pourtant, me semble que je mange en mautadit!

Le fou rire que Bernadette sentit grelotter au fond d'elle-même cessa à la seconde où son regard croisa celui d'Antoine, grave et inquiet. Elle tendit la main, le cœur serré.

— Passe-moé ta règle pis ton crayon. M'en vas t'aider à prendre ta mesure. Moé, tu vois, c'est le contraire, chus sûre que t'as grandi durant l'hiver. Pis pas mal à part de ça... Quins! Regarde!

Antoine s'avança d'un pas et fit demi-tour. Pas tout à fait un pouce, estima-t-il. Il fut déçu même s'il n'était pas vraiment surpris.

— T'as pas l'air content...

— C'est pas beaucoup.

— C'est juste normal, tu sais. Va falloir attendre encore un peu pour que tu te mettes à grandir beaucoup. D'habitude, ça arrive quand un p'tit gars devient un homme, pas vraiment avant. Dans une couple d'années, tu vas voir que tu...

Antoine n'écoutait plus. Le menton pressé contre sa poitrine, il fixait la pointe de ses souliers.

— Hé! Que c'est qui se passe, mon Antoine?

Bernadette tendit les bras, espérant recueillir tout contre elle un petit garçon de dix ans désespéré de ne pas grandir assez vite. Mais Antoine, au lieu de se précipiter dans ses bras, recula d'un autre pas.

Comment expliquer à sa mère qu'il ne grandirait plus puisqu'il était déjà un homme? Il resterait tout petit, il continuerait ses cours de dessin jusqu'à la fin des temps et il serait la risée de tout le monde.

Antoine la tapette. Antoine le nain.

Deux grosses larmes coulèrent sur ses joues. C'est alors que Bernadette comprit que son fils était malheureux. Ce n'était pas un simple chagrin d'enfant. Posant les mains sur ses épaules, elle attira Antoine jusqu'à elle malgré la résistance qu'il lui opposait.

Elle ne connaissait peut-être pas les mots à dire pour le consoler, mais elle l'aimait. Tout doucement, elle se mit à caresser les cheveux de son fils et elle sentit, petit à petit, qu'il se détendait.

Il était temps d'agir. Elle n'aurait plus le choix et devrait parler à Marcel.

Cet enfant-là avait besoin d'un père et Marcel devrait le reconnaître. Antoine n'aimait peut-être pas le hockey mais il aimait les autos. Il en connaissait les marques et toutes ces caractéristiques mécaniques qui échappaient à Bernadette. C'est avec ça qu'elle essaierait d'amadouer son mari.

Et si, malgré tout, Marcel refusait de l'écouter, Bernadette en parlerait à monsieur Romain. Malgré la gêne que cet homme sévère lui inspirait, elle irait jusque-là pour que son fils réapprenne à sourire.

Pourquoi pas?

Après tout, monsieur Romain, lui, aimait Antoine. Ça se voyait. Il savait l'apprécier à sa juste valeur.

Le souvenir du professeur de dessin, une main sur l'épaule d'Antoine et chantant avec entrain au concert du curé Ferland, ne l'avait jamais quittée.

Si Marcel faisait sa tête dure et refusait de s'occuper d'Antoine, ce serait monsieur Romain qui le ferait. Bernadette n'aurait su dire pourquoi, mais elle était persuadée que monsieur Romain l'écouterait.

Ou bien Adrien!

Bernadette ébaucha un sourire de soulagement. Mais oui, il y avait aussi Adrien qui serait là pour une bonne partie de l'été. Alors, se dégageant doucement de l'emprise des bras d'Antoine qui maintenant lui enserraient la taille, elle glissa la main sous son menton pour lui lever la tête et elle dit:

— J'avais oublié de te dire... Mononcle Adrien s'en vient! Y' va passer une partie de l'été icitte, avec nous autres.

Puis, empruntant les mots d'Évangéline, elle ajouta:

— C'est-tu une bonne nouvelle, ça, ou ben c'est pas une bonne nouvelle?

Le sourire d'Antoine fut suffisant comme réponse. Alors, Bernadette sut ce qu'elle devait faire. Avant de parler à qui que ce soit, elle parlerait à Adrien.

CHAPITRE 7

Moi, mes souliers ont beaucoup voyagé
Ils m'ont porté de l'école à la guerre
J'ai traversé sur mes souliers ferrés
Le monde et sa misère

Moi, mes souliers
PAROLES ET MUSIQUE DE FÉLIX LECLERC, 1951

Vendredi 20 juin 1958

Il tombait un déluge depuis le matin. Évangéline et Bernadette en avaient profité pour faire un grand ménage de l'appartement. Demain, quand Laura partirait pour Québec, il ne resterait plus que les lits à changer pour que la maison soit impeccable. Dimanche, en fin de journée, Adrien et Maureen devaient arriver. Adrien l'avait confirmé hier soir, en appelant de Toronto.

Épuisées, les deux femmes avaient, d'un commun accord, décidé de s'installer devant la télévision en attendant le retour des enfants qui ne devraient plus tarder. Les vacances commençaient aujourd'hui.

— J'aime ben ça, ce programme-là! apprécia Évangéline en se laissant tomber dans un fauteuil. *Bonjour Madame...* Ça porte ben son nom, c'est toutes des affaires intéressantes pour les femmes. Surtout leurs recettes. Jehanne Benoît, a' l'a ben des idées pour nous changer du pâté chinois.

Bernadette réprima un soupir. Impossible d'écouter son

émission tranquille. Évangéline passait son temps à commenter. Elle se contenta de grogner en guise de réponse quand, de la cuisine, leur parvint un grand fracas.

— Charles, s'écria Bernadette en se levant brusquement. Je pensais qu'y' était dans sa chambre en train de jouer. Bâtard! Que c'est qui...

— Maudit calvaire! Qui c'est qui a laissé traîner le seau dans l'entrée? Bernadette! Où c'est que t'es, toé-là? J'aurais pu me casser la gueule!

Dès qu'elle reconnut la voix de Marcel, Bernadette cassa son élan et elle se rassit confortablement sur le divan, sans plus s'en faire. Marcel n'était pas un bébé, il était capable de se débrouiller tout seul. D'autant plus que ce n'était pas elle qui avait laissé traîner le seau et la vadrouille pour le plancher...

Évangéline, par contre, avait levé un sourcil impatient.

— T'es pas capable de regarder ousque tu mets les pieds, Marcel Lacaille? cria-t-elle, se sentant directement concernée et surtout agacée par l'arrivée fracassante de son fils. Quand je lave le plancher, tu sauras, je laisse toujours le seau pis la moppe à côté de la pantry pour qu'Antoine me les redescende dans cave quand y' arrive de l'école!

Au même instant, Marcel se pointait le nez à la porte du salon.

— Maudit calvaire de crisse! C'est pas une raison pour...

— Pas de blasphème icitte, Marcel, tu le sais! Pis d'abord, que c'est tu fais à maison en plein milieu de l'après-midi? Tu tombes en vacances, toé avec? Comme les enfants d'école?

Marcel serra les poings d'exaspération. Quand sa mère s'amusait à faire des blagues à ses dépens, il ne trouvait jamais cela amusant.

— Vous êtes pas drôle, la mère. Pas drôle pantoute. Non,

je tombe pas en vacances pis vous le savez. De toute façon, je connais pas ça, moé, les vacances, à part quèques jours au mois de juillet.

Il jeta un regard méprisant sur Bernadette.

— Chus pas comme d'autres qu'y' ont pas grand-chose à faire... Je travaille, moé! J'ai pas le temps de regarder la tivi durant l'après-midi, moé!

Puis, il revint à sa mère.

— Si chus icitte, c'est juste que ma chemise est fendue en deux dans le dos. Est bonne pour la poubelle. Chus venu me changer.

Évangéline éclata de rire quand Marcel se retourna pour montrer l'état pitoyable de sa chemise.

— Le pire, calvaire, c'est que je m'en étais pas rendu compte. C'est madame Laprise qui me l'a fait remarquer pendant que je me virais pour y trancher du jambon. J'avais l'air d'un beau cave! J'hais ça, des affaires de même! Astheure, faut que je me dépêche, j'ai encore ben de la job à boucherie.

Marcel avait déjà tourné les talons.

— Mets-la pas dans poubelle, ta chemise! lança alors Évangéline. M'en vas faire des guenilles avec! Les chemises de coton, ça fait les meilleures guenilles. Ça laisse pas de mousses. Pis tu reviendras dans le salon avant de partir, j'veux juste vérifier quèque chose avec toé.

Quelques instants plus tard, Marcel était déjà de retour, en train de boutonner une chemise propre.

— Pis, c'est quoi que vous avez à dire? Faites ça vite, chus pressé.

— Pogne pas les nerfs, Marcel. Ton baloney s'en ira pas se promener pendant que t'es parti, pis chus sûre que Ben Perrette te remplace comme faut. Après toute, c'est lui qui

t'a montré ton métier. J'veux juste savoir si t'aurais pas
changé d'idée rapport à Laura, demain.

— Changé d'idée? Comment ça, changé d'idée? Calvaire, la mère, que c'est ça, c'te discussion-là? J'viens de vous
dire que chus pressé. Me semble que c'était décidé, non?
Laura s'en va à Québec. C'est pas ça que vous voulez, vous
pis Bernadette?

— C'est sûr que c'est ça qu'on veut pis c'est ce que Laura
veut, surtout. J'ai pas envie de revenir là-dessus. C'est juste
que j'veux savoir comment a' va y aller. Pour ça, t'as toujours
pas donné ta réponse. Tu vas la mener ou quoi?

— La mener? Comment ça, la mener? Y a jamais été
question que j'aille porter Laura à Québec.

— Ben que c'est tu vois d'autre, d'abord? C'est toé en personne qui as dit, l'autre soir au souper, que tu voulais pas que
Laura prenne le train. Est trop jeune, que t'as dit. Alors? Va
falloir que tu te branches, Marcel. Si a' prend pas le train, ça
veut dire que c'est toé qui va la mener.

— Calvaire de calvaire! Je vous jure, des fois...
Marcel bouillait d'impatience.

— Je vous l'avais dit aussi, que c'était une patente de fou,
c'te voyage-là à Québec. Va-tu falloir que je manque une
journée de livraison pour aller mener ma fille au boutte du
monde, astheure? Vous le savez, que c'est important pour
moé, les livraisons. Le monde me donne du tip, pis ça vient
arrondir les fins de mois. Faut-tu que je le répète à chaque
fois que vous me demandez quèque chose à faire le samedi?

Marcel fulminait, détestant avoir à se répéter.

— Y' reste le train, suggéra Évangéline, même si le sujet
était éventé à force d'avoir été discuté.

— Le train, le train... Calvaire! Me semble qu'on en avait
parlé, du train. Vous trouvez pas que c'est dangereux, vous?

Évangéline haussa les épaules.

— Si moé, j'ai réussi à revenir du Texas, en anglais à part de ça, Laura peut ben s'en aller à Québec en français. Je vois pas en quoi le train peut être dangereux pour une fille de quatorze ans qui a une tête sur les épaules.

Marcel ferma les yeux en secouant la tête.

— Pis faites donc ce que vous voulez! s'écria-t-il, visiblement hors de lui. Apparence que chus pogné pour vous obéir comme un enfant jusqu'à la fin de ma vie, calvaire! Ce que je dis, ce que je pense, ça a jamais d'importance. Astheure, je m'en vas. Même si le baloney s'en ira pas se promener, comme vous avez dit pour faire votre smatt, y'm'attend pour être tranché, par exemple. Attendez-moé pas pour souper, j'ai trop d'ouvrage! C'est les vacances qui commencent pis ça paraît. Tout le monde veut de la viande aujourd'hui. On dirait que les vacances, c'est une fête pour ben du monde sauf pour moé, calvaire! À tantôt!

Marcel était déjà dans le couloir quand Évangéline ajouta:

— Comme ça, on peut compter sur toé pour aller à gare demain matin? Sinon, va falloir nous laisser un peu d'argent pour...

Un instant plus tard, la porte d'entrée claquait, interrompant Évangéline et ébranlant la charpente de la maison.

— Viarge qu'y'est à pic, lui, des fois! Pas moyen de jaser avec, pas moyen de discuter un peu. Me semble que c'est pas compliqué! Me semble que j'ai rien dit pour le mettre de mauvaise humeur! Si y'veut pas que sa fille prenne le train, y'a juste à aller la mener. Y a pas trente-six solutions pis c'est toute ce que je voulais savoir!

Durant toute cette discussion, Bernadette s'était bien gardée de dire quoi que ce soit. La moindre opinion exprimée, le plus petit commentaire formulé, même si ce qu'elle disait était favorable à son mari, était noté, enregistré. Engrangé, avait-elle un jour pensé en bonne fille de la campagne qu'elle avait été. Plus tard, dans l'intimité de leur chambre, Marcel lui faisait regretter tout ce qu'elle avait dit.

— Calvaire, Bernadette, quand je discute avec ma mère, t'as rien à dire. Ça te regarde pas!

— Voyons Marcel! J'étais d'accord avec toé!

— Pis? J'ai pas besoin de toé pour me défendre comme si j'étais un enfant. Mêle-toé de tes affaires! Sinon...

Bernadette ne se l'était pas fait répéter deux fois, la main de Marcel brandie au-dessus de sa tête s'avérant un puissant persuasif. N'empêche qu'elle regrettait parfois de ne pouvoir intervenir, ne serait-ce que pour éviter des chicanes inutiles.

Et depuis le début de mai, c'était pire que jamais. Les escarmouches avec sa mère, les querelles insignifiantes avec les enfants, se multipliaient. Marcel était encore et toujours d'une humeur exécrable à cause de la maison. Il n'y avait qu'avec le petit Charles qu'il oubliait tous ses ressentiments et qu'il retrouvait un timbre de voix normal.

Quand Bernadette entendit le crissement des pneus sur la chaussée mouillée, elle ne put s'empêcher de constater:

— Je sais pas si un jour Marcel va être de nouveau de bonne humeur? Je pense que les rares fois où y' était parlable sont disparues en même temps que l'espoir d'acheter la maison de la veuve Sicotte, bâtard! Finalement, ça aurait peut-être été une bonne affaire qu'y' l'achète, c'te damnée maison-là!

— Une bonne affaire? Coudon, ma fille, tu serais-tu devenue une girouette? C'est pas ce que tu disais l'autre jour. T'aimes pus ça, vivre icitte, vous êtes pus ben avec moé, toé pis les enfants?

— C'est pas ce que j'ai dit! C'est juste que chus ben tannée de l'entendre se lamenter à propos de toute, tout le temps. Voir que ça va le déranger d'aller porter sa fille à gare Windsor demain! Ses livraisons, c'est dans l'après-midi qu'y' fait ça, pis Laura, elle, a' part demain matin, de bonne heure en plus, j'ai vérifié! Dans le fond, c'est moé que ça va déranger le plus parce que je pourrai pas aller su' Steinberg cette semaine pis va falloir que je me contente de Perrette pour faire ma commande.

Bernadette se leva en bâillant. Elle s'étira longuement, jeta un regard par la fenêtre puis revint à Évangéline.

— Bon! Avec tout ça, le programme est fini pis j'ai rien entendu de la recette de gâteau au chocolat de madame Benoît! Que c'est vous diriez si je faisais un pouding au chômeur? Avec un temps pareil, la chaleur du four dérangera pas personne.

— Bonne idée, Bernadette! Pis envoye-moé donc le p'tit. C'est *Bobino* qui va commencer dans une couple de menutes. Y' aime ben ça, *Bobino* pis *La boîte à surprises*! M'en vas l'écouter avec lui.

Ce fut au moment où Laura arriva de l'école, quelques instants plus tard, lançant son habituel «Allô, moman! Que c'est qu'on mange pour souper?», que Bernadette prit durement conscience qu'elle allait vraiment s'ennuyer de sa fille. Ce n'était pas des paroles en l'air, destinées à meubler le temps. Elle prit une longue inspiration avant de répondre, le cœur tout remué.

— Allô, ma belle! Pis, contente d'être en vacances?

— Oh oui! Pus de devoirs pis de leçons pendant deux mois. Ça va faire du bien, tu sais pas comment!

Au même instant, Antoine arrivait à son tour, trempé de la tête aux pieds. Apercevant la chaudière et la vadrouille, il les souleva et ressortit sans dire un mot pour les porter à la cave.

Bernadette le suivit des yeux puis, se tournant vers Laura, elle lui confia:

— Je pense que ton frère va s'ennuyer de toé.

Laura poussa un long soupir.

— Moé avec, j'vas m'ennuyer. C'est drôle, mais chus pus sûre pantoute que ça me tente de partir. Quand popa a dit oui, j'étais tout énervée. J'ai quasiment rien que pensé à ça pendant plus d'un mois. Je comptais les jours, j'ai fait au moins dix fois la liste des affaires que j'veux amener, pis tout d'un coup, pus rien! Depuis à matin, je sais pus pantoute si ça me tente encore...

Bernadette ébaucha un sourire ému. Tout était si simple avec Laura. S'essuyant les mains sur son tablier, elle prit la tasse à mesurer, y versa du lait et se remit à brasser la pâte de son pouding, alternant farine et lait, tout en répondant:

— Tu sais, Laura, c'est normal de se sentir un peu bizarre quand y' va y avoir du changement dans notre vie, de l'inconnu, comme le disait ma mère. Pour moé, c'est pareil. Imagine-toé donc que la veille de mon mariage avec ton père, j'étais comme toé. Je savais pus. Pas que j'aimais pas Marcel, non. Ça l'avait rien à voir. C'était juste le changement, l'inconnu justement, qui me faisait peur. J'ai braillé comme une Madeleine pendant un gros boutte de la nuit. Pis quand je me suis levée, ben toute ça c'était passé. J'étais contente pis j'avais ben hâte à la cérémonie.

À cet instant, la porte d'entrée du devant de la maison se referma bruyamment. Laura jeta un coup d'œil vers le corridor.

— C'est Antoine, constata-t-elle, un peu surprise de le voir passer par cette porte-là au lieu de la cuisine.

— Tu vois! Quand je te disais qu'y' allait s'ennuyer... Si y' est passé par la porte d'en avant, c'est qu'y' a le cœur gros pis qu'y' veut pas le laisser voir... Passe-moé la cassonade qui est dans l'armoire du bas. Dans le pot en fer rouge.

Laura en profita pour cacher son embarras en se penchant vers l'armoire. Elle savait que son frère allait s'ennuyer tout comme elle, ils en avaient parlé ensemble et c'était normal. Avec Antoine, le problème n'était pas là.

Le nom de monsieur Romain s'inscrivit dans son esprit en lettres aussi rouges que le pot de cassonade. Pourtant, Antoine lui avait dit de ne pas s'en faire, qu'il allait demander à l'oncle Adrien d'aller le chercher.

— Dans son beau char bleu décapotable! M'as-tu flasher un peu! J'vas même demander à mononcle de passer devant la maison à Ti-Paul. J'y en ai souvent parlé, de c't'auto-là pis y' aimerait ben ça la voir.

Antoine avait l'air si enthousiaste! N'empêche que Laura était inquiète. S'il fallait, apprenant que Laura ne serait pas là durant cinq semaines, que monsieur Romain en profite pour être de moins en moins gentil? En quoi il pouvait être méchant avec Antoine, Laura l'ignorait toujours. Son frère se faisait évasif sur la question, ce qui, au bout du compte, inquiétait plus Laura que ça ne la rassurait. Mais comme elle avait promis de ne pas en parler à leur mère «croix de bois, croix de fer, si je mens j'vas en enfer», elle déposa le pot de cassonade sur le comptoir en disant:

— Pis de quoi on parlait avant qu'Antoine rentre dans maison?

— On parlait de mon mariage. Je te disais que moé avec, je le savais pus vraiment, si ça me tentait de me marier. Pis je t'ai dit aussi que ça passe, c'te peur-là.

— Ah ouais?

— Comme je te dis. Tu vas voir, toé avec, ça va faire pareil. Une fois rendue, je te gage que tu vas trouver que le temps passe trop vite.

— Ben j'espère. Parce que si y' faut que je me mette à m'ennuyer, à m'ennuyer pour de vrai, je veux dire, ben cinq semaines, ça va être long en mautadine.

Le sourire de Bernadette s'accentua.

— M'en vas t'appeler, crains pas.

— M'appeler? Dans le téléphone? Que c'est que popa va dire de ça? Appeler à Québec, ça doit coûter cher sans bon sens!

— Pas de trouble, ma belle, ta grand-mère m'a dit qu'a' s'en occuperait. Toutes les semaines, on va se parler, a' me l'a promis. Le dimanche soir après souper, m'en vas téléphoner chez Cécile Veilleux, j'ai son numéro. Pis je pense que ta grand-mère avec, a' va vouloir te parler. A' dit rien de même, Évangéline, mais elle avec, a' va s'ennuyer de toé. Ben gros.

— Tu penses?

— Chus sûre. Même si dans le fond, c'est un peu grâce à elle que tu vas partir. Pasque si ton père était contre l'idée, au début, moé, j'étais pas ben loin de penser comme lui, tu sauras.

— Comment ça?

— Comme ça. Sur le coup, je trouvais ça loin, Québec. Pis je te trouvais pas ben vieille, je me disais que je connaissais pas vraiment Cécile Veilleux même si c'est la belle-sœur de Marie. Toute ça ben mélangé, ça faisait que j'étais pas sûre de vouloir que tu t'en ailles loin de moé. Une mère, ça pense toujours au pire pour ses enfants. C'est Évangéline qui m'a fait comprendre que des occasions de même, ça passait pas deux fois dans une vie pis que ça serait ben bête de pas en profiter.

— Eh! ben... C'est ma grand-mère Évangéline qui a trouvé ça tuseule? Eh! ben...

Laura resta songeuse un court moment avant de lever les yeux vers Bernadette pour demander:

— Quand a' parlait au souper l'autre soir, grand-mère, c'était pas toé qui y avait dit de dire ça pour convaincre popa? Eh! ben... Tu vois, moman, des fois, j'ai l'impression de mal connaître ma grand-mère. J'ai beau vivre avec elle depuis toujours, a' finit souvent par me surprendre. C'est comme Francine.

À ces mots, Laura se rembrunit.

— Francine?

Bernadette avait déposé son dessert dans le four. Elle se tourna vers Laura.

— Que c'est qu'a' l'a encore faite, la belle Francine?

— A' m'a piqué une de ces crises, t'à l'heure. A' l'a même pas voulu que je rentre chez eux pour dire bonjour à sa mère. Ça se peut-tu?

— Elle avec, a' va s'ennuyer, j'cré ben.

— S'ennuyer? J'appelle pus ça s'ennuyer, maudite marde. A' dit que par ma faute, toute son été va être gâché, que je faisais par exprès pour toujours en avoir plus qu'elle. Je pensais jamais que Francine pourrait m'en vouloir de même un jour. J'ai toujours su qu'était un peu envieuse, mais pas à c'te point-là.

— C'est dans les moments importants qu'on peut faire la différence entre ceux qui sont nos vrais amis pis les autres.

— Les moments importants?

Laura soupira en haussant les épaules.

— Cinq semaines à Québec, c'est pas ce que j'appelle quèque chose d'important, analysa-t-elle en levant les yeux vers sa mère encore une fois comme si elle cherchait son approbation. C'est... c'est juste comme une sorte de vacances pis c'est toute. L'été dernier, Francine avec est partie durant plus qu'une semaine chez sa cousine pis j'ai pas faite d'histoires avec ça.

— Pis?

— Pis quoi?

— Comment tu te sens dans toute ça?

— Si tu veux savoir si j'aime encore Francine, c'est oui. C'est mon amie pis c'est pas la première crise qu'a' me fait. Je voudrais juste qu'a' comprenne, par exemple, que des fois, on fait pas par exprès pour que des choses nous arrivent. Chaque fois, c'est pareil, faut que je recommence à toute expliquer. C'est toute. Pour le reste...

Laura resta silencieuse un moment puis elle éclata de rire.

— Le reste, ben j'vas le régler quand j'vas revenir. Si j'oublie pas d'y acheter un cadeau, un beau cadeau, je pense que la chicane durera pas trop longtemps. Je la connais, Francine, est comme ça. Y' suffit de partager avec elle pour qu'a' soye contente pis que ça revienne comme avant. Je pense que même si a' l'a un caractère de même, soupe au lait comme tu dis, ben est vraiment mon amie, Francine. Ce que j'veux dire, c'est que nous deux, on est des vraies amies pas juste comme toutes les autres à l'école. Astheure, faut que je fasse ma valise! J'espère de rien oublier...

Laura filait déjà dans le corridor quand elle s'arrêta brusquement. Elle revint sur ses pas jusqu'à l'embrasure de la porte de la cuisine.

— Moman?

— Que c'est tu veux?

— Ben je me demandais... à soir, pour souper, penses-tu que tu pourrais me faire du baloney en p'tits chapeaux de clown? Je sais pas pourquoi, mais j'ai l'impression que du monde comme Cécile, ben ça mange pas de ça, du baloney dans poêlonne pis moé, c'est mon souper préféré. Alors? Que c'est t'en dis? On peut-tu manger du bal...

— Imagine-toé donc que j'y avais pensé, ma belle. À soir, on mange le restant de soupe au barley d'hier midi, du baloney en p'tits chapeaux de clown avec des patates rôties pis un pouding au chômeur.

Laura dessina un large sourire.

— T'es ben fine! Juste des affaires que j'aime. Merci, moman. Merci ben gros. Bon! Astheure, c'est vrai, je m'en vas faire ma valise.

Le lendemain matin, l'été était de retour. Malgré cela, Marcel se permit de houspiller toute la famille tant il craignait que Laura rate son train. Il n'avait pas du tout envie d'être obligé d'aller la conduire à Québec et il se doutait bien que c'est exactement ce qui arriverait si, par malheur, sa fille ratait le train.

— Envoye! On se grouille! J'ai pas juste ça à faire, moé! J'ai de la job qui m'attend à boucherie. J'ai ben des livraisons à faire aujourd'hui pis ben des commandes à préparer avant.

Seul Antoine, à la dernière minute, décida qu'il n'accompagnerait pas la famille jusqu'à la gare.

— Ben voyons donc, toé! Pourquoi c'est faire que tu viens pas avec nous autres?

Bernadette avait sincèrement l'air déçu.

— Ça ferait plaisir à ta sœur, je pense.

— Je peux pas. Je... J'ai pas le temps. Y' me reste un dessin à finir pour mon cours. Si y' est pas fait, monsieur Romain sera pas content.

Le nom de monsieur Romain frappa Laura de plein fouet. Elle se retourna vivement.

— Laisse-le faire, moman. Si Antoine a un dessin à finir,

c'est important pour lui. Je comprends ça pis j'y en voudrai pas pour ça. On se parlera dans le téléphone dimanche soir.

Antoine regarda sa sœur partir par la fenêtre du salon, les yeux dans l'eau. C'est pour cette raison qu'il n'avait pas voulu accompagner sa famille à la gare. Il savait qu'il pleurerait et il n'avait pas envie d'entendre son père le traiter de tapette devant des étrangers.

Quand l'auto eut disparu au coin de la rue, il laissa retomber le rideau et se réfugia dans sa chambre. L'après-midi à venir lui faisait peur. Sans qu'il puisse savoir comment monsieur Romain s'y prenait, Antoine se doutait bien que celui-ci devinerait que Laura ne viendrait pas le chercher. Chaque fois que Laura n'était pas venue, monsieur Romain l'avait deviné. Chaque fois. Alors, Antoine savait ce qui l'attendait à la fin du cours.

Il plaça bien en évidence sur sa table de travail un dessin de plage supposé illustrer ce qu'il espérait de ses vacances. Si jamais quelqu'un avait des doutes sur la véracité de son excuse pour ne pas accompagner Laura, il serait convaincu.

Puis, Antoine se laissa tomber sur son lit. Ses parents en avaient au moins pour une heure avant de revenir. C'est ce que sa mère lui avait dit avant de partir.

Se roulant alors sur le côté, Antoine ferma les yeux. Si au moins il ne pensait à rien, il pourrait peut-être se rendormir.

Et si ses parents décidaient de rester en ville pour magasiner, sait-on jamais, grand-mère savait parfois se montrer très persuasive, il passerait tout droit.

Et s'il passait tout droit sans s'éveiller, il aurait une excuse parfaite pour ne pas se présenter à son cours.

Et s'il ne se présentait pas à l'heure pour son cours, celui-ci serait annulé, car monsieur Romain détestait commencer le cours plus tard que prévu.

Et si le cours était annulé, il pourrait alors appeler Ti-Paul pour jouer avec lui comme il aimerait tant le faire le samedi après-midi.

Et s'il jouait avec Ti-Paul, il...

Antoine sombra dans un profond sommeil sans même s'en rendre compte.

* * *

Ce samedi-là, Anne avait décidé de rester chez elle pour faire l'inventaire de tout ce qui était une urgence à réparer et de tout le reste qui pourrait attendre un peu. Si la maison convenait parfaitement par son prix et sa situation, il n'en restait pas moins qu'elle était vieillotte et défraîchie. La tuyauterie faisait un gargouillis infernal chaque fois qu'on ouvrait un robinet et les prises électriques, qui n'avaient pas été remplacées depuis la construction qui, elle, datait d'avant la Grande Guerre, se permettaient parfois quelques flammèches quand on branchait un appareil comme le grille-pain.

— Et je vais aussi en profiter pour terminer la peinture de la cuisine, avait-elle annoncé à Robert, qui n'était plus du tout certain qu'ils avaient fait un bon achat. Avec le salon repeint et l'escalier reverni, la maison va avoir fière allure mardi quand nous allons recevoir ma famille et ta mère pour la Saint-Jean-Baptiste. Quant aux chambres, on y verra plus tard, et pour les travaux majeurs, on essaiera de trouver un spécialiste quelconque. Tiens! Je vais en parler à madame Lacaille. Je suis certaine qu'elle doit connaître quelqu'un du quartier capable de nous donner un coup de main pour nos travaux.

Voyant que son mari semblait un peu dépassé par la situation, Anne s'était blottie dans ses bras.

— Faut pas s'en faire pour si peu. Tu vas voir. Avec quelques travaux et un peu de peinture, on va l'avoir, notre petit coin à nous. Et fini les soirées de musique dans un local trop exigu.

Ce fut ainsi que tôt en ce samedi matin, Anne, déjà levée et prête à travailler, vit passer l'auto des Lacaille. Elle savait par Évangéline, croisée dans la rue cette semaine, que sa petite-fille Laura partait «en vacances chez des connaissances de Québec».

Le temps de regarder l'auto remonter la rue et Anne envia cette enfant qu'elle ne connaissait pas encore. Cela faisait une éternité qu'elle n'avait pas pris de repos. Le commerce de musique était exigeant, la recherche d'une maison convenant à leurs besoins avait occupé une grande part de leurs loisirs, et les travaux à faire accapareraient certainement tout leur été, à Robert et elle, sans compter les quelques concerts qu'elle donnait ici et là à l'occasion.

— Mais au moins, on est chez nous!

Anne pivota sur elle-même et revint face au salon. Cette pièce tenait lieu à la fois de salon et de salle de musique. Sa grande dimension avait joué en faveur de l'achat et avant même d'avoir emménagé, Anne en avait repeint les murs d'une chaude couleur abricot. Le mercredi sept mai, son piano faisait son entrée officielle dans la nouvelle maison et quelques jours plus tard, le reste des meubles suivait alors que Robert, redevenu un fervent de la messe dominicale depuis leur mariage, avait demandé une permission spéciale à son curé pour que le déménagement s'effectue un dimanche. C'était la seule journée de la semaine où ils avaient un peu de temps à eux. La permission leur avait été accordée à la condition que tout soit terminé avant le souper et que Robert se présente à la messe du matin.

Anne couvrit la pièce d'un regard gourmand, et sans hésiter, comme elle l'avait souvent fait au fil des années, elle s'approcha de son piano noir à dorures, offert par son père alors qu'elle n'avait que onze ans. Du bout du doigt, elle en effleura les notes, se disant que la vie parfois pouvait se montrer inusitée. Ce piano avait été acheté à la procure de Robert, celui qui allait devenir son mari des années plus tard.

Prenant une profonde inspiration, Anne se tourna de nouveau face à la pièce, la considérant cette fois avec un regard inquisiteur. Qu'y avait-il ici à réparer?

C'est à sa demande que Robert avait accepté de déménager. Trois étés de suite à vivre dans la touffeur de la ville, sans le moindre bout de pelouse, sans arbres, sans ombre et même sans balcon digne de ce nom, avaient suffi pour qu'Anne veuille quitter le petit appartement au-dessus du magasin. À certains égards, il lui faisait penser à l'appartement lamentable qu'elle avait partagé durant un an avec sa mère, et à ses yeux, c'était amplement suffisant pour vouloir en partir.

Au bout du compte, c'est Anne qui avait trouvé la maison à lucarnes, à force de lire les petites annonces et de parler de leurs recherches à tous les clients qui passaient à leur magasin. Une première visite, en compagnie de Robert, et une seconde, seule, avaient été convaincantes. Anne avait découvert à cette maison un potentiel convenable pour avoir envie de l'acheter, à commencer par ce salon immense qui occupait tout le rez-de-chaussée à l'exception d'une cuisine plutôt quelconque mais assez grande, elle aussi, et située à l'arrière de la maison. Cette seconde pièce donnait sur une cour de bonne dimension avec verdure, arbres et quelques oiseaux en prime nichés dans une des corniches. Entre la maison et l'arrière du commerce voisin qui donnait sur l'avenue principale, il y avait même suffisamment d'espace pour stationner le camion, ce qui était à considérer pour l'hiver à venir.

Anne avait eu le coup de foudre et comme Robert ne lui refusait rien...

Depuis, Anne enlignait les projets et les rêves avec une égale ferveur, tout comme ce matin où elle s'apprêtait à mettre en branle quelques réparations nécessaires et autres rénovations agréables à l'œil.

Alors qu'Anne essayait de considérer la pièce comme le ferait un contremaître, son enthousiasme n'était pas feint. Elle était heureuse d'être ici, heureuse d'avoir épousé Robert, heureuse de s'occuper de la procure même si, en ce moment, elle se demandait quel temps il faisait au Connecticut, là où vivaient son père, son demi-frère Jason et Antoinette.

Avaient-ils droit, eux aussi, à une journée idyllique comme celle qui se préparait ici, remplie de chants d'oiseaux, de soleil et de brise douce?

Anne soupira.

Elle s'ennuyait régulièrement du Connecticut et de la maison au bord de la plage. Antoinette, la nouvelle compagne de son père, séparé depuis quelques années, lui manquait terriblement. À ses yeux, cette Antoinette qu'elle connaissait depuis l'âge de onze ans était une véritable mère, beaucoup plus que sa propre mère, Blanche, qu'elle tentait d'éviter le plus possible.

Les yeux fermés, elle tenta de faire renaître dans sa tête, triée à même ses plus beaux souvenirs, l'image de la grande maison au bord de la mer. Quand il faisait beau comme aujourd'hui et qu'on était samedi ou dimanche, il y avait souvent un pique-nique au programme.

Un bruit de klaxon la fit sursauter et ouvrir les yeux.

— Suffit de rêvasser, lança-t-elle à haute voix, réinté-
grant un peu difficilement la réalité de son salon à demi fini.
J'ai promis à Robert que la liste des travaux serait faite et la
cuisine finie de peinturer. Au boulot!

Armée d'un bloc de papier et d'un crayon, Anne monta
à l'étage.

Elle y passa l'avant-midi à tout vérifier, les prises de
courant comme les fenêtres, à prendre des notes sur une
porte à raboter et quelques lattes du plancher à clouer, et à
souligner les urgences, du robinet du lavabo qui coulait sans
arrêt à celui du bain qui ne laissait passer qu'un filet d'eau.

Anne s'aperçut alors que la salle de bains était dans un
piètre état et les trois chambres ne valaient guère mieux.
Depuis plus d'un mois, ils habitaient cette maison, et le
délabrement des pièces paraissait pire à l'usage que lors de
la première visite. Il suffisait de lever un bout de prélart, de
gratter une moulure de fenêtre, de soulever une planche mal
fixée, de fouiller au fond d'un garde-robe...

Quand elle eut fini de vérifier la cuisine, Anne était découragée. Non par l'ouvrage que tous ces travaux impli-
queraient, car elle aimait bien les travaux manuels tant qu'ils
n'étaient pas trop difficiles pour ses mains de pianiste, mais
bien par le coût qu'ils entraîneraient.

— Et il me reste la cave à faire! Au moins, la fournaise
est en bon état, Robert l'a inspectée. Il ne devrait pas y avoir
grand-chose d'autre!

Elle décida tout de même, à la dernière minute, de ne pas
descendre au sous-sol. La liste des travaux à faire eux-mêmes
et ceux qu'ils devraient confier à des spécialistes était suffisamment élaborée comme cela.

Le temps d'un goûter léger où elle ne put s'empêcher de
penser à sa sœur Charlotte pour qui ces travaux ne seraient

qu'une goutte d'eau dans le budget, la chanceuse!, et Anne s'installa pour finir de peinturer les armoires de la cuisine.

Cela devait faire au moins deux heures qu'elle travaillait, le haut du corps enfoui dans les placards, les genoux endoloris, l'odeur de peinture lui irritant le nez et les yeux. Il faisait de plus en plus chaud et Anne suait à grosses gouttes. Si ce n'était de la promesse faite à son mari, elle planterait là pinceaux et pots de peinture et elle irait se promener. Elle achèterait une glace au petit casse-croûte Chez Albert, son voisin d'en face ou presque, et elle partirait, nez en l'air, à la découverte du quartier.

Mais voilà, elle avait promis...

— Coucou! C'est moi... Il y a quelqu'un?

— Ayoye!

Anne venait de se cogner la tête, surprise de s'entendre interpelée.

— Sapristi! Qui c'est qui...

Ébouriffée, se frottant vigoureusement l'occiput, Anne s'extirpa de son armoire et resta assise sur ses talons pour se retrouver face à une Émilie hilare qui la contemplait en souriant.

— Bonjour!

Anne n'en revenait pas! Émilie, sa sœur Émilie, s'était déplacée pour venir chez elle. Ce n'était vraiment pas dans ses habitudes.

— Mais qu'est-ce que... Allô!

Anne était déjà debout, dépassant sa sœur d'une bonne tête. D'un large mouvement des bras, elle désigna la pièce, et sans compléter la question qui lui brûlait les lèvres, elle lança toute joyeuse:

— Bienvenue chez nous!

Pour se rattraper aussitôt après et demander, sourcils

froncés, tant la présence d'Émilie la déconcertait:

— Mais qu'est-ce que tu fiches ici, toi?

Émilie éclata de rire.

— Je suis venue, en personne, voir ce que ma grande sœur Charlotte a qualifié de petit nid d'amour.

Elle regarda la cuisine de haut en bas et fit une moue qui, à la rigueur, pouvait passer pour un sourire.

— Ainsi, c'est ça, votre petit nid d'amour, à Robert et toi?

La question aussi pouvait prêter à confusion. Sarcasme ou compliment? Avec Émilie, Anne ne savait jamais sur quel pied danser. Les deux sœurs étaient si différentes l'une de l'autre. Tant physiquement que mentalement. Sa réponse se fit donc sur un ton légèrement hésitant.

— Oui... oui, c'est ici, l'antre des musiciens. Ça ne te plaît pas?

— Mais qu'est-ce que c'est que cette idée-là? Je n'ai jamais dit ça. C'est bien.

Tandis qu'elle parlait, Émilie continuait de regarder tout autour d'elle. Si Anne était musicienne dans l'âme, Émilie, elle, était artiste-peintre jusqu'au bout des doigts et l'aménagement d'un logement, d'une habitation ou même d'une simple chambre devait tenir de l'œuvre d'art. À ses yeux, l'esthétique d'une pièce était aussi importante que le côté pratique.

— En passant, j'aime beaucoup la couleur de ton salon. C'est lumineux, chaleureux. Si tu peignais les boiseries en vert soutenu, ça serait encore mieux.

Émilie poursuivit son inspection minutieuse durant une minute ou deux, promenant son regard un peu partout, puis elle revint à Anne.

— Oui, c'est bien chez toi. L'expression de Charlotte, notre spécialiste des mots, est parfaitement juste. Un petit nid. C'est sûr qu'une famille comme la mienne y serait à l'étroit, mais pour deux, c'est parfait.

Quand Émilie parlait de sa famille, elle faisait allusion à son mari Marc et à leurs trois fils, sans oublier celui en route qui devrait naître en octobre. N'empêche que la remarque d'Émilie fit sourciller Anne qui se retrouva, bien malgré elle, sur la défensive.

— Comment, petit? Ce n'est pas si petit que ça! On a trois bonnes chambres, et comme tu te spécialises dans la confection des garçons, tu pourrais les coucher sans problème, deux par chambre.

À ces mots, Émilie posa une main sur son ventre qui commençait à arrondir et avec un sourire très doux, elle déclara:

— Cette fois-ci, c'est une fille que j'attends! J'en suis convaincue.

Elle resta silencieuse un moment, perdue dans ses souvenirs. Quand finalement elle leva les yeux vers Anne, Émilie comprit que sa sœur avait pensé à la même chose qu'elle.

— Ce n'est pas parce que je viens de mettre au monde deux garçons de suite que je ne suis pas capable d'avoir de fille. Rosalie en est la preuve, n'est-ce pas? Sais-tu qu'elle aurait dix ans, maintenant? C'est fou comme le temps passe vite! Quant à Dominique, il ne fait pas partie de l'équation. Il est adopté même si, pour moi, ça ne change pas grand-chose. Je l'aime autant que les autres. Bien entendu, tu ne comprends peut-être pas, vu que tu n'as pas d'enfants. N'empêche que sur trois enfants, j'ai eu une fille et deux garçons. Les probabilités d'avoir une autre fille jouent en ma faveur.

Ce n'était pas la première fois que, dans le cours d'une conversation, Émilie glissait que son aîné était adopté. D'en prendre conscience rendit Anne un peu triste. Si c'était vrai que, pour Émilie, ça ne changeait pas grand-chose, elle n'en parlerait même pas! Anne se dépêcha de faire dévier la conversation.

— Bien contente que tu sois là, ça va me permettre d'arrêter un moment sans me sentir coupable!

Tout en parlant, Anne enveloppa son pinceau dans un papier journal et posa le couvercle sur son gallon de peinture.

— Voilà, c'est fait! Comme ça, si j'ai bien compris, tu aimes la couleur de mon salon? Ils appellent ça «abricot».

— Et comme je viens de le dire, enchaîna Émilie, toujours à l'aise de parler chiffons, décorations et babioles, tu devrais mettre les boiseries en évidence par un vert assez soutenu. Tu verrais à quel point ton jaune deviendrait lumineux. Ou alors un rouge profond qui...

— J'ai justement des échantillons de couleurs, interrompit joyeusement Anne. Tu veux les regarder avec moi?

Les deux sœurs passèrent l'heure suivante à parler couleurs et décoration, là où Émilie, passée maître en la matière, prit le contrôle de la discussion, recommandant à Anne de prendre des notes.

La maison y passa au grand complet!

Ce fut au moment où les deux sœurs s'installèrent au jardin, une limonade à la main, qu'Anne prit conscience qu'elle n'avait à peu près rien dit. Dès qu'il était question d'art, de couleurs ou d'enfants, Émilie devenait intarissable. Même ses toiles, colorées et remplies d'enfants, lui ressemblaient. N'empêche qu'Émilie avait un talent fou qui maintenant était reconnu jusqu'en Europe, ce dont elle n'était pas peu fière.

— Comme je disais, tout à l'heure, Gabriel, l'ami de

Charlotte, m'a ouvert les portes d'une prestigieuse galerie à New-York. Je le vois comme une autre étape dans ma carrière. Carrière, qui, je dois l'avouer, va devoir accepter de ralentir un peu. Avec quatre enfants, le temps pour la peinture va se faire plus rare.

Sur cette constatation qui n'appelait aucune réponse, à la manière de celles que faisait si souvent leur mère à qui elle ressemblait de plus en plus, Émilie passa du coq à l'âne après avoir pris une longue gorgée de limonade.

— Sais-tu à quoi je pense chaque fois que je me retrouve dans un jardin?

— Euh... non. Comment veux-tu que je le sache?

— Je pense à la maison que l'on avait quand on était petites. Le jardin surtout était merveilleux. Avec la rivière qu'on entendait couler... C'est plus fort que moi, dès que je me trouve dans la cour de quelqu'un, je pense à la maison de mon enfance et à son jardin rempli de lilas et de pivoines, et j'ai toujours le réflexe de regarder vers le fond pour voir s'il n'y aurait pas une rivière, par hasard. Si tu savais le nombre d'heures que j'ai passées à dessiner à l'ombre des lilas. C'est fou!

Charlotte aussi avait déjà dit à Anne qu'aucune maison ne pourrait se comparer à celle qu'ils habitaient quand elles étaient enfants. Même sa belle propriété dans l'ouest de la ville ne valait pas, à ses yeux, la maison de son enfance. Leur père aussi, habitué maintenant à l'immensité de l'océan, avait gardé un petit faible pour cette maison au bord de la rivière. Malheureusement, Anne n'en gardait aucun souvenir.

— Moi, je ne m'en souviens pas.

— Bien sûr! Tu n'avais qu'un an quand on a déménagé. C'est d'ailleurs à cause de toi qu'on a changé de maison.

— Comment ça, à cause de moi? Tu viens de le dire, j'avais tout juste un an!

— Oui, mais tu étais déjà un bébé agité qui grimpait partout! Même si papa et Charlotte en ont toujours voulu à maman d'avoir décidé de déménager, moi, je l'ai toujours comprise. La rivière était trop dangereuse pour un enfant comme toi.

Il y avait dans la voix d'Émilie une telle conviction qu'elle ne pouvait qu'être sincère, ce qui n'empêcha pas Anne de réagir.

— Ben voyons donc! Si notre mère avait été moins paniquée à propos de tout et de rien, elle n'aurait jamais pensé à déménager.

— Ça, c'est toi qui le dis! Tu n'as pas d'enfants, tu ne peux pas savoir ce que l'on ressent pour eux. Valait peut-être mieux une mère qui panique, comme tu dis, qu'une mère qui se fiche de ses enfants. Heureusement, ça n'a pas été le cas. Malgré ses défauts, et je suis d'accord avec toi, elle en a plusieurs, notre mère a toujours fait de son mieux pour nous. Tous les enfants ne peuvent pas en dire autant!

Anne préféra ne pas donner suite aux propos d'Émilie. Leur mère était une pomme de discorde entre elles et valait mieux ne pas s'enliser dans une discussion dont elle était le principal sujet. D'autant plus qu'Anne avait une opinion diamétralement opposée à celle d'Émilie.

— D'accord, Émilie. Si tu le dis.

— Non seulement je le dis, mais j'en suis convaincue. Si un jour tu as des enfants, toi aussi tu comprendras bien des choses. Bon... Ce n'est pas que je m'ennuie, mais il va falloir que je fasse un bout! Marc doit bien se demander ce que je fais...

Émilie était déjà debout et se dirigeait vers la maison.

— Oh oui! J'allais oublier...

Émilie fit volte-face pour regarder Anne qui, elle, était toujours assise, cette fois-ci vraiment sur la défensive. Quand Émilie avait oublié de dire quelque chose...

Les mains d'Anne serrèrent si fort le verre de limonade qu'elle en fit gicler quelques gouttes sur son pantalon.

Émilie n'avait pas bougé. Quand elle avait quelque chose d'important à dire à ses sœurs, elle s'arrangeait toujours pour ne pas être debout, face à elles. Elle détestait sa petite taille qui la rendait moins sûre d'elle, plus vulnérable, disait-elle, en présence de personnes aussi grandes que Charlotte et Anne. Invariablement, quand elle avait à parler à son père ou à ses sœurs, Émilie faisait en sorte que ces derniers soient assis et elle, debout. Comme présentement.

— ... J'allais oublier, reprit-elle d'un ton insouciant mais sans quitter sa sœur des yeux. C'est à propos de mardi prochain. Pour la fête de la Saint-Jean... Maman me faisait remarquer qu'elle n'avait toujours pas reçu son invitation. Je lui ai dit que ça devait être un oubli... Avec tout le travail que tu as depuis ton déménagement, ça se comprend... J'espère que tu vas vite réparer l'erreur.

Anne ne répondit pas, comprenant maintenant le but de cette visite inopinée. Elle aurait dû s'en douter. Émilie n'était jamais venue la visiter sans raison. Celle-ci, sans paraître inquiète ou offusquée du silence de sa sœur, poursuivit sur le même ton un peu indifférent, qui maintenant, paraissait doucereux aux oreilles d'Anne.

— Depuis trois ans que nous fêtons la Saint-Jean-Baptiste, maman a toujours été des nôtres. Chez Charlotte, chez nous... Ce serait dommage qu'il manque quelqu'un à notre petite célébration, n'est-ce pas? Et comme je n'ai pas envie de laisser maman toute seule un jour de fête... Mais je m'en fais pour rien! Maintenant que je t'ai rafraîchi la mémoire, je suis certaine que tu vas réparer ton oubli... Non, je t'en prie, reste assise, je connais le chemin. On se revoit mardi. Enfin, je l'espère sincèrement.

Anne resta assise un long moment, fixant son verre sans le voir réellement. Elle n'avait plus soif.

Et elle n'avait pas oublié d'inviter sa mère. Elle avait décidé de l'ignorer, tout simplement.

Émilie était venue la rappeler à l'ordre. À son ordre à elle, pour qui une réunion familiale sans Blanche n'était pas complète.

Pourtant, cette année, Raymond, leur père, Antoinette, sa compagne, et Jason, leur demi-frère, ne seraient pas là. Mais cela ne semblait pas déranger Émilie. Elle n'en avait que pour leur mère, la très chère Blanche!

La colère d'Anne fut aussi subite qu'inattendue. Elle se leva d'un bond, jeta son jus sur la pelouse et grimpa les marches de la galerie deux par deux.

Non, mais! Pour qui se prenait-elle, Émilie, pour venir faire la loi jusque chez elle? De quel droit se permettait-elle de lui dire qui inviter? Et toutes ces remarques sur le fait que Robert et elle n'avaient pas d'enfants. Comme un reproche!

Ce fut l'odeur de la peinture qui lui rappela ce qu'elle avait promis de faire de sa journée. Anne regarda les armoires en soupirant. Elle n'avait surtout pas envie de se remettre à la peinture. Elle était trop en colère pour ça. Arrachant une feuille au calepin de notes qu'elle avait utilisé pour consigner les remarques d'Émilie, Anne griffonna un message pour Robert. L'odeur de la peinture lui montant à la tête, elle partait se promener. Elle avait besoin de s'aérer les esprits. Elle serait de retour à temps pour préparer le souper avec lui.

Anne laissa son petit message bien en évidence sur le pot de peinture qu'elle avait déposé sur la table.

Puis, elle sortit de la maison sans se changer, ce qui lui ressemblait, et sans claquer la porte, ce qui, chez quelqu'un d'aussi impulsif qu'elle, était déjà un bon début.

Une heure de promenade et d'exploration du quartier devrait l'aider à reprendre sur elle. C'était ce qu'elle faisait quand, enfant, elle arpentait la ville pour ne pas rentrer chez elle et se retrouver confrontée aux beuveries de sa mère. Et dire qu'Émilie trouvait que Blanche avait été une bonne mère!

Anne emprunta le trottoir, les yeux au sol.

À son retour, elle discuterait de la situation avec Robert, puis elle appellerait Charlotte pour savoir ce qu'elle en pensait. En attendant, tout ce qu'Anne espérait, c'était de ne rencontrer personne de sa connaissance. Elle n'avait surtout pas envie de parler avec qui que ce soit.

* * *

À quelques rues de là, Antoine pensait exactement la même chose.

Pourvu qu'il ne rencontre personne qui le connaisse.

Que dirait sa mère s'il fallait qu'elle apprenne que son fils avait été vu en train de vomir, appuyé contre le gros érable de la cour d'école des filles?

Antoine s'essuya la bouche avec la manche de son chandail, le front appuyé contre le tronc rugueux.

L'après-midi avait été horrible. Pire que d'habitude, car, bien entendu, monsieur Romain avait deviné que Laura ne viendrait pas le chercher.

Et il en avait profité.

Il lui avait appris ce qu'il avait appelé des jeux qui se jouent entre hommes.

— Maintenant que tu es un homme, mon bel Antoine, il est temps que tu apprennes certaines choses!

Il avait l'air presque joyeux!

Monsieur Romain s'était assis dans un fauteuil et avait dit à Antoine de s'agenouiller devant lui. Puis...

Antoine ferma précipitamment les yeux pour éloigner la nausée qui montait dans sa gorge. C'était tellement dégoûtant. Pourtant, monsieur Romain avait dit qu'il s'habituerait et qu'il finirait même par aimer ça.

Antoine secoua la tête vigoureusement en un signe de négation comme si quelqu'un pouvait le voir.

Ce fut suffisant pour que la nausée se transforme en haut-le-cœur.

Plié en deux, Antoine recommença à vomir.

Cette fois-ci, à hoquets douloureux, il vomit tout ce qu'il avait dans le corps. Il vomit jusqu'à son âme.

Quand il releva la tête, il avait le visage inondé de larmes et il tremblait comme une feuille. Incapable de regagner son abri habituel, il se laissa tomber sur place, les bras encerclant ses genoux et la tête appuyée contre le tronc du gros érable. Il ferma les yeux et s'appliqua à respirer longuement, profondément, comme sa mère le lui avait appris. Elle disait que c'était souverain contre les maux de cœur.

Pourvu que personne ne le voie. Pourvu que personne ne le reconnaisse. Pourvu que personne ne...

— Mais qu'est-ce qui se passe? Tu as besoin d'aide?

Antoine n'avait rien entendu, occupé à respirer, recroquevillé sur son dégoût, sur cette rage qu'il sentait monter en lui, étrange, inquiétante, si différente de ce qu'il était foncièrement.

Antoine serra les poings.

Un jour, plus personne ne l'obligerait à faire ce qu'il ne voulait pas faire.

Lui, habituellement si doux, si calme, il venait de comprendre qu'on puisse avoir envie de se battre, qu'on puisse avoir envie de faire mal, très mal.

— Tu as besoin d'aide?

Antoine mit un moment à comprendre que la question s'adressait à lui. La voix lui semblait si lointaine. Néanmoins, il ouvrit les yeux et tourna la tête, épouvanté à l'idée que quelqu'un ait pu le reconnaître. Près de l'entrée de la cour de récréation, il y avait une jeune femme qui regardait dans sa direction.

Nul doute, la question s'adressait à lui.

Antoine leva alors la main, espérant que ce serait suffisant.

— Merci. Ça va.

Sa voix manquait d'assurance, il en était cruellement conscient. Aussitôt, la jeune femme se dirigea vers lui. Antoine sentit la panique qui s'installait au plus profond de son ventre, lentement, en vagues lourdes qui ressemblaient à sa nausée. Pourtant, en même temps qu'il souhaitait de toutes ses forces que l'inconnue s'en aille, il aurait tant voulu se jeter dans les bras de quelqu'un.

Quand elle fut un peu plus proche, Antoine la reconnut et l'envie de confier sa tête à une épaule, quelle qu'elle soit, s'évanouit aussitôt.

La jeune femme n'était plus qu'à quelques pas.

C'était la femme qui avait acheté la maison à lucarnes, celle dont sa grand-mère parlait avec un timbre de voix différent, presque respectueux. C'était la musicienne...

— Je peux t'aider?

Antoine ne voulait qu'une chose et c'était qu'elle s'en aille sans se douter de ce qui venait de se passer.

Il tenta de se relever. Malheureusement, ses jambes le trahirent. Il retomba lourdement contre l'érable.

— Tu as été malade, n'est-ce pas? Ça sent jusqu'ici. Tu serais peut-être mieux de rentrer chez toi, tu ne penses pas?

— Ça vous regarde pas.

Antoine avait grommelé sa réponse sans oser lever les yeux. Il fallait qu'elle quitte la cour d'école sans se douter de ce qui s'était réellement passé, sinon toute sa famille le saurait, et Antoine jugea en une fraction de seconde qu'il n'avait surtout pas besoin de ça. Il imagina son père, la voix qu'il prendrait s'il était en colère ou celle, encore plus détestable, quand il se moquait de lui en le traitant de tapette...

Ce fut à cet instant précis qu'une main aux doigts incroyablement longs et fins se posa sur son bras. Tout doucement, Anne l'aida à se relever.

— Viens, je te raccompagne. Où habites-tu?

À ces mots, Antoine comprit qu'elle ne le reconnaissait pas, sinon, elle n'aurait jamais demandé où il habitait.

Cette simple pensée lui redonna des forces.

En fait, si lui connaissait Anne Deblois par sa grand-mère, celle-ci, en revanche, ne savait rien de lui. Il n'était qu'un jeune garçon parmi tant d'autres, rencontré par hasard et qui, fort probablement, avait l'air bien mal en point. Antoine prit une longue inspiration, libéré d'un grand poids.

— Ça va aller. Chus capable de retourner chez nous tuseul.

Il dégagea son bras d'un coup sec.

— Ça va aller, répéta-t-il, renfrogné, espérant que cette fois, ce serait suffisant.

— Tu es bien certain?

— Eh! Ça suffit les questions. Si j'ai dit que ça allait, c'est que ça va.

Antoine se surprenait lui-même d'oser répondre à une étrangère sur ce ton. Il y avait de la dureté dans sa voix et de l'hostilité dans son regard quand il posa les yeux sur Anne qui malgré tout, se permit d'insister tellement ce gamin avait l'air malade.

— Je ne veux que t'aider, tu sais. Tu n'as rien à craindre.

— J'ai besoin de personne.

En prononçant ces mots, Antoine avait redressé les épaules. Attrapant le cartable de son matériel de dessin par la courroie, il le fit glisser sur son dos. Puis, pivotant brusquement, il détala comme un lièvre, puisant l'énergie pour le faire dans la peur d'être finalement reconnu.

Quelques instants plus tard, il se mit à courir sur le trottoir, son cartable lui battant douloureusement la hanche à chaque pas qu'il faisait. Malgré cela, il ne s'arrêta qu'au coin de la rue, estimant enfin que la distance parcourue le mettait à l'abri. Un regard furtif par-dessus son épaule lui apprit que la jeune femme s'était arrêtée à l'entrée de la cour d'école et le regardait toujours.

Pas question, alors, de retourner chez lui; il serait trop facile de le reconnaître.

Antoine hésita à peine. Samedi, en fin d'après-midi, Bébert était au garage de monsieur Morin. Il y allait tous les samedis et il y était seul, c'est Laura qui l'avait dit. Même que Bébert, l'autre jour, l'avait invité à y aller pour voir les autos que Jos Morin avait à vendre.

— Toé qui aime les chars, t'as juste à venir me voir. Y en a une couple de beaux dans cour du garage. Je pensais ben que tu viendrais quand je t'en ai parlé, l'an dernier! Faut pas être gêné, tu sais!

C'est aujourd'hui qu'Antoine allait donner suite à cette invitation. Habituellement, voir de belles autos l'aidait à se calmer.

Tournant sur la gauche, Antoine reprit sa route.

Mais cette fois-ci, il avait les épaules voûtées.

C'est alors qu'Anne comprit.

Ce n'était pas de la dureté qu'elle avait aperçue dans le regard de cet enfant. C'était du désespoir. Celui qui naît quand la vie se fait trop lourde pour les épaules d'un enfant. Celui qui engendre la colère et la détermination.

Dans ce petit garçon qu'elle ne connaissait pas, c'est l'enfant qu'elle avait déjà été qu'Anne venait de reconnaître.

Elle se demanda ce qui rendait cet enfant si malheureux, le cœur oppressé. Elle resta immobile à le regarder se fondre dans la foule des passants. Quand elle fut certaine qu'il ne ferait pas demi-tour, elle se décida à rentrer.

Anne n'avait plus besoin d'une longue promenade, sa colère était tombée.

En entrant chez elle, elle téléphonerait à Blanche pour l'inviter, allant même jusqu'à s'excuser de ne pas l'avoir fait avant. Pourquoi générer une chicane inutile?

Anne esquissa un sourire moqueur.

Elle n'aurait qu'à installer sa mère sous le petit arbre rabougri dans le fond de la cour. Un avorton d'arbre dont elle ignorait l'espèce et qu'elle avait même pensé à enlever. Une fois sa mère assise sous son arbre, Anne n'aurait plus qu'à l'oublier. Elle demanderait alors à Émilie de s'occuper d'elle, ce que sa sœur faisait toujours avec plaisir.

Et la prochaine fois qu'Émilie passerait la remarque qu'elle n'avait pas d'enfant, Anne savait maintenant ce qu'elle allait lui rétorquer.

Elle allait lui dire qu'on n'avait pas besoin d'avoir un

enfant pour les aimer et les comprendre. Il suffisait peut-être de se rappeler sa propre enfance.

Anne entra chez elle en priant, elle qui ne priait jamais, que la vie fasse en sorte que ses pas croisent de nouveau ceux de ce petit garçon. Elle avait l'intuition qu'elle avait maintenant des tas de choses à lui dire.

TROISIÈME PARTIE

Quand le monde s'ouvre devant soi

CHAPITRE 8

Avez-vous remarqué sur les trottoirs
Les petits enfants s'amusent?
Avez-vous remarqué sur les trottoirs
Les grands passent et les usent?
Avez-vous remarqué sur les trottoirs
Les petits enfants font des rondes?
Mais les gens pressés n'ont pas de mémoire
Et les arrêtent et les grondent?

Les trottoirs
Paroles et musique de Raymond Lévesque, 1954

Mercredi 23 juillet 1958

Habitué, depuis des années maintenant, à se lever en même temps que le soleil et parfois même avant, Adrien profitait du silence du petit jour et de la maison pour faire le point avec lui-même.

La journée s'annonçait belle. Le soleil glissait ses premiers rayons par la fenêtre de la salle à manger avant de venir mourir en longues coulées brillantes sur le plancher de la cuisine. Sans faire de bruit, Adrien fit bouillir de l'eau et se prépara un café. Puis, toujours aussi silencieusement, il prit place à la table de la salle à manger, savourant la chaleur réconfortante du soleil sur ses bras.

Après un mois de confinement dans des chambres d'hôtel, Adrien appréciait la liberté offerte par la maison de sa mère.

Pourtant, même s'il appréciait être ici, il n'en restait pas moins que la présence de Bernadette le troublait toujours autant et que celle de Marcel le faisait enrager. Son frère ne changerait probablement jamais et son mauvais caractère était toujours aussi désagréable.

Quant à Antoine et au petit Charles, c'est à peine si Adrien osait s'en approcher, certains regards de Maureen l'en ayant dissuadé. Il voyait bien que la présence de ces deux petits garçons, qui à certains égards lui ressemblaient beaucoup, attristait Maureen. Il n'avait finalement réservé qu'un seul samedi à Antoine et c'était bien parce que ce dernier avait longuement insisté pour que son oncle aille le chercher à son cours de dessin, avec sa belle auto, bien entendu, pour ensuite passer chez son ami Ti-Paul.

— Ça fait des années, mononcle, que j'y parle de ton char décapotable. T'es toujours ben pas pour repartir par chez vous sans y montrer.

— On peut y aller tout de suite, si tu veux! Ou appelle-le pour lui dire de venir. On pourrait aller se prome...

— Non!

La réponse d'Antoine était on ne peut plus catégorique, ce qui tira un sourire moqueur à Adrien.

— Non... chus pas sûr qu'y' est là! expliqua alors le jeune garçon, espérant de tout son cœur qu'il serait suffisamment convaincant. Mais samedi prochain, par exemple, on pourrait y aller. Mon ami Ti-Paul est toujours chez eux, le samedi après-midi. Pis moé, en même temps, je pourrais sauver un voyage avec mon barda de peinture. Dis oui, mononcle, s'il vous plaît!

Ce fut ainsi qu'Antoine arracha un seul misérable samedi à son été, le premier samedi où son oncle était à la maison. Pour le reste, il comprit assez rapidement que l'oncle Adrien n'était plus celui qu'il avait connu, et que ce n'était surtout pas lui qui allait régler son problème comme il l'avait si longtemps espéré. Sa disponibilité avait changé, son attitude aussi.

Depuis qu'il était arrivé, Adrien passait la majeure partie de son temps avec Maureen, une femme qu'Antoine n'appréciait pas plus qu'il ne le fallait. Elle ne disait pas un mot de français, s'habillait comme une grande dame, ce qu'il trouvait un peu ridicule pour le salon chez lui, faisait les gros yeux quand Adrien jouait avec Charles, et soupirait quand il parlait d'organiser une sortie en famille. Une semaine de ce régime et l'oncle Adrien avait choisi de s'occuper exclusivement de Maureen et d'Évangéline. À partir de là, leur vie familiale, à sa mère, son frère et lui, avait repris comme avant, Laura en moins. Comme sa mère ne semblait pas apprécier la présence de Maureen, elle non plus, se plaignant régulièrement du surplus d'ouvrage que cette visite occasionnait et critiquant tout aussi régulièrement les absences répétées de Marcel qui avait vite repris l'habitude de fuir son frère, Antoine en avait conclu que la tante américaine ne méritait pas leur affection, et il s'était désintéressé d'elle, concentrant ses énergies pour élaborer des stratagèmes ou concocter des échappatoires pour le samedi après-midi. Malheureusement, moins patiente que d'habitude, sa mère n'acceptait ni les maux de ventre ni les maux de tête et encore moins les indigestions en préparation, et comme l'imagination d'Antoine n'allait pas plus loin...

— C'est quoi ça, encore? T'as mal au cœur? Si t'es malade, Antoine Lacaille, m'en vas te guérir, moé! Je commence à en avoir assez de tes bobos partout! Au lit pour la semaine avec du bouillon de poule pis des biscuits *Arrowroot*. M'en vas te replacer l'estomac, j'te dis rien que ça. Pis pas question d'aller chez Ti-Paul pour jouer avec lui. Tu restes icitte pis tu te reposes ou ben tu vas à ton cours. C'est toé qui décides.

Antoine avait baissé les yeux mais non sans avoir remarqué, au même instant, les regards de l'oncle Adrien qui ne semblait pas d'accord avec sa mère. Malheureusement, cet oncle anciennement si compréhensif, si gentil, n'avait rien dit, et Antoine n'avait pas osé lui reparler de cet épisode, la présence de Maureen l'intimidant au-delà des mots pour le dire.

L'incident s'était passé samedi dernier, à l'heure du dîner, et c'est à ce moment un peu particulier qu'Adrien repensait encore, ce matin. À cette colère de Bernadette qui l'avait surpris, et à l'attitude d'Antoine, qui s'était refermé comme une huître devant les menaces de sa mère. Le jeune garçon avait alors quitté la table sans dire un mot et Adrien ne l'avait pas revu de la journée.

Le jeune Antoine qu'il côtoyait depuis un mois n'avait rien à voir avec l'enfant enjoué qu'il avait connu quelques années auparavant. Bien sûr, il n'avait jamais été un enfant turbulent ou bruyant comme le sont bien des petits garçons, mais, au moins, et de cela Adrien se souvenait fort bien, il y avait de la joie dans son regard. Aujourd'hui, le regard d'Antoine semblait hermétique, presque dur.

De là à tenir son frère responsable de la situation, il n'y avait qu'un pas qu'Adrien n'eut aucune difficulté à franchir. Le simple fait de voir l'attitude de Marcel envers ses deux fils permettait de constater l'incroyable différence entre ceux-ci. Un enfant aussi sensible qu'Antoine ne pouvait qu'en souffrir.

Était-ce là la cause de ce mal-être que semblait porter Antoine?

Mais que pouvait-il dire ou faire sans risquer de mettre le feu aux poudres? Marcel n'avait jamais accepté d'ingérence dans sa vie, sinon celle d'Évangéline et c'était bien parce qu'il n'avait pas vraiment le choix. S'il se permettait de critiquer ou simplement de conseiller, c'était Antoine qui risquait d'en subir les conséquences. Ou Bernadette. Si par contre, il ne disait rien mais tentait de s'occuper lui-même d'Antoine durant son séjour ici, c'était Maureen qui allait en subir le contrecoup. Voir son mari prendre un enfant sous son aile amènerait sûrement Maureen à souffrir encore un peu plus de ne pouvoir mener une grossesse à terme. Et le but poursuivi en entreprenant ce voyage, l'envie de voir Maureen reprendre sa vie en mains, serait anéanti.

Adrien soupira bruyamment.

Il ne voulait même pas penser à la réaction de sa belle-famille, de sa belle-mère surtout, s'il fallait que Maureen revienne dans l'état où elle était partie. Pour l'instant, tout semblait aller mieux et c'était ce qui comptait le plus à ses yeux.

Adrien inspira longuement en baissant les paupières avant de prendre une gorgée de café. Chaque fois qu'il venait ici, le même scénario se répétait. Il avait cette impression d'immobilisme qui l'exaspérait, ce sentiment de tourner en rond qui l'excédait, et il regrettait l'impulsion qui l'avait amené à vouloir revoir les siens.

— Déjà debout?

La question n'était qu'un chuchotement. Néanmoins, Adrien sursauta et se retourna vivement. Les reins appuyés contre la poignée du fourneau, Bernadette le regardait. Derrière elle, la bouilloire commençait à expirer son nuage de vapeur. Une tasse et une cuillère attendaient sur le comptoir. Plongé dans ses pensées, Adrien ne l'avait pas entendue arriver.

Il y avait une telle douceur sur le visage de Bernadette qu'Adrien douta un instant avoir été témoin de son emportement, l'autre jour. Il esquissa l'ébauche d'un sourire. Avec une mère telle que Bernadette, Antoine ne craignait rien. Pourquoi s'en faire? S'il avait un problème, Bernadette serait là, disponible sans condition. Un moment d'impatience, ça pouvait arriver à tout le monde... Adrien fit glisser sa chaise pour se retrouver devant Bernadette.

— Oh! Je t'ai réveillée? Je m'ex...

Un doigt sur les lèvres, Bernadette lui demanda de se taire, ce qu'il fit aussitôt, à son grand soulagement. Elle n'avait surtout pas envie de voir toute la famille débarquer dans la cuisine.

Depuis l'arrivée d'Adrien, Bernadette espérait un moment comme celui-là. Un moment arraché à la routine qui leur permettrait de parler ensemble sans Maureen, sans Évangéline, sans les enfants. Devant eux, certaines choses ne pourraient être dites sans susciter de questions. Oui, Bernadette l'avait espéré, ce moment où elle comptait lui dire que, finalement, sa vie n'était pas si détestable et que c'est en grande partie à lui qu'elle le devait.

Le changement d'attitude d'Évangéline datait bien de son premier voyage. Et ce changement s'était bonifié quand elle était revenue du Texas, où elle avait assisté au mariage de son fils. Cette relation empreinte d'affection et de complicité entre Évangéline et sa belle-fille permettait d'aborder le quotidien avec Marcel d'une tout autre façon. Bernadette n'était plus malheureuse et cela, c'était à Adrien qu'elle le devait. Il y avait désormais à ses côtés une femme avec qui elle pouvait tout partager et presque tout dire. Ce matin, c'étaient toutes ces choses qu'elle voulait confier à Adrien, loin des oreilles de la famille. Quand il était venu annoncer son mariage prochain avec Maureen, deux ans auparavant, Bernadette n'avait rien pu dire, car elle était trop bouleversée. Aujourd'hui, c'était différent. Sa vie était différente.

Le temps de verser l'eau bouillante sur la poudre de café instantané, d'ajouter un peu de lait dans sa tasse et Bernadette vint rejoindre Adrien, fermant doucement la porte derrière elle. Si jamais Marcel se pointait à la cuisine, elle pourrait toujours expliquer qu'elle ne voulait réveiller personne. Son mari n'avait pas à savoir qu'en fermant la porte ainsi, Bernadette espérait créer un peu d'intimité pour retrouver ce qui un jour avait déjà existé entre Adrien et elle.

Cette attirance entre eux qui n'avait jamais été exprimée en mots, l'avait-elle simplement rêvée, souhaitée ou avait-elle réellement existé?

Et l'analyse de la relation qui liait Adrien à Maureen n'avait rien changé aux interrogations de Bernadette. De toute évidence, Adrien tenait à son épouse et c'était réciproque. Mais entre eux? Que s'était-il réellement passé entre eux? Elle avait besoin de savoir, elle avait besoin de croire que ce jardin secret qu'elle se plaisait à cultiver n'était pas qu'un simple mirage.

Bernadette se tira silencieusement une chaise, face à Adrien. Prenant tout son temps, elle souffla sur son café avant d'en prendre quelques petites gorgées prudentes.

Puis, elle se décida et leva les yeux.

C'est alors qu'elle comprit qu'elle n'avait rien inventé. Cette tendresse entre eux, ce coin secret du cœur qui appartenait à l'autre, étaient bien réels. La complicité, la compréhension de l'autre, refirent aussitôt surface, se contentant d'un regard intense pour s'exprimer.

Ils restèrent un long moment, les yeux dans les yeux, sans ressentir le besoin de parler. Le silence entre eux était rempli de pensées, de paroles qui n'avaient pas besoin d'être dites pour être comprises.

Puis, Adrien tendit la main et la posa sur le bras de Bernadette.

— Ça va, toi?

Bernadette prit une longue inspiration tremblante avant de répondre.

— Ça va. Des hauts pis des bas avec les enfants, c'est ben certain. Marcel qui est pas toujours commode, tu sais ben comment c'est qu'y' peut être, mais ça va. Évangéline m'aide beaucoup, pour toute. Pis ça, c'est à toé que je le dois. C'est toé qui as parlé à Évangéline, je le sais, pis ça a changé ben des choses pour moé... Pis toé? Comment ça va là-bas, dans ton Texas?

— Oh...

Adrien eut une courte hésitation.

— Ça va.

Un sourire un peu triste passa de l'un à l'autre.

— Si Maureen pouvait enfin avoir un bébé, ça irait sûrement mieux, mais...

— C'est sûr... Je sais pas ce que je ferais sans mes enfants. Maureen doit être ben malheureuse de voir que ça marche pas... Je le vois dans ses yeux quand a' regarde mes deux gars pétants de santé.

Comme si tout avait été dit, le silence revint se poser entre eux, éternel complice de leur secret. Les regards étaient suffisamment éloquents. Sans le quitter des yeux, Bernadette posa une main sur celle d'Adrien et la serra très fort de tous ces mots qu'elle ne dirait jamais. Il répondit à sa caresse en faisant glisser un doigt le long de sa joue. Puis, ils reculèrent sur leur chaise respective dans cet accord tacite qui existait entre eux.

Le temps de reprendre pied dans la réalité du quotidien, puis Bernadette se remit à parler.

— C'est ben dommage que t'ayes pas vu Laura.

— Justement... J'avais pensé aller à Québec avec Maureen avant de reprendre la route pour les États. Si tu me donnais l'adresse de Laura, je pourrais peut-être lui faire la surprise d'une petite visite... Qu'est-ce que tu en penses?

Bernadette s'activait, enlevant une graine sur la table, tournant sa tasse de café entre ses mains. Une lueur joyeuse s'était allumée au fond de ses prunelles. Tout ce qui touchait ses enfants la touchait par ricochet.

— Ce que j'en pense? C'est une verrat de bonne idée que t'as là. Je connais ma fille, a' va être folle comme un balai.

— Considère que c'est fait!

— Mais Maureen?

— Quoi, Maureen?

— Ben... Tu sais ben... Sa réaction face à mes gars. Voir ma fille, c'est pas le diable mieux. Ça va y rappeler qu'a'...

— Laura ne me ressemble pas comme Antoine et Charles. On ne peut toujours pas faire comme si tes enfants n'existaient pas. Quand même!

À ces mots, Bernadette baissa la tête et camoufla la rougeur de ses joues derrière sa tasse de café. Si jamais elle avait eu l'intention de dévoiler le secret entourant la naissance de son petit Charles, l'occasion lui était offerte sur un plateau d'argent. Mais comme elle avait choisi de ne rien dire...

Elle se releva pour reprendre contenance et, comme le faisait si souvent Évangéline, elle se pencha au-dessus de la table et tapota le bras d'Adrien.

— Ouais... C'est une saprée bonne idée que t'as d'aller à Québec.

C'est alors qu'Adrien emprisonna la main de Bernadette dans la sienne et dans un souffle, il avoua:

— Oui, c'est une bonne idée. Pour tout le monde à commencer par moi. Il est temps que je parte sinon...

Dans un geste presque violent, Adrien porta la main de Bernadette à ses lèvres. Surprise, le cœur battant la chamade, Bernadette resta un moment immobile puis elle arracha sa main à l'emprise d'Adrien.

— Non, Adrien, non. On a pas le droit. Pis tu le sais. Pense à Maureen, pis moé, j'vas essayer de penser à Marcel...

D'un geste vif, la main tremblante, Bernadette rafla les deux tasses restées sur la table. Puis, tout aussi brusquement, elle les redéposa devant elle, s'approcha d'Adrien et se penchant par-dessus son épaule, elle effleura sa joue d'un baiser avant de reculer précipitamment.

— T'as raison, fit-elle en reprenant les tasses, vaut mieux que tu partes pour Québec. Pis le plus vite possible. Astheure, moé, j'vas faire le déjeuner. C'est comme rien que Marcel pis les enfants vont se lever betôt.

Pourtant, malgré le ton catégorique qu'elle avait donné à sa voix, Bernadette s'arrêta sur le seuil de la porte de la cuisine.

— Adrien? J'aimerais te parler d'Antoine. Je...

Bernadette s'arrêta brusquement, surprise de voir que les mots avaient débordé la limite qu'elle s'était imposée après de longues heures de réflexion. Adrien ne pouvait rien pour son fils, il habitait trop loin et son intervention ne pourrait qu'être mal perçue par Marcel. Elle s'était promis de ne pas en parler et voilà que les mots s'étaient précipités, hors de contrôle.

Adrien posait sur elle un regard curieux. Peut-être allait-il enfin comprendre ce qui semblait tant tracasser son neveu.

— Oui. Qu'est-ce qu'il a Antoine?

Bernadette secoua vigoureusement la tête.

— Rien.

Elle se tut brusquement, hésita, se mordillant la lèvre.

— Non, c'est pas vrai, avoua-t-elle enfin après un court silence.

Bernadette n'avait pu se résoudre à mentir à Adrien. Il y avait si peu de choses entre eux qu'elle n'avait pas envie de gâcher cette sincérité qui, elle, existait vraiment.

Quand Bernadette leva enfin les yeux vers lui, Adrien y vit une infinie tristesse.

— Y a quèque chose, mais je sais pas quoi, par exemple. Par bouttes, Antoine, y' est correct. Toute va ben. Pis d'un coup, y' devient grognon pis...

— J'avais remarqué.

Bernadette soupira bruyamment, quand même soulagée de voir que quelqu'un d'autre avait perçu le changement. Malheureusement, ce fait ne changeait pas grand-chose à la situation.

— Oublie toute ça, veux-tu? J'aurais même pas dû t'en parler. Je fais probablement des montagnes avec rien. Ça doit être l'âge. De toute façon, tu peux rien faire pour lui sans risquer de...

En prononçant ces derniers mots, Bernadette planta son regard dans celui d'Adrien.

— Pas besoin de te faire un dessin, tu sais sûrement ce que je veux dire.

Sur ce, sachant très ben qu'Adrien avait compris à qui elle faisait allusion, Bernadette tourna les talons.

— C'est moé que ça regarde, cette histoire-là. Moé pis Marcel. C'est à lui qu'y' faut que je parle, pas à toé. J'attends juste qu'y' redevienne parlable pour le faire.

Tout en expliquant son point de vue, Bernadette avait regagné la cuisine.

— Si je faisais des crêpes pour déjeuner? Ça serait bon, pis les enfants vont être contents. Pis fais-moé penser! Après le repas, j'vas t'écrire l'adresse de Laura sur un bout de papier. Avec le soleil qu'y' fait à matin, me semble que ça serait une bonne idée de prendre la route pour Québec... Ouais, une verrat de bonne idée!

C'est ce que firent Maureen et Adrien un peu après l'heure du dîner sous le regard humide d'Antoine qui aurait bien aimé les accompagner. Ça aurait peut-être fait un samedi de moins dans cet été qui semblait ne jamais vouloir finir. Mais comme Maureen ne semblait pas l'aimer, l'invitation n'était pas venue. En fait, de soupirs à peine camouflés en regards sombres, Antoine en avait conclu que sa tante des États n'aimait pas les enfants. C'était l'évidence même, car Charles, que tout le monde aimait, ne l'attirait pas du tout.

C'était plutôt Évangéline qu'Adrien avait pensé à inviter. Cette dernière avait fait de gros yeux tout ronds remplis d'incrédulité.

— Moé? Moé à Québec?

Puis, catégorique, après avoir réussi à avaler ce qu'elle avait dans la bouche, elle avait affirmé en secouant vigoureusement la tête:

— Pas question.

À l'autre bout de la table, le menton appuyé dans la paume d'une main, Adrien attendait une explication valable. Sa mère n'avait-elle pas dit, alors qu'elle s'apprêtait à quitter le Texas, qu'elle regrettait de ne pas être plus jeune pour voyager un peu? C'était là une belle occasion.

— Mais pourquoi? C'est une belle ville et...

Évangéline balaya la tentation d'un coup de fourchette dans les airs.

— Je sais toute ça, Adrien. Mais je changerai pas d'idée.

Sur ce, Évangéline se tut brusquement, portant les yeux sur son assiette et picorant dans son macaroni du bout de la fourchette.

— Et si on en profitait pour aller à Sainte-Anne-de-Beaupré? Si je me rappelle bien, c'est dans trois jours qu'il va y...

— Adrien!

Visiblement, Évangéline commençait à perdre patience, peu habituée de voir quelqu'un lui tenir tête. Elle leva les yeux et vrilla son regard acéré dans celui de son fils qui ne comprenait pas ce qui pouvait exaspérer sa mère à ce point.

— Essaye pas de me prendre par les sentiments, Adrien Lacaille, ça marche pas. J'ai dit non pis ça va rester non. Pas question d'aller passer quèques jours à Québec quand ben même ça serait pour la fête du pape! Dis-toé que la bonne Sainte-Anne, a' va comprendre ça.

— Mais pourquoi?

— Ça, mon gars, ça te regarde pas. C'est personnel. Pis explique donc en anglais à ta Maureen que c'est pas à cause d'elle que j'veux pas aller à Québec. Je voudrais pas qu'a' pense que j'y en veux d'une manière ou ben d'un autre. Astheure, fiche-moi patience avec tes invitations pis laisse-moé finir de manger avant que ça soye frette. J'hais ça manger frette pis tu le sais.

Dès le repas du midi avalé, Adrien et Maureen partirent donc pour Québec, seuls, réitérant la promesse d'aller visiter Laura le plus tôt possible.

— C'est ma fille qui va être contente, apprécia Bernadette,

restée sur le balcon avec Évangéline à saluer le couple qui partait. Ben contente.

Puis, dès que l'auto bleu ciel eut disparu, avalée par la circulation au coin de la rue, Bernadette laissa retomber son bras en soupirant.

— Enfin, un peu de repos. C'est pas trop tôt! C'est pas qu'est pas fine, Maureen, comprenez-moé ben, mais ça m'achale quèqu'un que je connais pas vraiment qui fouille dans ma cuisine. Surtout quèqu'un qui fouille en anglais. Chus pas comme vous, la belle-mère, moé, ça m'énerve de parler par signes. Astheure, j'vas aller promener mon Charles. Y' fait beau sans bon sens pis pour une fois, j'ai toute mon temps devant moé. Si vous y voyez pas d'inconvénient, on va se contenter d'un p'tit souper frette pour à soir.

— Fais à ta guise, ma fille. Moé avec, je commence à être tannée de l'anglais pis des p'tites assiettes dans les grandes. Un peu d'ordinaire, ça va nous faire du bien! Si toé t'as envie d'aller promener le p'tit, moé, c'est Noëlla que j'vas aller voir. C'est pas des maudites farces, depuis qu'Adrien est arrivé, je l'ai pas rencontrée une seule fois. On se retrouve plus tard pis profite de ton après-midi.

*   *   *

Quand, en fin d'après-midi, Bernadette passa à la boucherie pour acheter du jambon et prévenir Marcel que son frère était parti pour Québec et qu'ils ne seraient que trois pour le repas, Évangéline restant souper chez Noëlla et Antoine chez son ami Ti-Paul, une lueur de réel plaisir traversa le regard de son mari.

— Adrien? Parti à Québec? Ben tu parles d'une bonne nouvelle, lança-t-il sans ambages, sachant que Bernadette n'étant pas Évangéline, elle ne le prendrait pas mal.

Marcel jeta un rapide coup d'œil autour de lui pour être bien certain qu'aucun client ne puisse l'entendre, puis il ajouta à voix basse:

— Je commence à être pas mal tanné d'entendre parler anglais chez nous.

Bernadette lui répondit sur le même ton.

— Ben tu sauras, mon Marcel, entre toé pis moé, que même ta mère commence à être tannée de l'anglais.

Marcel eut l'air franchement surpris.

— Ah ouais? Même la mère? J'aurais jamais cru...

— C'est comme je te dis. C'est elle en personne qui m'a confié ça, à midi.

Puis, reprenant un ton normal, Bernadette conclut en glissant le paquet de jambon dans le grand sac de toile qu'elle emportait toujours pour faire les commissions:

— Bon ben, astheure, je te laisse finir ta journée pis moé, je m'en vas aller faire le souper. Rien de ben compliqué, par exemple, y' fait trop chaud.

— C'est vrai qu'y' fait chaud en calvaire!

Bernadette arrivait au bout de l'allée quand Marcel la rappela.

— Bernadette! Reviens icitte une menute... Avec toute ça, j'ai oublié de prendre le prix du jambon pour le payer avant de partir... Pis...

Marcel hésita un instant comme s'il avait à réfléchir longuement à ce qu'il allait dire tandis que revenue devant lui, Bernadette lui tendait le paquet de viande. Marcel nota le montant sur un bout de papier, remit le petit paquet enveloppé de papier brun à Bernadette, attrapa un torchon puis se décida enfin à lever les yeux vers elle.

— Pis que c'est tu dirais si j'achetais deux casseaux de

frites de Chez Albert, en passant, après la job? finit-il par proposer. On pourrait manger ça avec le jambon pis une couple de tomates en tranches. Monsieur Perrette en a reçu des ben belles à matin. Les premières de la saison.

Bernadette, elle, n'hésita pas une fraction de seconde avant de répondre. Fallait-il que Marcel soit soulagé de savoir son frère parti pour lui faire une telle proposition! N'empêche que c'était gentil... Elle lui offrit un beau sourire.

— T'es ben smatt d'avoir pensé à ça, Marcel. C'est vrai que ça serait bon, des patates frites, pis comme ça, j'aurais rien à faire pour souper.

— Ben, c'est ça que j'vas faire.

Marcel avait l'air tout fier de lui comme s'il venait d'inviter sa femme à une soirée de grand apparat.

— M'en vas acheter deux casseaux de frites, non, trois, pour être ben sûr qu'on en manquera pas. Pis j'vas choisir les tomates moé-même. Espère-moé dans pas trop longtemps, y a quasiment personne aujourd'hui, y' fait trop chaud. Le temps de laver mes comptoirs pis j'arrive.

Bernadette avait vu juste. Marcel était soulagé de savoir qu'Adrien ne serait pas assis en face de lui pour souper.

Pour une première fois depuis fort longtemps, il avait hâte de rentrer à la maison.

Pour une première fois depuis des mois et des mois, Marcel Lacaille avait l'agréable sensation de rentrer enfin chez lui.

Tout au fond de lui, Marcel avait toujours su que l'idée d'acheter la maison de la veuve Sicotte n'était qu'un rêve. Mais il était si tentant ce rêve, il l'avait si bien entretenu, qu'au fil des mois, d'un calcul budgétaire à un autre, d'un espoir insensé à un autre, il avait fini par y croire. Être chez lui, sans avoir sa mère pour lui dire quoi faire et quoi penser à tout propos était devenu LE but à atteindre. Quand il avait appris que la maison était déjà vendue, sa déception avait été immense. Trois mois plus tard, il commençait à peine à s'en remettre. Alors, ce soir, apprendre que pour une fois, il serait seul avec Bernadette et Charles était aussi attirant et reposant qu'une oasis dans le désert.

Bernadette aussi retourna à la maison le cœur léger. L'image de Marcel souriant avec une sincérité peu habituelle de sa part la porta jusque devant chez elle.

Décidément, cette journée passerait aux annales des belles journées de son agenda personnel.

Comme chaque fois qu'Adrien venait à la maison, Bernadette avait puisé dans leur conversation du matin une forme de courage, une dose d'énergie, qui rendait le quotidien plus agréable. Elle se savait aimée et elle aimait en retour. Même à distance, même en secret, cela lui suffisait.

— Pis au boutte du compte, murmura-t-elle pour elle-même en entrant dans l'appartement, c'est Marcel qui va en profiter. Verrat que la vie peut être bizarre, des fois!

Le souper, ce soir-là, se déroula comme Bernadette aurait aimé qu'il se déroule tous les jours. Pas de chicanes désagréables, pas de remarques déplaisantes, pas d'obstinations sur des détails. Marcel mangeait de bel appétit, une bière fraîche à portée de la main, ce qu'Évangéline n'avait jamais toléré à la table.

— À soir, comme y' continue de faire chaud, annonça-t-il en s'essuyant la bouche du revers de la main, j'vas amener le p'tit dans cour d'école pour lancer le ballon avec lui avant que tu le couches. Y' aime ça sans bon sens, jouer au ballon, pis y' est fort, le p'tit bonyenne!

— Bonne idée, approuva Bernadette, occupée à préparer une seconde assiettée de jambon pour son mari.

Le principal intéressé avait levé les yeux de son bol.

— Au ballon? Avec popa?

Marcel regarda le bambin avec ce sourire attendri qu'il n'avait que pour lui.

— Ouais, mon gars! Au ballon avec popa. Si tu vides ton assiette, comme de raison.

Il n'en fallut pas plus pour que Charles plonge sa cuillère dans son bol avec énergie et s'engouffre une énorme bouchée de jambon dans la bouche. Rien ne lui plaisait autant que d'aller jouer au ballon dans la cour d'école avec son père. Au même instant, le regard de Marcel croisa celui de Bernadette et un sourire de connivence voyagea d'un bout à l'autre de la table.

C'était bien la première fois en quinze ans de mariage que Bernadette ressentait une certaine complicité avec Marcel. Elle en soupira de contentement. C'est alors que le nom d'Antoine s'entortilla à cette sensation de confort qui l'envahissait. Elle en sursauta presque. Du coin de l'œil, elle regarda Marcel qui mangeait allègrement, visiblement heureux.

Pourquoi ne pas profiter des bonnes dispositions de Marcel pour parler d'Antoine? Cela faisait des semaines qu'elle remettait cette discussion sous prétexte que son mari était de sombre humeur. Alors?

Bernadette pencha la tête sur son assiette, concentrant ses gestes à couper méticuleusement une tranche de tomate en toutes petites bouchées. Jamais une occasion ne serait aussi favorable qu'en ce moment parce que jamais, auparavant, elle n'avait vu Marcel d'aussi bonne humeur. Elle en était consciente. Mais, en même temps, elle savait qu'elle risquait d'assombrir l'atmosphère qui régnait présentement sous leur toit et elle n'en avait pas envie. Pourquoi gâcher une journée à ce point parfaite?

L'image de son fils arrivant à la maison tête basse, silencieux et s'enfermant invariablement dans sa chambre la décida. Elle n'avait pas le droit d'attendre, quelles qu'en soient les conséquences. Elle s'était promis de parler quand Marcel serait plus disponible, et de toute évidence, il était disponible. Jamais il ne le serait autant qu'en ce moment, sinon, peut-être, dans un avenir hypothétique et fort lointain. Bernadette connaissait suffisamment son mari pour le savoir.

Marcel venait de repousser son assiette et s'apprêtait à retirer le bol de Charles de la tablette de sa chaise quand Bernadette releva la tête.

— Marcel? Je... Avant que tu partes, j'aurais une question à te poser.

Marcel tourna la tête vers elle tout en continuant à s'occuper de Charles qui était déjà debout dans sa chaise.

— Calvaire! T'as ben l'air sérieuse tout d'un coup.

— C'est pasque je pense que c'est important.

Marcel soupira.

— Ça pourrait pas attendre que je revienne?

Bernadette fit une moue convaincante, sachant qu'elle n'avait pas le droit de laisser passer pareille occasion. Marcel n'avait pas encore affiché son air impatient ou colérique, ce qui, en soi, était déjà un point de gagné.

— Pas vraiment. J'aimerais ça, qu'on profite qu'y a personne dans maison pour discuter un peu.

Marcel soupira une seconde fois et beaucoup plus bruyamment. Bernadette commença à regretter d'avoir entamé la discussion, mais connaissant Marcel, elle savait qu'il était trop tard pour reculer.

— Envoye, ti-bum, dit-il à son fils qu'il venait de déposer sur le plancher tout en lui donnant une petite tape sur le fond de culotte. Va dans ta chambre pour jouer.

— Mais le ballon?

— Justement, va le chercher, ton ballon, pis essaye de le faire rebondir comme je t'ai montré. M'en vas t'appeler. On part dans deux menutes.

Dès que Charles eut quitté la cuisine, Marcel se tourna vers Bernadette.

— Envoye! Pose-la ta calvaire de question que je puisse partir.

— C'est à propos de... à propos d'Antoine. Je... Tu trouves pas qu'y' a l'air un peu spécial depuis un boutte?

— Antoine? Spécial?

L'éclat qui traversa le regard de Marcel donna froid dans le dos à Bernadette. Ce n'était pas le sarcasme habituel qui accompagnait les quelques discussions qu'ils avaient pu avoir au sujet d'Antoine. Non. C'était différent. Comme plus froid et plus dur. Marcel laissa planer un long silence avant de faire un pas vers la table et d'appuyer fermement ses deux mains sur le dossier d'une chaise. Bernadette nota qu'il n'avait pas l'air en colère et en même temps, elle se demanda si c'était bon signe. Machinalement, elle tendit la main pour commencer à empiler les assiettes sales quand Marcel se mit à parler, ce qui fit avorter son geste.

— Non, je trouve pas qu'Antoine a l'air un peu spécial, comme tu dis. Y' est pas différent de ce qu'y' a toujours été. Calvaire, Bernadette, ça fait des années que je te répète que ton fils est pas normal pis c'est juste là que tu t'en rends compte? Y' était temps que tu t'ouvres les yeux.

À ces mots, Bernadette pencha la tête. Après tout, Marcel n'avait peut-être pas tout à fait tort.

— Sacrament, regarde-moé quand je te parle, ordonna Marcel en frappant la table du plat de la main. Pasque là, pour une fois, c'est moé qui va parler d'Antoine. Ça fait dix ans que je vous écoute, toé pis la mère. Ça fait dix ans que personne veut savoir ce que j'en pense, d'Antoine. «Y' est trop p'tit! Y' est trop fragile, parodia-t-il d'une voix moqueuse. Tu comprends rien, Marcel!». Pis là, tout d'un coup, tu te réveilles?

Le ton persifleur employé par Marcel eut l'heur de faire sortir Bernadette de l'espèce d'engourdissement où la plongeaient habituellement ses confrontations avec Marcel. Elle releva le front et fit face à son mari avec détermination. Le bonheur d'un de ses fils en dépendait.

— Mettons, ouais, mettons que c'est ça, répondit-elle sur le même ton. Je me réveille pis je me rends compte qu'y' a pas l'air heureux, cet enfant-là. Pis ça m'achale. Pas toé?

Marcel haussa les épaules avec une indifférence calculée.

— À qui la faute? Maudit calvaire, Bernadette, ça fait des années que tu le couves comme un bebé. Ça fait des années que tu y passes tous ses caprices. Je t'avais prévenue, calvaire que je t'avais prévenue. Mais t'as jamais voulu m'écouter. Tu vois ce que ça donne, astheure? Une moumoune, une lavette. Demande-toé pas pourquoi c'est faire qu'y' a pas l'air heureux, ton Antoine. Un gars qui a pas l'air d'un gars, ça peut pas être heureux. C'est aussi simple que ça.

Il y avait dans les propos de Marcel une espèce de logique un peu tordue que Bernadette, cependant, n'arrivait pas à désavouer. Et s'il avait raison? Et si à force de vouloir protéger Antoine, elle n'avait réussi qu'à en faire un enfant anxieux, craintif de tout, à commencer de lui-même qui grandissait et changeait? Elle joua le tout pour le tout, espérant que Marcel accepterait.

— Pis si je te disais que je regrette? Si je te demandais d'y voir, à Antoine? Après toute, c'est ton gars à toé avec.

Marcel échappa un ricanement que Bernadette n'arriva pas à s'expliquer.

— Tu me prends-tu pour un cave? Astheure que tu te rends compte que tu t'es trompée, tu voudrais que je recolle les morceaux? Pantoute, calvaire! Pantoute! T'avais juste à m'écouter avant. Quand j'y ai acheté des billets de hockey, t'aurais dû être de mon bord au lieu de rien dire. Quand je voulais qu'y' aille jouer dehors, quand j'étais même prêt à y aller avec lui, t'aurais dû y dire que c'était le fun, de jouer dehors au lieu de l'encourager à rester dans sa chambre pour dessiner en me disant à moé qu'y' était encore trop p'tit. Ben non! T'as toujours voulu faire à ta tête, ben continue. Moé, ça me tente pas de ramasser une guenille. Tu peux la garder, ta guenille. Un fils, j'en ai un pis y' s'appelle Charles. C'est de lui que j'vas m'occuper, à ma manière, pis on verra ben plus tard lequel des deux a réussi son affaire.

Bernadette dut se mordre la langue pour s'empêcher de lui crier par la tête que Charles n'était pas son fils. Mais comme souvent lorsqu'elle discutait avec Marcel, elle comprit que même ces mots-là ne serviraient à rien. Valait mieux se taire avant que ne viennent les coups.

Valait mieux se taire, car alors c'est Charles qui en subirait les conséquences et cela, Bernadette n'aurait jamais pu le tolérer.

— C'est correct, Marcel. J'ai compris. Tu dois avoir raison.

— Et comment que j'ai raison! Y' était juste temps que tu comprennes, calvaire. Astheure, moé, je m'en vas chercher Charles. J'hais ça y promettre de quoi pis pas le faire.

Bousculant une chaise, Marcel quitta la cuisine. Néanmoins, quelques instants plus tard, Bernadette l'entendit revenir sur ses pas. Un long frisson secoua ses épaules de façon incontrôlable. Mais Marcel s'arrêta dans l'embrasure de la porte.

— Tu vois, à soir, j'étais ben, dit-il d'une voix sourde, lourde d'une immense lassitude que Bernadette ne comprenait pas. Pour une fois, y avait pas de chicanes autour de la table. C'était comme je voudrais que ça soye tous les soirs. J'avais même pensé de te demander de venir avec nous autres dans cour d'école. T'aurais pu voir comment c'est qu'y' est bon avec un ballon, notre gars, pis on aurait pu s'acheter une crème à glace en revenant. Mais y' a fallu que tu viennes toute gâcher mon fun. Toé pis la mère, on dirait que c'est toute ce que vous voulez dans vie: gâcher mon fun, calvaire!

Quelques instants plus tard, la porte d'entrée claquait.

Marcel était parti jouer au ballon avec Charles, comme si de rien n'était, tandis que Bernadette, la tête enfouie dans ses deux bras appuyés sur la table, pleurait toutes les larmes de son corps.

Que s'était-il encore passé pour que Marcel en vienne aux accusations, aux reproches?

Encore une fois, Bernadette avait la douloureuse sensation d'avoir tout gâché, mais elle ne comprenait pas pourquoi. Après tout, on n'avait parlé que d'Antoine, le seul fils que Marcel n'aurait jamais.

CHAPITRE 9

Elle est à toi cette chanson
Toi l'étranger qui sans façon
D'un air malheureux m'a souri...
Ce n'était rien qu'un peu de miel
Mais il m'avait chauffé le corps
Et dans mon âme il brûle encore
À la manièr' d'un grand soleil

Chanson pour l'Auvergnat
PAROLES ET MUSIQUE DE GEORGES BRASSENS, 1954

Mardi 29 juillet 1958

La tête appuyée contre le dossier du banc et dodelinant au rythme des roues sur les rails, Laura regardait passer le paysage sans y porter attention. Dans quatre heures tout au plus, elle serait rendue chez elle.

Un vague sourire flottait sur ses lèvres.

Alors qu'au moment de son arrivée, Cécile était venue la chercher seule et visiblement très nerveuse, ce matin, la famille au grand complet s'était déplacée pour assister à son départ.

La famille Dupré...

Cécile, son mari Charles et le petit Denis...

Le sourire de Laura s'intensifia.

Si la chose avait été possible, Laura aurait osé dire que maintenant elle avait deux familles. Une à Montréal et une autre à Québec. Deux familles à la fois très différentes, mais porteuses d'une foule de similitudes qui alimentaient passablement son habituel questionnement sur les gens qui l'entouraient.

À commencer par Cécile.

Cécile n'avait pas été une patronne comme Laura s'était plu à l'imaginer avant son départ. Dès les premières heures écoulées, le temps de s'installer dans une chambre qu'on avait préparée à son intention avec beaucoup de soin, la relation entre elles s'était naturellement placée sous le signe de l'amitié. De l'amitié ou peut-être autre chose que Laura elle-même n'arrivait pas à qualifier. Ce qui avait été très clair depuis le début, par contre, c'était que Cécile Veilleux voulait que la vie au quotidien soit le plus simple possible.

— Pas question que tu m'appelles madame!

La voix de Cécile avait un petit quelque chose de catégorique et de triste qui avait intrigué Laura.

— Mon nom, c'est Cécile et de grâce, on se tutoie. Si on est pour vivre plus d'un mois ensemble, toutes les deux, autant être à l'aise tout de suite, non?

Intimidée, Laura n'avait eu d'autre choix que d'acquiescer. Il y avait tellement d'attente dans le regard de Cécile!

Le lendemain, elle ne pensait même plus à être embarrassée tant la présence de Cécile ressemblait à celle de sa mère. Même autorité attentive, même souci de son bien-être, même façon de l'intégrer à son quotidien... À un point tel que Laura se demandait, encore ce matin, pourquoi Cécile l'avait fait venir de Montréal puisqu'elle avait, de toute façon, rogné sur ses heures de travail pour être le plus souvent possible à la maison. Toutes les raisons lui semblaient bonnes pour être présente chez elle! Un jour, c'était la chaleur qui était accablante, le lendemain, c'était la pluie qui tombait trop dru. Un matin, Cécile avait mal à la gorge, un autre, elle n'avait pas entendu le cadran sonner. Après une dizaine de jours de ce régime, Laura avait délibérément choisi de ne plus se poser de questions. Après tout, Cécile était maîtresse de son temps et comme, au bout du compte, c'était elle, Laura, qui en profitait le plus...

Un bon soir, alors qu'elle se préparait pour la nuit, Laura avait poussé sa réflexion encore plus loin. Elle s'était dit que Cécile devrait avoir une petite fille parce qu'elle ferait une mère exemplaire pour une fille. Pourquoi ne pas en adopter une?

L'adoption avait d'ailleurs été le sujet d'une belle discussion avec Bernadette. Contrairement à Évangéline qui ne comprenait pas qu'on puisse avoir envie de s'occuper d'un enfant ne venant pas de soi, Bernadette voyait le geste comme un cadeau de la vie. Quoi de mieux, en effet, que d'avoir cette possibilité de fonder une famille pour un couple qui ne pouvait avoir d'enfants?

— Tu vois, Laura, si toé pis tes frères vous étiez pas là, ma vie aurait pas de sens. C'est pour vous trois que je fais toute ce que je fais. Je peux très bien comprendre Cécile d'avoir choisi un p'tit gars pour élever, vu qu'a' pouvait pas en avoir un à elle. Même si a' l'a un métier qui doit être ben intéressant, c'est pas suffisant pour une femme. Avoir un p'tit dans une maison, c'est autre chose qu'un métier. Avoir des enfants, c'est ce qu'y a de plus important dans la vie d'une femme.

Raison de plus pour aller chercher un autre bébé, se disait Laura.

Après quelques semaines de vie commune, elle s'était même enhardie à le dire à Cécile, un matin qu'elles étaient seules à la cuisine. Aux yeux de Laura, c'était la meilleure manière de lui faire comprendre à quel point elle appréciait son séjour à Québec, à quel point elle l'appréciait elle, Cécile Veilleux.

Malheureusement, Cécile n'avait pas semblé comprendre ce qu'elle cherchait à exprimer. Elle avait levé les yeux vers elle et l'avait longuement regardée sans parler, puis, brusquement, Cécile s'était détournée. Mais Laura avait eu le temps d'apercevoir une eau tremblante dans ses yeux. Quelques minutes plus tard, Cécile, d'une voix à l'enthousiasme un peu trop forcé, avait proposé une promenade sur les plaines d'Abraham, et Laura avait compris qu'elle venait de faire une erreur. Elle n'en avait plus jamais reparlé. Heureusement, le lendemain, la relation entre Cécile et elle avait retrouvé son entrain habituel. Quelques jours plus tard, Laura avait tout oublié de cet incident et, de toute évidence, Cécile aussi.

Ce fut ainsi que Laura n'eut ni le temps ni l'occasion de beaucoup s'ennuyer de Bernadette. Cécile l'avait remplacée de belle façon. Il n'y avait que le dimanche soir, au moment où elle lui parlait au téléphone, que la jeune fille prenait conscience de la distance qui la séparait de chez elle.

Et quand elle parlait à Antoine...

Au timbre de la voix de son frère, hésitant, timide, presque gêné, comme si Antoine avait à s'excuser de prendre du temps pour parler à sa sœur, Laura se rappelait qu'entre eux existait un secret, une entente qu'elle ne pouvait respecter à cause de la distance. Alors, oui, le dimanche soir, elle s'ennuyait de chez elle et trouvait que Montréal était fort loin. Sinon, la plupart du temps, elle l'oubliait.

Le petit Denis aussi, à sa manière, avait contribué à émousser l'ennui. Il lui faisait tellement penser à son frère Charles! Du haut de ses quatre ans, il pouvait passer un long moment à jouer seul, s'occupant à des jeux de construction ou faisant un casse-tête, tout comme son petit frère, alors que l'instant d'après, la maison tout entière frémissait de ses courses endiablées ou de ses jeux de ballons inconsidérés qui mettaient parfois les bibelots de Cécile en péril!

Affectueux, raisonnable par moments et énergique à d'autres, infatigable, Denis était probablement la projection de ce que serait son petit frère Charles dans un an. Laura l'adorait et le contact entre eux s'était fait avec une aisance instinctive. Laura aimait sincèrement les enfants et eux, ils le lui rendaient bien, se sentant acceptés sans compromis.

Et que dire de la tante Gisèle?

En sa présence, Laura n'avait qu'à fermer les yeux pour s'imaginer que sa grand-mère était là. Hormis l'apparence qui opposait irrémédiablement les deux femmes, la tante Gisèle étant grande et sèche, alors qu'Évangéline était plutôt petite et bien enveloppée, il y avait entre elles, dans le propos et dans la façon de l'exprimer, une similitude qui avait fait frissonner Laura lors de leur première rencontre. Elle avait alors fermé les yeux une fraction de seconde en se disant, médusée, que sa grand-mère l'avait poursuivie jusqu'à Québec pour la surveiller comme elle surveillait sa rue et ceux qui l'habitaient, déguisée en tante Gisèle.

Cependant, elle avait vite compris que, tout comme sa grand-mère qu'elle apprenait lentement à mieux connaître, la tante Gisèle avait un cœur d'or caché derrière sa voix bourrue, et ses remarques, parfois un peu trop directes, étaient empreintes de bonne volonté. Curieusement, chaque fois que Laura avait eu la chance de rencontrer la tante Gisèle, c'était sa grand-mère qu'elle avait l'impression de mieux découvrir à travers elle. Et tout aussi curieusement, elle s'aperçut qu'elle s'ennuyait d'Évangéline au même titre qu'elle pensait régulièrement à sa mère ou à ses frères.

Le seul dont elle ne s'ennuyait pas vraiment, c'était son père. Entre Charles, le mari de Cécile, et Marcel Lacaille, il n'y avait aucune comparaison possible si ce n'est que pour mesurer l'immensité du gouffre qui les séparait.

Charles était un homme intimidant, nul doute là-dessus, et sur ce point il aurait pu ressembler à son père. Mais rapidement, Laura avait compris que c'est à Gérard Veilleux, le frère de Cécile, qu'il lui faisait penser. Petit à petit, elle avait donc appris à apprécier son sens de l'humour et de la répartie malgré qu'il soit un homme sérieux. Avec lui, il n'y avait jamais de colères, de remontrances, de dévalorisations. Quand le petit Denis faisait une erreur, Charles en parlait avec lui, sévissait au besoin mais toujours dans le calme et le respect. Laura ne l'avait jamais entendu lever la voix. Plus d'une fois, elle s'était dit qu'Antoine serait probablement bien différent avec un père tel que lui.

Jusqu'à un certain point, Charles Dupré lui faisait aussi penser à son oncle Adrien, ce qui n'était pas pour lui déplaire. C'est à partir du jour où elle avait établi cette correspondance entre les deux hommes qu'elle avait perdu la gêne qu'elle ressentait devant le mari de Cécile. Curieuse de nature, Laura avait eu de longues discussions avec lui comme elle n'en aurait probablement jamais avec son père.

C'est ainsi que le mois de juillet était passé, d'une réflexion à une autre, sans qu'elle ressente trop d'ennui.

C'est ainsi qu'une bonne partie de l'été était passée, Laura allant d'une découverte à une autre.

Car, au-delà des ressemblances entre les deux familles, Laura découvrait en même temps un monde qui lui était jusqu'alors totalement étranger. Un monde où l'argent permettait bien des choses, une facilité déconcertante que ses parents auraient sûrement appréciée, certes, mais où la vie de l'esprit avait autant sinon plus d'importance que la nourriture posée sur la table.

— Quand tu ne sais pas quoi faire, Laura, prends un livre et lis! Mais, de grâce, pas des photoromans! Choisis plutôt de beaux, de bons livres. C'est comme ça que j'ai fait le tour du monde sans quitter mon salon, disait souvent Cécile. C'est comme ça que j'ai appris à mieux parler, à mieux m'exprimer, à mieux penser.

Laura buvait ses paroles, tentait de les mettre en application. Imperceptiblement, d'une remarque à une autre, Cécile était devenue un modèle pour elle. Partie de sa campagne, avec tout juste une neuvième année, comme Laura présentement, Cécile Veilleux était devenue médecin, alors que la profession était généralement réservée aux hommes. Autre point qui plaçait Cécile sur un piédestal, aux yeux de Laura.

Alors, quand Cécile lui proposa certains auteurs, l'amena visiter un musée ou entendre un concert de musique classique, Laura s'y prêta de bonne grâce. À la faveur de certaines suggestions, Cécile l'aida à mieux agencer ses vêtements, à planifier certains repas. Elle la reprenait régulièrement aussi, bien gentiment, quand elle ne s'exprimait pas comme il faut.

— Tu me fais penser à mon frère Gérard, disait-elle alors en riant devant certaines tournures de phrases malheureuses. Pourquoi dis-tu *moé*? Tu n'as pas appris comment s'écrivait ce mot?

La première fois, vexée, Laura avait haussé les épaules en soupirant d'impatience.

— C'est sûr que je le sais! Ça s'écrit *m-o-i*. J'vas quand même être en dixième année, l'an prochain, maudite marde!

— Alors?

Laura n'avait pas répondu, boudeuse. Mais petit à petit,

la leçon avait porté. Cécile était tellement gentille! Elle se comportait, avec elle, de la même façon que Bernadette. À un point tel que Laura avait cherché à lui plaire, tout comme elle le faisait naturellement avec sa mère.

Puis, la semaine dernière, son oncle Adrien était venu lui rendre visite. Devant le bel enthousiasme de Laura, Cécile l'avait gardé à souper avec Maureen qui était heureuse de pouvoir enfin parler sa langue maternelle sans contrainte. Éclipsant le fait que Marie, la belle-sœur de Cécile, et Bernadette, sa mère, se connaissaient et s'appréciaient mutuellement, ce fut avec un mélange de culpabilité et de fierté que Laura admit, en son for intérieur, qu'elle était soulagée que le contact entre les deux familles se fasse par le biais de son oncle Adrien.

Si son père ou sa grand-mère avaient été à la table avec eux, elle aurait été gênée de leurs manières et de leurs conversations.

À cette pensée, bien involontaire mais tellement criante de vérité, Laura s'était mise à rougir. Son père aurait-il eu raison quand il avait dit que Laura leur reviendrait changée, différente d'eux? Comment se sentirait-elle devant eux, de retour chez elle?

Pourtant, ce fut ce soir-là qu'à la joie sincère de revoir son oncle Adrien s'était greffé un début d'ennui de sa famille.

Un ennui sincère de ce qui avait été son monde jusqu'à maintenant.

Un ennui qu'elle se fit un devoir de cultiver tout au long de cette dernière semaine à Québec.

Surprise, Laura avait dû admettre que sa famille, ses amis, son quartier, lui manquaient terriblement.

Ce matin, en route pour Montréal, elle avait hâte de tous les revoir, sachant, en contrepartie, qu'elle pourrait revenir visiter Cécile et les siens aussi souvent qu'elle le souhaiterait.

— Tu es ici chez toi, lui avait dit Charles en l'embrassant sur le quai de la gare. Et ne te gêne surtout pas pour nous appeler. À frais virés, s'il le faut.

Quant à Cécile, elle n'avait rien dit, ses yeux embués parlant à sa place. Elle s'était contentée de serrer Laura très fort dans ses bras et de lui murmurer à l'oreille un petit *merci* tremblant.

Heureusement, le petit Denis avait permis une séparation plus joyeuse. Tendant sérieusement la main à Laura, il avait déclaré:

— On va se revoir bientôt. Comme ça, pas besoin de pleurer parce que tu t'en vas. Hier, maman m'a promis d'aller à Montréal voir mononcle Gérard pis matante Marie samedi prochain. Hein, maman, tu l'as dit? C'est pas loin, samedi prochain. C'est juste dans quatre dodos.

Laura avait confié sa valise au porteur de bagages dont l'uniforme l'impressionnait toujours autant et elle avait grimpé dans le train en se répétant les mots de Denis. Dans quatre dodos, elle pourrait les revoir...

À la gare de Sainte-Foy, Québec commençait déjà à se ranger dans la case des souvenirs heureux, et Laura avait hâte d'être à Montréal. D'autant plus qu'à ses pieds, deux énormes sacs remplis de cadeaux attendaient d'être distribués, et que dans son porte-monnaie, deux cent cinquante dollars pourraient être dépensés à sa guise tout au long de l'hiver. Une véritable fortune!

Malgré cette perspective emballante, le mot «fortune» lui fit pousser un long soupir de contrariété.

Il venait de lui rappeler Francine.

Francine dont elle n'avait eu aucune nouvelle durant ces cinq dernières semaines. Ses trois lettres étaient restées sans réponse, ce qui ne l'avait pas vraiment surprise. Son appel avait eu droit au même sort, ce qui l'avait peinée.

Quand, encouragée par Cécile, Laura avait enfin téléphoné à son amie, celle-ci avait fait répondre par sa mère qu'elle était occupée.

— Francine fait dire qu'a' veut surtout pas parler de choses importantes dans le téléphone. A' fait dire, avec, que t'auras juste à venir la voir quand t'arriveras.

Choses importantes?

Durant quelques jours, Laura s'était creusé la cervelle à essayer de deviner ce qui pouvait être aussi important dans la vie monotone de Francine Gariépy. Puis, elle y avait renoncé. Avec Francine, un rien, parfois, prenait des proportions gigantesques. Laura en avait été témoin à plusieurs reprises. Cette chose si importante devait être tout simplement l'injustice chronique dont Francine faisait les frais depuis toujours face à Laura. Une bonne mise au point et quelques cadeaux régleraient le problème.

À cette pensée, Laura posa la main sur les deux sacs avachis à ses pieds, un sourire de fierté illuminant son visage. Il y avait des cadeaux pour tout le monde, de son petit frère Charles à Francine en passant par sa mère, sa grand-mère, Antoine et même son père. Hier, en compagnie de Cécile, elle avait fait ce que celle-ci avait appelé une *bamboche* de magasinage!

— *Bamboche*?

C'était la première fois que Laura entendait ce mot.

— Oui, une bamboche. C'est le mot que ma mère employait quand la table débordait de nourriture lors d'une fête. *Bamboche*, ça veut dire beaucoup. Et aujourd'hui, en filles, on va se payer une bamboche de magasinage. Attache ta tuque, comme le dirait mon frère Gérard, c'est parti!

Et, comble de gâteries, Laura n'avait pas eu à puiser dans son pécule: Cécile avait tout payé!

Laura retournait donc chez elle avec une valise débordant de vêtements neufs, que Cécile avait tenu à lui acheter en plus de tous les cadeaux qu'elle voulait offrir.

Des grands magasins de la basse-ville, Pollack, Paquet, Syndicat, elles étaient montées chez Simons et Holt Renfrew sur la côte de la Fabrique et la rue Buade. Puis, Cécile l'avait emmenée à la librairie Garneau pour qu'elle puisse se choisir quelques livres.

— Comme ça, quand tu prendras un de ces livres, tu vas penser à moi!

C'est pourquoi, ce matin, Laura revenait chez elle beaucoup plus riche qu'elle en était partie et habillée comme une princesse, selon ses propres mots.

En fait, la seule ombre au tableau, aux dires de Laura qui s'était confiée à Cécile, était cette Gaétane venue rencontrer Denis dimanche soir et qui devait la remplacer. L'intérêt de Gaétane avait été nettement plus marqué pour la cuisine dernier cri de Cécile que pour le pauvre Denis qui faisait de gros efforts pour rester tranquille.

— Chus sûre que Denis pis elle... que Denis ET elle, ben y' s'entendront pas.

Cécile avait haussé les épaules, mi-amusée, mi-sérieuse.

— Que veux-tu que je te dise, Laura? On verra bien. De toute façon, je n'ai pas le choix pour l'instant. Mais merci quand même de m'avoir donné ton opinion. Je vais garder les yeux ouverts.

— Ouais... Ben ouverts, si tu veux mon avis. Pis si ça va pas, appelle-moi. Après tout, les vacances finissent juste à la fête du Travail!

À la gare Windsor, toute la famille l'attendait. Même son

père, qui pourtant aurait dû être à son travail, était présent. Surpris lui-même par ce qu'il ressentait, une espèce de picotement inhabituel au bord du nez, Marcel renifla un bon coup et se dépêcha de bousculer tout le monde pour cacher son embarras.

— Envoye, grouille, Laura, j'ai pas juste ça à faire, calvaire. Laissez faire les embrassages, la mère, vous allez avoir toute le temps de faire ça à maison. Pis toé, Bernadette, prends donc le p'tit dans tes bras, ça va aller plus vite.

Mais quelques instants plus tard, empoignant la valise qu'on venait de sortir du dernier wagon pour la poser sur le quai, il demanda, curieux, en ralentissant le pas:

— Pis Québec? C'est-tu une belle ville?

Laura leva les yeux vers son père, surprise de l'intérêt qu'il démontrait.

— Ben belle, popa.

— Pis le monde là-bas? La Cécile pis son mari? Y' ont-tu été corrects avec toé?

— Ben corrects, popa. Les Dupré, c'est du ben bon monde. Y' sont ben gentils. Merci de m'avoir donné la permission d'y aller.

Marcel hocha la tête sans répondre. Puis, comme s'il venait de prendre conscience brusquement que le temps continuait d'avancer, il accéléra le pas.

— Envoye, Antoine, aide ta sœur avec son barda. J'ai promis à monsieur Perrette que je serais là avant le dîner pis j'hais ça, pas tenir mes promesses. Grouillez-vous tout le monde, le char est parqué dans rue à côté!

La première chose que Laura voulut faire en entrant chez elle, ce fut de donner ses cadeaux.

— S'il vous plaît, moman!

— Mais le dîner, lui?

— On mangera après. Viens t'installer dans le salon avec grand-mère pis les garçons, je m'en vas vous donner toute ce que j'ai acheté pour vous autres.

Un chemisier de soie et une jarre à biscuits pour Bernadette, des crayons importés de France et du papier à dessin pour Antoine, un vrai ballon de ballon-panier et un camion rouge pour Charles... Laura resplendissait de fierté.

— Et maintenant, pour vous, grand-mère.

Assise dans son vieux fauteuil préféré, Évangéline surveillait son monde avec un éclat de satisfaction dans l'œil. Elle aimait voir les siens heureux. Elle se tourna vers Laura.

— Pour moé? T'as même acheté un cadeau pour moé? Pourtant, me semble que c'est pas Noël, aujourd'hui!

Évangéline était franchement surprise et heureuse. Tout au long de sa vie, elle pouvait compter sur les doigts d'une main les cadeaux qu'elle avait reçus.

— Ouais, j'ai acheté un cadeau pour tout le monde! répliqua Laura, radieuse. Même mon père va avoir le sien à soir quand y' va revenir de son travail.

Sur ce, Laura tendit un disque à sa grand-mère.

— Celui-là, c'est pour vous.

Évangéline prit tout son temps pour lire la pochette du disque pour être bien certaine de ne pas se tromper. Puis, elle poussa un petit cri de joie.

— Glenn Miller? Tu m'as acheté un record de l'orchestre de Glenn Miller? Comment c'est que t'as faite pour savoir que j'aimais ça, c'te musique-là? Savais-tu Laura, que c'était de la musique de même que je mettais le soir, dans le radio, pendant que je cousais pour toute le voisinage quand ton père pis Adrien étaient p'tits?

Laura se mit à rougir de plaisir.

— Moi, je le savais pas, mais Cécile, elle, a' m'a dit qu'y

avait ben des chances que ça soye de la musique à votre goût.

Les sourcils d'Évangéline formèrent leur forêt brous-sailleuse au-dessus de son regard perçant.

— Ah ouais? Ta Cécile, a' l'a dit ça?

— Comme je vous le dis!

— J'aurais pas cru... Ben, t'avais pas tort, ma Laura, quand tu disais que les Dupré, c'est du bon monde... Ça prend du bon monde pour penser qu'une vieille comme moé, c'est de la musique de même que ça aime...

Évangéline reporta les yeux sur le disque qu'elle tournait et retournait entre ses mains quand, brusquement, elle lâcha un juron.

— Viarge!

— Que c'est qui se passe?

Laura avait l'air inquiète.

— C'est petête un sapré beau cadeau, ton record, Laura, expliqua Évangéline, mais comment c'est que j'vas faire pour l'écouter? C'est pas sur mon vieux gramophone que j'vas pouvoir le mettre pis...

Laura éclata de rire, soulagée.

— J'y avais pensé, grand-mère. Inquiétez-vous pas. Quand vous voudrez l'écouter, votre record, vous aurez juste à me le dire pis moi, j'vas vous passer mon pick-up.

— Tu vas me passer ton... Ben ça, c'est smatt, Laura. Ben smatt!

Évangéline passa la main sur la pochette du disque, tout doucement comme une caresse, visiblement heureuse. Laura la regardait, tellement contente que son cadeau lui ait plu. C'est alors que pour la première fois de sa vie, à moins qu'elle ne l'ait fait quand elle était toute petite et qu'elle ne s'en souvienne plus, Laura s'approcha impulsivement d'Évangéline et lui plaqua un gros baiser sur la joue.

Elle se redressa aussitôt après, rouge de confusion, et quitta précipitamment le salon comme si elle avait le diable à ses trousses.

— Grouillez pas, j'arrive avec mon pick-up, lança-t-elle par-dessus son épaule. On va mettre votre record pendant qu'on va dîner!

— Bonne idée, répondit Bernadette, émue aux larmes d'avoir retrouvé sa fille. Mets-le sur la table de la salle à manger. Pendant ce temps-là, j'vas aller mettre le baloney dans poêlonne.

— Du baloney?

Laura se pointait déjà le nez dans l'embrasure de la porte, toute souriante.

— On mange du baloney? Youppi!

Laura promena son regard sur le salon, heureuse d'être là. Finalement, à bien y penser, elle s'était ennuyée de chez elle, sauf qu'occupée comme elle l'était, elle n'avait pas eu vraiment le temps de s'en apercevoir.

— Maudite marde que chus contente d'être chez nous! lança-t-elle joyeusement.

Puis, de la main, elle invita sa grand-mère à la rejoindre.

— Venez avec moi, grand-mère! On va installer votre record sur mon pick-up. J'vas vous montrer comment ça marche. Pis après le dîner, je pense que j'vas aller voir Francine. Je pense, finalement, que c'est la plus belle journée de l'été à date!

Le repas du midi fut rempli de discussions et d'explications. On se raconta le mois de juillet en long et en large, de Montréal à Québec, et à la grande surprise de Laura, Antoine participa activement à la conversation. Il était tellement soulagé de savoir sa sœur enfin de retour qu'il se sentait euphorique.

Puis, Laura fila chez Francine pour en revenir quelques minutes plus tard. Son amie était partie travailler.

Elle revint chez elle déçue mais quand même heureuse de savoir que Francine s'était enfin trouvé une jobine, comme elle disait.

— Comme ça, a' va petête arrêter d'être jalouse de moi, murmura-t-elle en attaquant l'escalier qui menait à son appartement, se demandant ce que son amie avait pu se dénicher comme emploi.

Puis, elle repensa aux cadeaux qu'elle lui avait achetés, un chandail en laine très douce pour l'automne, une paire de bas de soie et un livre que Cécile lui avait conseillé, n'étant pas trop difficile à lire, et Laura eut hâte à la soirée. Vraiment, c'était agréable de rentrer chez soi!

Au bout du compte, Laura dut attendre jusqu'au soir pour revoir Francine.

Son amie l'attendait comme d'habitude, allongée sur son lit. La soirée était belle et la fenêtre de la chambre était grande ouverte sur la douceur de la brise qui gonflait les rideaux. N'empêche que Laura fronça le nez dès qu'elle entra dans la pièce, enjambant une paire de souliers, un chandail grisâtre et un pantalon tirebouchonné qui encombraient le plancher.

— Maudite marde, ça pue donc ben ici!

D'un coup de reins, Francine s'était assise sur son lit.

— Allô! quand même, Laura Lacaille. Ça fait plus qu'un mois qu'on s'est pas vues pis toute ce que tu trouves à dire, c'est que ça pue dans ma chambre?

— Tu trouves pas, toi?

— Oh! Madame parle comme dans les vues, astheure! TOI...

— Arrête de me niaiser, Francine Gariépy. Chez Cécile,

c'est de même que le monde parle. Pis tu sauras qu'y' ont raison. C'est de même que ça s'écrit, *t-o-i*... Pis, t'as pas répondu à ma question. Tu trouves pas que ça pue dans ta chambre?

Francine huma l'air autour d'elle en fronçant les sourcils puis elle haussa les épaules nonchalamment.

— Non... Ça sent un peu dehors à cause de la fenêtre ouverte pis ça sent la cigarette, c'est toute.

— La cigarette? Ta sœur Louise s'est mis à fumer?

— Non. C'est moé.

Joignant le geste à la parole, Francine sortit un paquet de dessous son oreiller. Puis, dans un geste étudié, elle alluma une longue cigarette à bout filtre et rejeta la fumée par le nez. Elle trouvait que cela faisait chic même si, en même temps, elle se balançait les jambes, assise sur le bord de son lit, comme l'enfant qu'elle était encore un peu.

Laura en resta estomaquée durant une longue minute.

— Ben voyons donc, toé!

Oubliés les *moi* et les *toi* inculqués par Cécile. Laura venait de réintégrer son monde et de façon abrupte.

— C'est pas parce que tu t'es trouvé une jobine, Francine Gariépy, que tu dois dépenser toute ton argent en niaiseries.

— Bonté divine que t'es vieux jeu, Laura Lacaille! Fumer, c'est pas une niaiserie, tu sauras, statua-t-elle tout en tendant la main pour saisir le cendrier posé sur la vieille table à cartes qui faisait office de table de travail. Pis c'est pas une jobine que j'ai. Je travaille à même factory que ma sœur Louise. Pis à factory, tout le monde fume. Tout le monde. Même les boss.

Laura balaya l'explication du revers de la main en poussant Francine pour s'asseoir à côté d'elle.

— Ouais, les grands petête. Mais toé, Francine, t'es pas là

pour toujours. Dans un mois, on retourne à l'école pis...

C'est à cet instant que Laura remarqua la trace de rouge sur le filtre de la cigarette. Elle leva aussitôt les yeux vers le visage de Francine en plissant les paupières.

— Regarde-moé donc comme faut, toé!

Francine tourna la tête vers son amie. Laura poussa un long soupir colérique.

— C'est ben ça! Tu te maquilles en plus. Que c'est ça, Francine? Maudite marde, c'est pas un mois que chus partie, moé là, c'est trois ans! Veux-tu ben me dire... Faut-tu vraiment se maquiller pour faire marcher une machine à coudre?

Sans oser soutenir le regard de Laura, Francine haussa néanmoins les épaules avec une certaine indifférence.

— Pantoute. C'est juste que j'aime ça, je trouve que chus plus belle comme ça pis comme j'ai enfin un peu d'argent à moé, je peux ben m'acheter du maquillage si j'veux. C'est toute.

Laura n'en revenait tout simplement pas. Depuis toujours, Francine se plaignait d'être pauvre, et à la première occasion où elle avait un peu d'argent, elle le dépensait en fanfreluches, à son avis, complètement inutiles.

— Tu penses pas que c'est niaiseux, acheter du maquillage? Pis ça coûte cher sans bon sens, c'est ma mère qui le dit. T'aurais pu t'acheter un pick-up pis des records à place. T'arrête pas de dire que chus chanceuse d'en avoir un! Pis en parlant de records, je l'ai acheté, le record de Paul Anka, *Diana*, celui qu'on a déjà écouté au restaurant Chez Albert. Pis j'ai celui d'Elvis aussi. Tu sais, la toune qu'on aime ben gros, toé pis moé, *Teddy Bear*. Demain, j'vas amener mon pick-up pis on...

Laura avait l'impression que quelque chose était en train de lui échapper. Quelque chose d'important qu'elle ne voulait pas perdre. Se raccrochant à tous ces souvenirs partagés avec Francine, elle ne tarissait plus, meublant le temps entre Francine et elle pour que peut-être, certaines autres choses qu'elle ne voulait pas entendre ne soient pas dites.

— Pis si tu veux, on pourrait aller en ville pour en acheter d'autres, des records. Ceux que tu veux! M'en vas venir te chercher après déjeuner, demain matin, pis...

— Demain, je travaille, Laura. Pis les records, la musique, c'est surtout toé qui aime ça. Moé, j'aime mieux les vues. Depuis que je peux y aller plus souvent, j'ai compris ça. Elizabeth Taylor est ben bonne dans son dernier film pis Paul Newman, lui, y' est tellement beau! Je l'ai vu trois fois, c'te film-là, tu sauras. *Une chatte sur un toit brûlant*, que ça s'appelle. Pis je pense que j'vas y retourner encore.

— Les vues? Astheure, t'aime les vues? Ben on va aller aux vues, d'abord. Moé avec, j'ai de l'argent. Pis toé, Francine Gariépy, arrête de dépenser ton salaire pour du maquillage, maudite marde! C'est juste pour une couple de semaines... Tu le sais que les sœurs, au couvent, y' veulent pas qu'on se ma...

— Je retournerai pas au couvent, Laura.

Les mots de Francine, ceux que Laura ne voulait pas entendre sans savoir que ce seraient eux, tombèrent comme un rocher dans une mare, aussi fracassants que la foudre, éclaboussant Laura au passage, qui se contenta de fixer son amie sans parler, les mots ayant déserté son esprit.

Devant le silence qui s'éternisait, Francine écrasa sa cigarette d'un geste nerveux. Depuis trois semaines que sa décision était prise, elle avait imaginé la scène qu'elle vivait présentement des dizaines de fois, sachant que Laura serait déçue. C'était là cette chose importante dont elle ne voulait pas parler au téléphone. Mais elle était déterminée et rien ni personne ne la ferait changer d'avis.

Laura resta un long moment sans voix, doutant d'avoir bien entendu. Puis, elle demanda d'une voix éteinte:

— Tu veux toujours ben pas arrêter l'école? J'ai mal entendu pis tu...

— Non, Laura. T'as pas mal entendu. C'est en plein ce que je viens de dire: je retourne pas au couvent après la fête du Travail. Ma job à factory, c'est pas juste une jobine pour l'été. C'est une job steady. Ma mère a appelé la directrice pour y dire.

— Ben voyons donc...

Laura était atterrée.

— On est ben que trop jeunes pour arrêter l'école, constata-t-elle songeuse, comme si elle ne parlait que pour elle-même.

Un second silence, lourd de reproches, de chagrins, de déceptions, s'attarda dans la chambre.

— Pis on fait nos devoirs ensemble depuis bien que trop longtemps pour que t'arrêtes de même, tout d'un coup, reprit Laura, plaidant sa cause cette fois-ci d'une voix fébrile, espérant que l'amitié qui la liait à Francine saurait la faire changer d'avis.

Mais son amie, en se tournant vers elle, lui offrit un visage déterminé, sûr de lui, presque buté.

— Parle pour toé, Laura, ordonna-t-elle avec une rancœur si évidente qu'elle frappa Laura d'un direct au cœur. T'as petête pas encore quinze ans mais moé, j'vas en avoir seize avant Noël. Seize ans, c'est pas trop jeune pour commencer à travailler pis c'est trop vieux pour se retrouver en dixième année. J'en ai assez. Chus pas pire que mon frère Bébert. Lui avec, y'a lâché l'école à seize ans pis y'le regrette pas. Pis Louise non plus, même si elle, a' l'a lâché l'école à dix-sept. Ça fait que...

— Mais moé, Francine? T'as-tu pensé à moé, là-dedans? Que c'est que j'vas faire tuseule au couvent si t'es pas là? Ça va être plate en mautadine. Pis notre projet d'aller à l'école normale? On en a tellement parlé, toé pis moé. Tu disais que toé avec, ça te tentait de devenir professeur. Pis...

— L'école normale, c'est pas pour moé. Pis tu le sais, Laura, interrompit Francine d'une voix résolue.

— C'est quoi ces idées-là? M'en vas t'aider, pis tu le sais. On va continuer comme on fait. J'vas venir chez vous pour les devoirs pis...

— Non, Laura. Les études, c'est pas faite pour moé. Chus tannée de jamais rien comprendre. Chus tannée de toujours me forcer pour pas grand-chose. À factory, le boss y' dit que chus pas pire pantoute pour quèqu'un qui commence pis que je fais de la bonne job. Pis ça, tu sauras, c'est important pour moé. Essaye de me comprendre, Laura. Essaye juste de te mettre à ma place pour une fois.

Francine dévisageait Laura avec tant de tristesse au fond du regard que celle-ci détourna la tête pour que son amie ne puisse voir les larmes qu'elle sentait monter. Laura avait l'impression que c'était toute une partie de sa vie qui était en train de s'écrouler et qu'elle ne pouvait rien faire pour empêcher le désastre. Absolument rien.

Parce que Francine avait raison et Laura le savait depuis longtemps.

Elle revint chez elle à pas lents, la nouvelle réalité de sa vie la rejoignant petit à petit, d'un pas à l'autre. Elle ne se faisait aucune illusion. Désormais, Francine et elle évolueraient dans deux mondes différents.

Jusqu'à quand leur amitié tiendrait-elle le coup?

Quand elle entra dans la maison, Laura entendit les voix de sa mère et sa grand-mère qui regardaient la télévision au salon. Son père ne semblait pas arrivé. À moins qu'il ne soit reparti. Tant pis, elle lui donnerait ses cadeaux demain, au déjeuner.

Laura fila en catimini vers sa chambre, que sa grand-mère avait libérée.

— Tant pis pour Adrien, avait-elle décrété au souper, inflexible. Laura a besoin de se sentir dans ses affaires après toutes ces semaines-là en dehors. Anyway, lui pis Maureen, y' vont revenir juste pour deux nuits avant de retourner dans leur Texas. On s'arrangera ben à c'te moment-là.

Laura referma doucement la porte derrière elle et, sans faire de clarté, elle s'approcha de son lit à la lueur de la lune qui brillait à travers les branches de l'érable du voisin. Elle avait le cœur gros et n'avait pas envie de voir qui que ce soit.

C'est au moment où elle se glissa sous ses draps que Laura prit conscience qu'elle n'avait pas donné ses cadeaux à Francine. Le sac était resté près de la porte de la chambre. Un long soupir rempli de larmes gonfla sa poitrine. Ce soir, elle n'en était pas à une déception près.

Et dire qu'elle pensait vivre la plus belle journée de l'été!

* * *

L'euphorie d'Antoine non plus n'avait pas duré longtemps. À peine une journée et Laura s'excusait de ne pas pouvoir venir le chercher, le samedi suivant après ses cours de dessin.

— Je le sais, que c'est important pour toi, Antoine. Pis je le sais aussi, que monsieur Romain est pas ben fin avec toi. Inquiète-toi pas, j'ai pas oublié. Mais Cécile aussi, c'est important. Pis le p'tit Denis compte sur moi. Essaye de comprendre! C'est juste pour un samedi, promis.

Devant l'air dubitatif d'Antoine, devant son silence boudeur chargé d'amertume, Laura avait alors assené ce qui lui semblait l'argument massue, l'argument irréfutable.

— Pis popa est d'accord avec moi.

Antoine avait soupiré d'accablement, sachant qu'il ne répliquerait jamais devant une telle justification.

En effet, Marcel avait donné sa bénédiction à Laura pour cette journée en compagnie de la famille Dupré, le cadeau reçu de sa fille n'étant pas tout à fait étranger à ce déploiement de bienveillance.

Laura lui avait offert une gaine en cuir pour le volant de son auto et les gants assortis à porter quand viendrait l'automne.

— Mais c'est ben beau!

Marcel avait enfilé les gants, juste à la bonne taille, et, admiratif, il fixait ses mains qu'il tournait et retournait dans tous les sens, comme si elles appartenaient à quelqu'un d'autre.

— C'est-tu ta Cécile qui a trouvé ça?

— Pantoute! C'est moi toute seule. Je savais que si je te donnais quelque chose pour ton auto, tu aimerais ça.

Dès le lendemain de sa déconfiture face à Francine, Laura avait renoué avec les usages du bon parler français, comme le disait Cécile. Tant qu'à se retrouver seule au couvent en septembre prochain, autant le faire dans les bonnes grâces de la mère supérieure et, celles, tant qu'à y être, de la congrégation des sœurs au grand complet!

Marcel avait alors levé un drôle de regard sur sa fille, empreint de perplexité et de questionnement, comme s'il la voyait pour la première fois.

— T'es ben fine, Laura. Ouais, ben ben fine d'avoir pensé à ça. Merci, merci ben gros pour c'te cadeau-là.

Sa voix avait eu alors une sorte de rudesse s'apparentant à celle d'Évangéline quand elle était émue et ne voulait surtout pas le montrer.

Ce fut donc fort probablement pour cette raison qu'au moment où Laura avait parlé d'une invitation de Cécile à partager la journée du samedi suivant pour un pique-nique familial à Pointe-Calumet, Marcel avait tranché sans hésitation en faveur de Cécile, oubliant pour une fois l'habituelle litanie des interdits et celle des raisons plus ou moins valables pour se justifier.

— C'est une bonne idée! Chus du même avis que ta grand-mère: les Dupré, c'est du ben bon monde. Faudrait pas les décevoir, calvaire!

Et c'est encore à cause de cette foutue permission que, ce midi, Antoine quittait la maison, les épaules voûtées sous le poids du ressentiment et de l'inquiétude autant que sous le poids de son attirail de peinture.

Il savait ce qui l'attendait.

Il marchait lentement, comme si, de ce fait, il pouvait repousser l'échéance de ce moment innommable qui, depuis le début de l'été, s'étirait parfois à n'en plus finir.

Il marchait les yeux au sol, obligeant sa pensée à se concentrer sur les petits cailloux qui jonchaient son chemin, sur les fentes du trottoir qu'il aurait aimé éviter en sautant par-dessus si son cartable avait été moins lourd.

Il pensait à tout et n'importe quoi, le jeune Antoine, pour ne pas penser à ce qui se passerait en fin d'après-midi.

— Hé! Mais je te connais, toi!

Antoine sursauta, reconnaissant la voix avant même de lever les yeux sur le visage. Ce qu'il anticipait depuis quelques semaines était en train de se produire. La dame rencontrée malencontreusement dans la cour d'école l'avait reconnu. De là à faire le lien avec sa grand-mère...

Antoine ferma les yeux de consternation avant d'oser lever la tête. C'était bien elle, c'était bien la jeune femme qui avait voulu l'aider. Il dut avaler péniblement sa salive à deux reprises avant d'arriver à articuler un faible bonjour.

— Bonjour, répliqua joyeusement Anne.

Puis, devant le silence obstiné du jeune garçon, qui s'entêtait maintenant à fixer la pointe de ses souliers, elle ajouta en forçant un peu la note:

— Veux-tu bien me dire où tu t'en vas, chargé comme ça? On dirait un âne!

Antoine aurait bien voulu poursuivre son chemin sans répondre. Mais il avait tellement peur que son impolitesse se retourne contre lui qu'il s'obligea à dire, toujours sans lever les yeux:

— Je m'en vas à mon cours.

— Ton cours? Mais on est durant les vacances... Tu suis des cours d'été? Tu as des difficultés à l'école?

— Pantoute!!

Le fait que la jeune femme n'ait pas, d'emblée, reparlé de l'incident de l'autre après-midi parut être de bon augure aux yeux d'Antoine et lui donna un semblant de courage.

Peut-être bien, après tout, que la dame ne savait toujours pas qui il était vraiment.

Il leva la tête, se répétant intérieurement qu'il était vraiment très surprenant que la jeune femme ne fasse aucune allusion à leur précédente rencontre. Il était surtout un peu choqué qu'elle s'imagine peut-être qu'il était un cabochon.

— Pantoute, répéta-t-il avec conviction. J'ai toujours des bonnes notes à l'école. Enfin, presque toujours. C'est un cours de dessin que je suis.

— Oh! Comme ma sœur!

Durant quelques secondes, Antoine oublia qu'on était samedi et, sa curiosité éveillée, il demanda:

— Votre sœur? Vous avez une sœur qui suit des cours de dessin?

À ces mots, Anne éclata de rire.

— Non, elle ne suit pas de cours. Plus maintenant. Elle pourrait même en donner. Ma sœur Émilie est artiste-peintre. Elle expose un peu partout à travers le monde et elle vend ses toiles à des collectionneurs.

— Chanceuse!

L'espace d'un souffle, Anne crut voir une étincelle de pure joie traverser le regard du jeune garçon. Pourtant, l'instant d'après, il avait de nouveau le regard fuyant. Elle pinça les lèvres et détourna la tête un instant, émue. L'impression ressentie l'autre jour se confirmait. Plus que jamais, ce jeune enfant lui faisait tellement penser à elle au même âge.

— Ouais, est ben chanceuse, elle, répéta alors Antoine à l'instant où Anne reportait les yeux sur lui.

Dans la voix d'Antoine, il y avait une pointe d'amertume qu'Anne n'arriva pas à s'expliquer.

— Astheure, faut que je m'en aille, expliqua Antoine tout en ajustant la courroie de son sac. Monsieur Romain aime pas ça quand chus en retard.

— Monsieur Romain? C'est ton professeur?

— Ouais.

Antoine s'était remis à marcher, espérant ainsi échapper à cette myriade de questions qui commençaient à l'agacer. Malheureusement pour lui, la jeune femme lui emboîta aussitôt le pas.

— Et où est-ce que tu suis tes cours?

Antoine retint à grand-peine un soupir d'impatience.

— C'est à quèques rues d'icitte, expliqua-t-il un peu

brusquement, restant volontairement évasif. Près du parc où y a un terrain de tennis.

— C'est justement là où je m'en vais, improvisa Anne qui sentait grandir en elle l'envie irrésistible de mieux connaître ce jeune garçon. Si j'ai bien compris ton explication, c'est tout près de la boutique de tissus, n'est-ce pas?

— Ouais, admit Antoine à contrecœur.

— Alors on va faire la route ensemble. Moi, je veux acheter du tissu pour faire des rideaux.

— Ah bon!

D'un coup de rein, Antoine équilibra machinalement le poids de son cartable contre ses reins tandis qu'Anne, elle, ajustait son pas sur le sien.

— Ça a l'air vraiment pesant, ce que tu portes sur ton dos, observa-t-elle, après un court silence. Veux-tu que je t'aide un peu?

Antoine se crispa.

— Pantoute. Chus grand astheure pis chus pas une tapette. Chus capable de me débrouiller tuseul.

Chus pas une tapette...

Les mots envahirent l'esprit d'Anne avec une brutalité qui la reporta quelques années en arrière quand, à bout d'arguments, sa mère la traitait d'insignifiante.

— Je comprends ce que tu veux dire, avoua-t-elle enfin, d'une voix très douce. Moi, on me traitait d'insignifiante quand on n'avait rien d'autre à me dire.

Pour Antoine qui n'avait jamais vraiment su ce que voulait dire le mot *tapette*, *l'insignifiante* de la jeune femme se répéta en écho dans sa tête, comme familier, jusqu'à ce qu'elle ajoute:

— C'est pas drôle, n'est-ce pas, se faire crier des noms par la tête?

— Oh non!

Cette fois-ci, Antoine leva franchement les yeux vers Anne, surpris, curieusement rassuré. Pour une première fois, et c'était sécurisant, il n'était plus seul face à quelque chose de sa vie.

— Pas drôle pantoute, renchérit-il.

— Je sais ce que c'est... Moi non plus, je n'aimais pas ça. Alors là, pas du tout. N'empêche que ton cartable a l'air vraiment pesant. Passe-le-moi, on va le porter à tour de rôle. Oh! À propos, je m'appelle Anne. Anne Deblois.

— Moé, c'est Antoine, mon nom.

Le temps de quelques pas, de quelques mots échangés sans prétention et Antoine se sentait en sécurité avec Anne. Il n'alla pas, cependant, jusqu'à lui donner son nom de famille et Anne ne le demanda pas, ce qui confirma cette sensation de confiance. Il fit alors glisser son cartable et le tendit à Anne en le tenant à deux mains.

Ce fut ainsi qu'Antoine arriva jusque devant la porte de monsieur Romain, découvrant chez Anne quelqu'un qui semblait penser comme lui.

Tout au long de la route, c'était Anne surtout qui avait parlé. De son enfance, de la musique, de la procure où elle travaillait maintenant. Si lui, Antoine, aimait dessiner depuis toujours, il semblait bien que pour Anne, c'était la musique qui avait toujours fait partie de sa vie.

— Bon ben... C'est icitte, mes cours, annonça enfin Antoine, déçu, pour une fois, que la maison de monsieur Romain ne soit pas plus loin.

Anne jeta un regard scrutateur sur la lourde porte de bois peinte en rouge. De mots en phrases, d'une allusion à un soupir, elle avait deviné qu'Antoine n'aimait pas tellement son professeur. Échaudée par une mère qui avait su si bien cacher son jeu d'alcoolique tout au long de son enfance, Anne soupira.

Qui donc se cachait derrière cette porte?

Pendant ce temps, Antoine s'activait. Il avait repris son cartable.

— Merci de m'avoir aidé.

Antoine avait saisi son cartable par la courroie et s'apprêtait à emprunter l'allée qui menait à la galerie. Anne baissa les yeux vers lui.

— Ça m'a fait plaisir... Et si jamais tu as envie de jaser, j'habite dans la vieille maison avec des lucarnes, au coin de la rue. Tu le sais maintenant et tu seras toujours le bienvenu... Maintenant, mes rideaux!

Antoine la regarda partir, le cœur partagé entre l'espoir un peu fou d'avoir enfin rencontré quelqu'un qui pourrait l'aider et le sarcasme de se dire qu'il prenait encore des vessies pour des lanternes.

Il remonta l'allée en se traitant d'imbécile.

L'appréhension coutumière l'attendait, sournoisement tapie derrière le gong sinistre de la sonnette d'entrée qui ressemblait à une tête de lion.

Le sourire perfide de monsieur Romain, à l'instant où il ouvrit la porte, acheva de détruire les dernières illusions d'Antoine.

L'après-midi se déroula en tous points comme il l'avait prévu. Qu'aurait-il pu se passer d'autre puisque monsieur Romain semblait avoir un sixième sens lui permettant de savoir si Laura allait venir le chercher ou non?

Quand Antoine sortit enfin de la maison, il avait les jambes flageolantes, le cœur au bord des lèvres et le visage en feu.

Pas question pour lui de retourner directement à la maison.

C'est en arrivant au coin de la rue qu'il comprit qu'il n'irait pas non plus dans la cour de l'école. S'il fallait qu'Anne l'y attende? Brusquement, Antoine n'avait pas envie qu'elle le voie dans cet état. Pas plus que sa mère, son père ou sa grand-mère, d'ailleurs.

Il hésita à peine et bifurqua alors vers la gauche. À quelques rues d'ici, un peu plus bas dans la ville, il y avait le garage de Jos Morin. À partir de quatre heures, tous les samedis après-midi, Robert Gariépy y était. Seul avec ses autos. Antoine y passerait un moment, le temps de se calmer. La vue de belles autos neuves avait encore ce pouvoir apaisant sur lui. Un peu plus tard, quand il se sentirait mieux, il rentrerait chez lui.

Tel qu'espéré, Bébert était là, assis devant la porte du garage, se balançant sur les pattes arrière de sa chaise et mâchouillant un long brin d'herbe.

— Hé! Mais qui c'est que je vois là! Si c'est pas Antoine Lacaille. Coudon, c'est devenu une habitude de venir me voir le samedi!

Si la chose était possible, Antoine se sentit rougir un peu plus. Mais comme il n'avait nulle part ailleurs où aller, il fit face à Bébert.

— Ça fait juste deux fois.

Dans l'état où il était, Antoine se tenait sur la défensive, prêt à s'en aller, au besoin. Et en même temps, il espérait de toutes ses forces que Bébert allait accepter sa présence. Voyant qu'il était plutôt tremblant, ce qui ne le surprit pas tellement, car Antoine était un gamin passablement différent de tous les autres, Robert décida de ne pas trop se moquer de lui. Après tout, il aimait les autos neuves, tout comme lui, et ce n'était pas un défaut. Il se contenta de le regarder en mâchonnant son brin d'herbe avant de lui dire:

— C'est vrai, ça fait juste deux fois.

— Je te dérange?

— Pantoute. Prends-toé une chaise sur le bord de la porte pis viens t'assire. Y a pas grand monde, aujourd'hui, pis je trouve le temps long en sacrifice.

Antoine se dirigea vers le petit bureau adjacent au garage. C'était là que monsieur Morin gardait sa caisse enregistreuse sur un vieux pupitre en bois, une distributrice à peanuts et un réfrigérateur vitré où s'enlignaient des bouteilles de Coca-Cola, de bière d'épinette et d'orangeade. Antoine aurait bien voulu prendre une bouteille de liqueur car il avait la bouche tellement sèche et pâteuse, mais il n'avait pas d'argent et il n'osa en demander à Bébert. Il regarda les orangeades avec envie puis, laissant tomber son attirail de peinture sur le sol, il prit une chaise par le dossier et la traîna dehors.

Antoine resta un long moment silencieux, assis à quelques pas de Robert. Ce dernier, lui-même plutôt taciturne avec ceux qu'il ne connaissait pas beaucoup, respecta ce silence. Ce fut au moment où Antoine quitta sa chaise pour ouvrir son cartable que Robert sortit de son mutisme.

— Que c'est que tu trimbales dans c'te gros sac-là, ti-cul? L'autre fois avec tu l'avais avec toé.

— C'est mon matériel de dessin.

— Ah! ouais... C'est vrai, ma sœur me l'a déjà dit. Y' paraît que tu dessines ben.

Puis voyant qu'Antoine s'installait avec un crayon et une pile de feuilles, il demanda, curieux:

— Tu vas dessiner icitte? Que c'est que tu vas dessiner? Me semble que dans un garage, y a pas grand-chose à dessiner.

— Y a des chars, Bébert. Des ben beaux chars. Penses-tu

que monsieur Morin, y' voudrait que je dessine un de ses chars?

Robert Gariépy haussa les épaules sans la moindre hésitation, en regardant tout autour de lui.

— Je vois pas en quoi ça pourrait le déranger. Faire le portrait d'un char, batince, ça va pas le grafigner.

— C'est ben ce que je me disais.

Alors, se détachant de tout ce qui l'entourait, concentré sur la copie, Antoine en vint à oublier son après-midi odieux. Son coup de crayon se fit de plus en plus juste, la reproduction, de plus en plus fidèle. N'y tenant plus, Robert s'étira le cou. Voyant le beau Chevrolet noir de son patron prendre forme sur le papier, il ne put retenir un long sifflement admiratif.

— Sacrifice, tu dessines ben... C'est quasiment pas croyable. T'es gros comme une crevette pis tu dessines de même? Si je le voyais pas de mes yeux, je croirais jamais qu'un ti-cul comme toé soye capable de faire ça.

C'est à peine si Antoine l'entendait. Présentement, il était presque heureux.

Pour l'instant, il y avait le dessin et les autos.

Pour l'instant, rien d'autre n'avait d'importance. La tristesse et la peur reviendraient bien assez vite.

Intimidé par un tel talent, Robert respecta le silence et le travail d'Antoine. Il attendit qu'il dépose son crayon et tienne sa feuille à bout de bras pour se remettre à parler.

— J'en reviens pas. Pis tu fais ça tuseul?

Libéré de la tension de son après-midi, fier du dessin qu'il venait de réussir, Antoine s'étira longuement. Puis, malicieux, il regarda autour de lui.

— Tuseul? Ouais, on dirait ben que chus tuseul à dessiner.

— Tu me prends-tu pour un cave, Antoine Lacaille? Je le sais ben, que t'es tuseul à dessiner icitte. C'est pas ça que je veux dire. J'veux juste savoir si tu fais ça comme ça. T'as-tu appris ça tuseul, le dessin, ou quoi?

— Oui pis non... Je dessine depuis que chus tout p'tit pis j'ai aussi un professeur.

Même pour quelqu'un comme Bébert Gariépy, plus prompt à régler ses problèmes avec ses poings que porté sur l'analyse des physionomies, la lueur de colère qui traversa le regard d'Antoine quand il prononça le mot «professeur» fut aussi perceptible qu'un éclair dans une nuit d'orage.

— Coudon, toé? Ta face a ben changé vite, tout d'un coup! On dirait que tu l'aimes pas ben ben, ton prof de dessin.

Antoine hésita, ne sachant jamais jusqu'où il pouvait se confier. Puis, comme cela s'était produit avec Laura, des mois auparavant, les mots se précipitèrent hors de ses lèvres sans qu'il arrive à les retenir.

— T'as raison, Bébert. Je l'aime pas ben ben, mon professeur de dessin. Y' est bon mais y' est pas gentil tout le temps.

Robert haussa les épaules avec l'attitude de celui qui en a vu d'autres.

— T'en connais-tu, toé, des profs qui sont fins? Pas moé... Pis? Comment c'est qu'y' s'appelle? Je le connais-tu?

— Petête... C'est monsieur Romain.

À ce nom, Robert cessa aussitôt de se balancer sur sa chaise qui retomba abruptement sur ses quatre pattes.

— Monsieur Romain? Pas le monsieur Romain qui fait l'école en deuxième année?

— En plein lui. Tu le connais?

Si Robert le connaissait?

Sans répondre, il se releva, vint se planter devant Antoine qui brusquement aurait voulu disparaître, comme ça lui arrivait parfois avec le curé Ferland.

Qu'avait-il dit pour que Bébert se mette en colère comme ça?

Pourtant, Robert Gariépy n'était pas en colère après Antoine. Bien au contraire. Il lui fallait savoir pourquoi Antoine détestait monsieur Romain même s'il était persuadé de tout comprendre. Lui aussi, jadis, avait croisé la route de monsieur Romain. Parce que lui aussi, il était petit et sans défense et qu'il avait souvent des retenues après la classe. Oh! Monsieur Romain n'avait pas été son surveillant bien longtemps parce que Robert Gariépy avait commencé très jeune à régler ses problèmes à coups de poing.

Monsieur Romain l'avait appris à ses dépens et curieusement, il n'avait plus jamais surveillé les retenues de Bébert Gariépy.

Mais Antoine, lui, il ne savait pas se défendre. Bébert pouvait voir et deviner ces choses-là.

Des tas d'images se superposèrent dans l'esprit de Robert. Antoine qui fuyait à peu près tout le monde, Antoine qui restait seul dans son coin, Antoine qui reculait quand on approchait trop près de lui...

— Monsieur Romain, répéta-t-il, les sourcils tellement froncés que c'est à peine si Antoine voyait ses yeux. Tu parles ben de Jules Romain, professeur de deuxième année à l'école des p'tits?

Quand il saisit ce prénom qu'il n'avait jamais entendu, Antoine ne put s'empêcher de sourire malgré la colère qu'il pouvait voir sur les traits de Robert.

— Jules? demanda-t-il pour être certain d'avoir bien compris. Monsieur Romain s'appelle Jules?

— Ouais... Monsieur Romain s'appelle Jules... Ça te fait rire? Me semble qu'y a pas de quoi.

Bébert avait l'air tellement hors de lui qu'effarouché, Antoine en ravala son sourire, se demandant pour la seconde fois ce qu'il avait bien pu dire ou faire pour provoquer une telle colère.

— Un peu, admit-il enfin... Tu trouves pas, toé, que Jules, c'est un nom pour un poisson rouge? Pas pour un professeur.

— Non, c'est pas un nom pour un poisson rouge, dit alors Robert Gariépy d'une voix sourde. C'est un nom pour un chien sale. Un crisse de chien sale.

À ces mots, Antoine sursauta avant d'avoir un long frisson de la nuque aux reins.

— Hein, Antoine? Tu le sais, toé, que monsieur Romain, c'est juste un vieux sale, un vieux cochon. C'est pour ça que tu l'hais. Je l'ai vu dans tes yeux. T'as peur de lui comme moé j'ai déjà eu peur de lui. J'aimais pas ça quand y' essayait de me toucher. Pasque c'est ça qu'y' fait, hein, Antoine?

Cela prit quelques instants pour que les paroles de Bébert se fraient un chemin jusqu'à la conscience d'Antoine puis jusqu'à son cœur.

Bébert connaissait lui aussi monsieur Romain.

Bébert parlait de lui avec des mots que jamais Antoine n'aurait osé utiliser mais qui étaient vrais.

Bébert disait des choses que jamais Antoine n'aurait osé prononcer.

Puis il comprit.

Il n'était plus seul. Bébert était en train de lui dire qu'enfin, Antoine Lacaille n'était plus seul.

De grosses larmes de soulagement inondèrent aussitôt son visage. Il n'avait rien eu à dire et on l'avait compris. Mieux, on le croyait.

À gros sanglots, Antoine laissa sa peur et sa hantise couler hors de lui.

Mal à l'aise, Bébert cessa aussitôt de déambuler comme un ours en cage en se frappant la main avec le poing et il s'approcha d'Antoine.

— Je m'escuse. J'ai parlé trop fort. Je... Je voulais pas te faire peur.

Antoine renifla et s'essuya le visage au revers de son chandail.

— C'est pas toé... C'est juste...

Antoine aurait voulu lui demander de répéter pour être certain qu'ils parlaient bien de la même chose. Mais les mots restèrent bloqués dans sa gorge. Il y avait eu tellement d'espoirs déçus, de compromis avec lui-même, de recommencements, qu'Antoine choisit inconsciemment de ne rien dire de plus pour le moment.

S'accroupissant alors sur ses talons, Bébert passa son bras autour des épaules d'Antoine qui, pour une fois, ne chercha pas à fuir.

Lui, l'enfant esquivant toute promiscuité depuis des mois, frissonnant de dégoût au moindre contact, se laissa aller tout contre Bébert.

Pour l'instant, et pour longtemps encore il l'espérait, ce bras lourd et musclé serait son rempart, sa protection.

Le vent se leva au même instant, soulevant la poussière accumulée sur l'asphalte. Il secoua les fanions jaunes et verts accrochés au-dessus des pompes à essence et s'en prit à la porte du garage qui se referma en claquant.

Mais Antoine ne sursauta pas.

Puis le vent s'empara du dessin tombé aux pieds d'Antoine et le souleva comme une plume d'oiseau, le faisant tourbillonner, monter et redescendre à travers les belles autos neuves de monsieur Morin.

C'était vraiment un beau dessin. Un des meilleurs qu'il ait réussi.

Pourtant, Antoine ne bougea pas, n'essaya pas de le rattraper. Il resta appuyé contre le bras de Bébert et le regarda tout simplement s'envoler de l'autre côté de la rue.

Et il souriait.

À suivre...

Tome 3

Évangéline
1958 —

NOTE DE L'AUTEUR

Juillet 2008. Contre toute attente, après l'hiver mémorable de neige que nous avons connu, il fait beau. Il fait même très beau depuis une semaine. Parfait, je suis supposée être en vacances. Vendredi dernier, j'ai envoyé le manuscrit d'Antoine à mon éditrice, satisfaite du travail accompli. Devant moi, donc, une pile de livres, du soleil à n'en savoir que faire et la piscine. Que pourrais-je demander de plus, moi qui affirme haut et fort, et très sérieusement d'ailleurs, que j'aurais dû naître lézard au Mexique?

J'avais même pris entente avec Laura, Antoine, Évangéline et compagnie de ne pas me déranger durant ces quelques jours de repos que je voulais m'accorder. Et ils avaient acquiescé! Je vous le répète: qu'aurais-je pu demander de plus?

Rien… J'aurais sincèrement pu ne rien vouloir d'autre puisque j'avais la sensation bien réelle de tout posséder! Vous la connaissez peut-être, vous aussi, cette sensation de plénitude qui fait que, l'espace de quelques minutes, on se dit que rien n'est plus merveilleux que de sentir la vie battre en soi?

Quand j'ai remis mon manuscrit, il y a quelques jours, j'en étais là.

C'était sans compter le désir en moi, inassouvi, inquiet, envahissant, de connaître la suite de la vie de Laura, Antoine, Bernadette, Évangéline...

Brusquement, et fort curieusement, je vous l'avoue, je n'ai pas envie de lire autre chose que la suite de mon propre livre. C'est bien la première fois que cela m'arrive, mais j'ai trop hâte de savoir ce qui s'en vient dans la vie de la famille Lacaille.

Alors, contrairement à ce qui se passe habituellement alors que les personnages rôdent à n'en plus finir autour de moi pour que je me remette à l'ouvrage, ce matin, c'est moi qui les ai conviés à ce rendez-vous inattendu dans mon bureau. Pourtant, par la fenêtre grande ouverte, j'entends les oiseaux qui s'apostrophent comme s'ils me reprochaient de ne pas être là. Le soleil, ce vilain coquin, caresse la peau de mon bras, se faisant enjôleur. Mais je vais résister pour quelques heures au moins. J'ai trop envie de retrouver ceux qui, au fil de tous ces derniers mois, sont devenus une seconde famille pour moi.

Et puis, il y a ce sourire d'Antoine, fragile comme une promesse, éthéré comme un espoir mais qui, en même temps, s'accorde si bien aux chants des oiseaux qui envahissent mon antre d'écriture, ce matin.

Il y a une éclaircie de soleil dans la vie d'Antoine, comme dans ma cour, et je voudrais tellement que cela suffise à éloigner les nuages orageux.

C'est donc vers lui que je me tourne encore, par réflexe, juste pour admirer son sourire et brusquement, c'est l'ombre grandissante d'Évangéline qui se rapproche de lui comme si elle voulait le protéger.

Curieux...

Je croyais que l'aide tant espérée viendrait plutôt de Bébert, d'Anne, de Laura, à la rigueur...

Je ferme les yeux en essayant de comprendre ce qui arrive et c'est la voix d'Évangéline qui me rejoint, éraillée, râpeuse.

Et quand Évangéline veut parler, je vous le jure, je n'ai rien d'autre à faire que de l'écouter...